AF539002

उड़ते चलो उड़ते चलो

उड़ते चलो उड़ते चलो

रामवृक्ष बेनीपुरी

प्रभात प्रकाशन, दिल्ली

प्रकाशक • **प्रभात प्रकाशन**
४/१९ आसफ अली रोड,
नई दिल्ली–११०००२

संस्करण • २०१७
मूल्य • तीन सौ पचास रुपए
मुद्रक • नरुला प्रिंटर्स, दिल्ली

UDATE CHALO, UDATE CHALO

by Shri Ramvriksh Benipuri ₹ 350.00
Published by Prabhat Prakashan, 4/19 Asaf Ali Road, New Delhi-110002
e-mail: prabhatbooks@gmail.com ISBN 978-93-5266-393-4

विषय-सूची

: १ :

उड़ता जा रहा हूँ !

१०.५.'५२—एरोप्लेन पर

प्राचीन ऋषियों ने कहा था—चरैवेति, चरैवेति—चलते चलो, चलते चलो।

आधुनिक मानव कहता है—उड़ते चलो, उड़ते चलो।

प्राचीन ऋषियों का कहना था—पृथ्वी चल रही है, चंद्रमा चल रहा है, सूर्य देवता चल रहे हैं, इसलिए तुम भी चलते चलो, चलते चलो।

आधुनिक मानव देखता है—पृथ्वी, चंद्रमा या सूर्य देवता की गति प्रति घंटा लाखों, करोड़ों, अरबों मील है। किंतु, उसके पैरों की गति अत्यंत परिमित, धीमी है। अत: वह कहता है—विज्ञान ने जो साधन दिए हैं, उनका सहारा लेकर कम-से-कम सौ से पाँच सौ मील प्रति घंटे के हिसाब से तो उड़ते चलो।

प्राचीन ऋषि की दुनिया छोटी थी, वह उसे पैदल चलकर भी पार कर सकते थे। आधुनिक मानव का संसार बहुत बड़ा, लंबा-चौड़ा हो गया है। वह कहाँ तक पैरों को घसीटता चले—वह उड़ेगा, वह उड़ रहा है!

मैं भी दूसरी बार उड़ रहा हूँ। चार्ट बताता है, बंबई से पेरिस पौने पाँच हजार मील है; फिर बीच में समुद्र हैं, पहाड़ हैं, मरुभूमि हैं, जंगल हैं। ऋषियों का वचन मानकर पैदल चला जाता तो कितने दिन लग जाते! किंतु यह टाइम-टेबुल बताता है, अभी दोपहर को १.४० बजे हम चल रहे हैं, कल सुबह-सुबह ठीक आठ बजे पेरिस की रंगीनियों में डूबते-उतराते होंगे!

सांताक्रूज से अभी एक झमाके के साथ हमारा यह जहाज उड़ा है। ऊपर से बंबई की पूरी झलक भी नहीं लेने पाया कि यह देखिए, नीचे समुद्र लहरा रहा है और ऊपर हम उड़े जा रहे हैं।

पथ-पुस्तिका में उन स्थानों के रंगीन चित्र देख रहा हूँ, जो हमारे नीचे

आएँगे—तरह-तरह के द्वीप, तरह-तरह के लोग, तरह-तरह के जीव-जंतु! अपने स्वाद से जीभ को पानी-पानी कर देनेवाली समुद्री मछलियाँ, अपने मोती से हमारे गलों को जगमगानेवाली सीपियाँ, अपने आँसू की लड़ियों से मुक्ताएँ बनानेवाली जलपरियाँ। वह द्वीप जहाँ कैदियों को गले में बड़ा तख्ता पहनाकर छोड़ दिया जाता था, वह द्वीप जहाँ जल-दस्युओं के अड्डे रहते थे। कालीनों का बंदरगाह मस्कट, मार्कोपोलो की प्रसिद्ध सराय हरमुज, संसार की सबसे गरम जगह रास मसंदम, खजूरों की भूमि नज्द। जिनमें सबसे पहले मक्खन तैयार हुआ बेदुइनों के वे चलते-फिरते घर, ऊँटों के कारवाँ, अरबी घोड़ों के झुंड! जब हम ऊपर चले जा रहे हैं तब नीचे हम क्या-क्या न छोड़ते जाएँगे! निस्संदेह हम पैदल चलते तो इन सबको देखते; किंतु इनमें से कितनों को देख पाते!

नहीं-नहीं, उड़ते चलो, उड़ते चलो! बंबई से काहिरा, काहिरा से पेरिस—सिर्फ दो हुदक्के और हम अपने गंतव्य को पा लेंगे।

अहा! हम उड़ते जा रहे हैं, देखते जा रहे हैं और लिखते भी जा रहे हैं—यह सुख तो एरोप्लेन पर ही मिल सकता है।

पिछली बार की तरह इस बार की यह यूरोप यात्रा भी आकस्मिक ही रही। उस दिन पटना रेडियो स्टेशन पर संगीत सभा हो रही थी। रात में, वहीं जाने के लिए मैं तैयार हो रहा था कि एक तार मिला—

'पेरिस में होनेवाली सांस्कृतिक स्वाधीनता कांग्रेस के साहित्यिक समारोह में सम्मिलित होने के निमंत्रण पर क्या विचार कर सकोगे?'

तार भेजनेवाले का नाम स्पष्ट नहीं था; किंतु स्थान का नाम बंबई स्पष्ट था। मैं सोचने लगा, यह अचानक निमंत्रण कैसा? किससे?

साथ में सियाराम था। मैंने उससे कहा—चलो, पेरिस चलें। पेरिस का मतलब उसने संगीत सभा समझ लिया। कोई बुरा तो नहीं समझा! उसने 'हाँ' भर दी। मैं रेडियो स्टेशन की ओर तेजी से जा रहा था और दिमाग में आप-ही-आप ताना-बाना बुन रहा था।

चुनाव के बाद की थकान थी, कुछ अधूरे काम थे। सोचा था, कुछ दिनों घर पर ही रहकर उन कामों को पूरा कर लूँगा। पेरिस जाऊँ तो फिर वही दौड़-धूप; फिर काम अधूरे-के-अधूरे रह जाएँगे।

रेडियो स्टेशन पर एक-दो मित्रों को वह तार दिखलाया, फिर उसे जेब में रख दिया, सो तीन दिनों तक वह वहीं पड़ा रहा। मेरा मन असमंजस में था। किंतु धीरे-धीरे मित्रों को इसकी खबर होती जाती थी और उन सबका आग्रह कि जरूर जाओ।

अंततः प्यारे गंगा ने सारे तर्क-वितर्क को शांत कर दिया— नहीं, तुम्हें जाना ही चाहिए। ये काम दो महीने बाद भी हो जाएँगे। और यूरोप की आबहवा में थकान भी भूल जाएगी।

और, प्रोफेसर कपिल ने अपने ही हाथों से स्वीकृति का तार भाई मसानी के पास भेज दिया। तार के प्रेषक वही थे— दूसरे दिन, दिन की रोशनी में स्पष्ट हो गया था।

उधर मसानी के तार पर तार आने लगे, इधर बेमन की तैयारियाँ भी होने लगीं। किंतु बीच में एक ऐसा भी अवसर आया कि मैंने तय किया, अब जाना रोक ही देना है। किंतु फिर मित्रों ने कहा— जाइए ही, यहाँ हम सब सम्हाल लेंगे।

और, आज जा रहा हूँ। किंतु इन झंझटों का यह असर कि जा रहा हूँ, पर मेरे पास मेडिकल सर्टिफिकेट भी अधूरे ही हैं। कभी-कभी चिंता होती है, न जाने इसके चलते क्या हो! किंतु चलते समय एयर इंडिया के मि. दस्तूर ने विश्वास दिलाया— चिंता न कीजिए, सब ठीक रहेगा।

हाँ, इस बार एयर इंडिया इंटरनेशनल के प्लेन पर जा रहा हूँ— अपने देश के प्लेन पर! पिछली बार बी.ओ.ए.सी. के प्लेन पर गया था। प्लेन का रंग-रूप तो एक ही है; किंतु निस्संदेह ही इसके भीतर भारतीय वातावरण लगता है।

यह हमारे सामने के थैले में जो पंखा है, उसपर एक नृत्यशील भारतीय लड़की का चित्र है। भारतीय कला इससे छलकी पड़ती है। जो बैग हमें छोटे सामानों को रखने के लिए मिला है, उसपर एक भारतीय पगगड़धारी चपरासी का चित्र है, जो हमें सलाम करता-सा दीखता है। जो होस्टेस अभी रुई और पिपरमिंट की पुड़िया दे गई है, वह एक पारसी लड़की है।

प्लेन में अधिकांश यात्री भारतीय हैं। कैसा संयोग, इसी प्लेन से पेरिस के भारतीय राजदूत मि. मल्लिक भी जा रहे हैं— दाढ़ी और पगड़ीवाले बूढ़े सज्जन!

यह कल्पना करके बार-बार पुलक होती है कि हम एक भारतीय हवाई जहाज से सफर कर रहे हैं। किंतु, सोचता हूँ, हम लोग अपने देश में अपने हवाई जहाज बनाना कब तक शुरू करेंगे? वह भी होकर रहेगा, शीघ्र ही होना चाहिए।

उड़ा जा रहा हूँ, किंतु अजीब सूना-सूना लग रहा है; यद्यपि पिछली बार की अपेक्षा इस बार की यात्रा निस्संदेह ही महत्त्वपूर्ण है। इस कांग्रेस की ओर से इस साहित्य समारोह के अतिरिक्त बीसवीं सदी की सर्वोत्तम कलाकृतियों का प्रदर्शन भी होने जा रहा है। एक साथ, एक ही जगह, यूरोप के संगीत, नृत्य, कला व साहित्य— सबकी बानगी देखने-सुनने का सुअवसर प्राप्त होगा।

इस बार के साथी भी अच्छे मिले हैं। मित्रवर मसानी के पिता सर रुस्तम मसानी हमारे दल के नेता हैं। सर रुस्तम बंबई के प्रसिद्ध शिक्षाप्रेमी ही नहीं हैं, एक उच्च कोटि के लेखक भी हैं। बंबई विश्वविद्यालय के वह वाइस चांसलर रह चुके हैं और उनकी लिखी दादा भाई नौरोजी की जीवनी उत्कृष्ट कोटि की जीवनी मानी जाती है। उनकी कुछ रचनाओं का अनुवाद फ्रेंच में भी हो चुका है।

अभी आए थे, मेरी बगल में बैठे और बड़े प्रेम से बातें कीं; जैसे कोई पिता अपने बच्चे की मिजाजपुरसी कर रहा हो।

पी.वाई. देशपांडे मेरे पुराने परिचितों में से हैं। जब सोशलिस्ट पार्टी का जन्म हुआ, वह भी शामिल थे। मराठी के सुप्रसिद्ध लेखक, 'नागपुर टाइम्स' के संचालकों में। वह भी आकर इस बार की यूरोप यात्रा के खाके के बारे में बातें कर गए हैं। वह पहली ही बार यूरोप जा रहे हैं।

चौथे-पाँचवें सज्जन हैं फिलिप स्प्रैट और का.ना. सुब्रह्मण्यम्। फिलिप स्प्रैट—सुप्रसिद्ध 'मेरठ षड्यंत्र' के अभियुक्त। अँगरेज हैं, किंतु अब भारत को ही घर बना लिया है। एक भारतीय महिला से शादी की है। मैसूर से 'मिस इंडिया' नामक पत्रिका निकालते हैं। शांत चेहरा, मौन स्वभाव! सुब्रह्मण्यम् मद्रासी हैं, तेलुगु के नामी लेखक, धड़ल्ले से बोले जा रहे हैं।

और, मेरे सामने हैं मेरे दो आत्मीय—शिवाजी और उनकी पत्नी शीला। जब मुझे निमंत्रण मिला, शिवाजी ने भी साथ देने की इच्छा प्रकट की। मैंने मसानी को लिखा और वह भी प्रतिनिधि की हैसियत से जा रहे हैं। उनकी पत्नी शीला ने उनका साथ देकर बिलकुल घरेलू वातावरण बना दिया है।

प्लेन उड़ा जा रहा है। हम संध्या को चले हैं। नीचे समुद्र लहरा रहा है, ऊपर हम आगे बढ़े जा रहे हैं—अपनी मातृभूमि से दूर! कितनी दूर? अभी कप्तान का सूचना-पत्रक नहीं मिला है।

बंबई में दो दिन रहा, वहाँ के मित्रों के चेहरे और स्वागत-सत्कार के दृश्य आँखों के सामने घूम रहे हैं।

बंबई स्टेशन पर उतरकर जब बाहर हो रहा था, इस कांग्रेस की भारतीय शाखा के श्री बरखेदकर मिले। उन्होंने मेरी कोटवाली तसवीर देखी थी, अत: हिचकिचा रहे थे; किंतु मेरे मोटे चश्मे ने उनकी झिझक दूर की। उन्होंने मसानी को सलाम कहा; किंतु मैं तो पहले से ही तय कर चुका था, मैं पृथ्वीराजजी के साथ ठहरूँगा। अत: बरखेदकर से दुआ-सलाम कर सीधे पृथ्वीराजजी के यहाँ माटूँगा जा पहुँचा।

पृथ्वीराजजी, उनकी धर्मपत्नी रमाजी, बेटे शमी और शशि और बेटी उमी के स्नेह से अब भी अभिभूत हो रहा हूँ। शमी ने अपने स्वाभाविक नाटकीय ढंग से कहा था— चाचाजी, वहाँ एक चपरासी भी लेते चलिए!

जब मसानी से उनके दफ्तर में मिला, हिंदी में ही बातें शुरू हुईं। हम लोग सदा हिंदी में ही बातें करते आए हैं, तब भी जब वह मुश्किल से हिंदी में बोल सकते थे।

हमारी विदाई के लिए जो समारोह हुआ था, उसमें अशोक और पुरुषोत्तम आए थे। पुरुषोत्तम ने उलहना दिया— मेरे यहाँ नहीं ठहरे! और अशोक के सिर पर पूरी बंबई पार्टी की जिम्मेवारी; तो भी, मेरे ही कारण वहाँ आए थे, ऐसा उन्होंने स्नेह से कहा।

देवेंद्र मेरे साथ गया था, पीछे वीरेंद्र भी आ गए थे। शीला को पहुँचाने बालाजी आए थे। शिशिर आजकल बंबई में ही हैं, कल से ही साथ में लगे हैं। देवघर का इंद्रनारायण सम्मेलन में काम करता था; अखबारों में आज भोर को मेरे जाने की सूचना पढ़ी थी। वह अपने साथ एक सज्जन को लेते आया था। उन्हीं सज्जन श्री मुकुंद गोस्वामी के मगही पान के बीड़े चाभता उड़ा जा रहा हूँ।

किंतु, यह पान कब तक चलेगा, कहाँ तक चलेगा? ज्यादा-से-ज्यादा काहिरा तक। तो क्यों नहीं सिगरेट शुरू कर दूँ। पिछले छह-सात महीनों से सिगरेट छोड़ रखा था— और पान पर ही काटे जा रहा था। किंतु यूरोप में पान कहाँ! अत: बंबई में ही दो टिन सिगरेट के खरीद लिये थे।

किंतु, यह क्या? सिगरेट जलाता हूँ तो मुँह में अजीब स्वाद लगता है! कुछ मजा नहीं आ रहा है। लेकिन आएगा, आएगा! पुरानी चीज भी नया अभ्यास खोजती है न!

अंधकार फैल रहा है। प्लेन की बत्तियाँ जल रही हैं। एयर होस्टेस खाने के लिए हर सीट के सामने सँकरा टेबुल सजा रही है। चलो बेनीपुरी, हाथ-मुँह धोओ, खाओ-पीओ और सोओ। बहुत थके हो! पेरिस घूँघट हटाए तुम्हारी प्रतीक्षा कर रही होगी; फिर वहाँ विश्राम कहाँ! हाँ, श्रांति और क्लांति भी नहीं होगी वहाँ; किंतु उस रास-हास के लिए भी तो शक्ति-संचय आवश्यक है।

□

: २ :

यह प्रभात : यह पेरिस

११.५.'५२—(क) प्लेन पर

अभी नींद टूटी है और प्लेन की शीशे की खिड़की से बाहर नजरें डालते ही यह क्या पा रहा हूँ!

यह सुंदर प्रभात, मनोरम प्रभात, हृदयहारी प्रभात! उधर, दूर क्षितिज पर, सूर्योदय की लालिमा फूट रही है और इधर, हमारे प्लेन के नीचे, बादलों के ढेर हैं! ये बादल, भूरे बादल, एक पर एक लदे बादल रुई के समुद्र-से लग रहे। और, यह लालिमा क्षण-क्षण, पल-पल रंग बदल रही है! क्या कोई कैमरा भी उसके इस परिवर्तनशील सौंदर्य को पकड़ सकता है—फिर कलम क्या करे?

वह सामने बैठी लड़की अपना कैमरा सम्हाल रही है। कलम, तू भी चलती चल!

क्षितिज का रंग बदलता जाता है। जहाँ पहले उसमें लालिमा-ही-लालिमा थी—तुरत ब्याही गई लड़की की चूनर-सी दिपती हुई, बेदाग—वहाँ अब उसमें सुनहलापन आ रहा है! किसी गोरे गाल पर दौड़ती शरम की लाली का ठीक उलटा!

बादलों के ऊपर एक चमक सी छा रही है। जगह-जगह बादल ऐसे उठे हैं कि वे पहाड़ की चोटियों-से लगते हैं। उन चोटियों की चोटियों पर चमक की हलकी लकीरें खिंच रही हैं।

बाईं ओर की खिड़की से देखता हूँ, चाँद औंधे मुँह लटका है। बादल उस ओर भी हैं, किंतु निष्प्रभ, निस्पंद। जीवन सूरज में है, चाँद तो सुलाना ही जानता है!

और, इतनी ही देर में, इधर, यह क्या हो गया? सूरज देवता ने अपनी ज्योति-निर्झरी का जैसे ढक्कन खोल दिया हो! मालूम होता है, असंख्य किरण-

धाराएँ एक ही साथ फूट निकलीं! चारों ओर चकमक, झलमल! चारों ओर जैसे सोने का पानी फिर रहा है।

अब क्षितिज की छवि अद्‌भुत हो गई है। बादलों के पहाड़ के पीछे से यह सूरज देवता ने झाँका, फिर मुसकरा पड़े। भूरे बादलों की किनारी अब सुनहली, चमकीली है। नीचे के बादल सपाट मैदान-से लग रहे हैं। ज्यों-ज्यों उजाला बढ़ता जाता है, उनका भूरा रंग दूर होता जाता है—देखिए, वे अब मक्खन-से लग रहे हैं, श्वेत, स्निग्ध! भूखे नयन उन्हें देखकर अघा नहीं रहे।

यह लड़की कैसी चंचल हो रही है। क्या इसने मान लिया है कि कैमरा काम नहीं कर सकता? कमबख्त, उन्हें नयनों में ही भर ले।

सूरज का पूरा गोला अब सामने है—चमकता, सुनहला गोला। सोने के थाल में कंचन का शालिग्राम! बादलों की सुनहरी किनारी दिप रही है। बादलों के गाले में भी चमक है। अरे, सूरज की किरणें शीशे की खिड़की को छेदकर हमारे प्लेन के अंदर भी आ घुसीं—सारा प्लेन भक-सा बल उठा जैसे। अब सबकी आँखें सामने की खिड़कियों की ओर हैं।

लड़की की चंचलता बढ़ती जाती है। वह रह-रहकर अपने अलक जालों से मेरे सामने की खिड़की को ढक देती है।

सूरज ऊपर उठता जाता है, उसका तेज बढ़ता जाता है। वह लड़की हट गई है। अब यहाँ से वहाँ तक निर्द्वंद्व देख सकता हूँ; किंतु···क्या देखा जाता है? एक अजीब जगमगाहट है। कभी-कभी खिड़की का शीशा इस तरह चमक उठता है जैसे वह भी सूरज का कोई टुकड़ा हो। आँखें चौंधिया जाती हैं।

नीचे के बादल अब दूध के फेन-से लग रहे हैं—फेन की ही तरह वे उबलते दीखते हैं।

कहा गया था, हम पेरिस छह बजे पहुँचेंगे। मेरी घड़ी में दस बज रहे हैं। बंबई और पेरिस के समय में लगभग पाँच घंटे का अंतर होना चाहिए। क्या अब हम पेरिस के निकट आ गए हैं?

हम कहाँ हैं? बंबई छोड़ी तो फिर काहिरा के ही दर्शन हुए। ऊँघते हुए हम प्लेन से नीचे आए थे। उन्मुक्त हवा के झोंकों ने हमें ठंडक दी थी। हवाई अड्डे के होटल में एक प्याली काफी पीकर हमने कुछ देर के लिए नींद दूर की थी। हबशी नौकरों के आबनूसी रंग और मोटे होंठों ने भी इसमें सहायता की थी। पासपोर्ट आदि की रस्मों के बाद फिर प्लेन में! रात-रात में न जाने कितने मैदान, समुद्र और पहाड़ हमने पार किए। बादलों के नीचे अब निश्चय ही फ्रांस की भूमि होगी।

फ्रांस की भूमि! रूमानियों की भूमि, सैलानियों की भूमि! तुम कहाँ हो? जरा नीचे देखें—

अहा, फिर नयनाभिराम दृश्य। सूरज देवता काफी ऊपर उठ चुके हैं और उन्होंने सारे बादलों को विचित्र ढंग से चमका दिया है। ये बादल स्वयं ज्योति-पुंज बन रहे हों जैसे। चारों ओर चमक-ही-चमक। जो कभी काले थे, भूरे हुए, सुनहले बने, अब वे उजले-उजले हैं— स्वयं उजले हैं, उजलापन बिखेर रहे हैं।

एक धचके का अहसास। हमारा प्लेन नीचे उतर रहा है क्या? सामने प्लेन की पट्टी पर वह चमक उठा— फासेन सीट बेल्ट! कमर बाँधो, तैयार हो।

अरे, यह नीचे क्या है? गहरी हरियाली में ये लाल, पीले, उजले मकान! और वह, वह— ईफेल टावर! हाँ, हाँ, हम पेरिस पहुँच चुके!

मन घबरा रहा है अधूरे हेल्थ सर्टिफिकेट को लेकर। किंतु यह गलत बात। जी कड़ा करो और उतरो, बेनीपुरी। देखो, पेरिस बाँहें पसारकर तुम्हारे स्वागत को खड़ी है! वह खड़ी है, प्लेन भी नीचे उतरकर खड़ा हुआ, तुम भी उतरो।

सुंदरी होस्टेस कह रही है— बाई-बाई! पेरिस इसीकी तरह मुसकराकर कहेगी— फिर आ गए, स्वागत!

(ख) पेरिस में—

रंगीन, खूबसूरत बस पर सर-सर निकलता अब पेरिस में प्रवेश कर रहा हूँ!

एरोड्रोम पर कोई झंझट नहीं हुई। हम सम्माननीय अतिथि थे न— जरा सी गफलत के लिए क्या दंड पाता! एयर इंडिया के पेरिस प्रतिनिधि मि. कौल अपने साथ उस लड़की के निकट ले गए। उसने हँसकर कागज पर मुहर लगा दी।

सिर से बला टली और इधर पेरिस का सौंदर्य मन-प्राण को अभिभूत करने लगा।

हलका कुहासा छाया हुआ है। उस हलके कुहासे में सड़क के दोनों ओर के हरे-हरे पेड़ कितने सुंदर मालूम होते हैं! ये पेड़ कटे, छँटे, एक ही बल्ले पर खड़े हरे तंबू-से! हरी-हरी पत्तियों के बीच हलके लाल रंग के फूल और गजब ढा रहे हैं।

फूलों की पँखुरियाँ सड़क पर छितराई हुई हैं, जिन्हें कुचलती हमारी ब्रस भागी जा रही है।

यह सामने ईफेल टावर— अपने पूरे गौरव के साथ कह रहा है, तुम फिर आ गए!

और, अब सीन नदी पार कर रहा हूँ। सीन, यह छोटी सी नदी! इसपर कितने बजड़ों ने बहारें लूटी हैं, कितनी लाशें इसकी तरंगों पर उतराई हैं!

और, यह पुल! अलग से ही यह कहता था— हा, यह पेरिस है!

दोनों छोर पर दो-दो बड़े स्तंभ। स्तंभों के नीचे सुंदरतम मूर्तियाँ। हर स्तंभ के ऊपर एक-एक घोड़े की मूर्ति— घोड़े जैसे उड़ रहे हों। घोड़ों की चारों मूर्तियाँ सुनहली! प्रातःकाल की सुनहली किरणों ने उनके सोने की चमक में कितना इजाफा कर दिया है!

और, यह सामने जो भवन है, उसका सुनहला कँगूरा! भवन के बरामदे से लंबी-लंबी रंगीन पताकाएँ लटक रही हैं।

यह कौन स्थान है, आज कोई उत्सव है क्या?

यह पहुँच गए एयर फ्रांस के दफ्तर में।

स्वागत समिति की ओर से एक लड़की मिली। हम होटल में ले जाए गए।

जब जलपान करके बाहर निकले, पता चला, हम शाँ जलीजे में ही हैं। शाँ जलीजे— स्वर्गभूमि! इसका यही अर्थ हमें बताया गया था। पिछली बार की यात्रा में एक रंगीन संध्या हमने यहीं बिताई थी।

ऊँची अट्टालिकाएँ, दुलहन-सी सजी-सजाई रेस्तोराँ! पेड़ों की पाँतें। लोगों में काफी उमंग! दिन में यह समाँ! ओहो, आज छुट्टी का दिन है, और पेरिस अपनी दो महान् संतानों की जयंती मना रही है आज— नेपोलियन की, जोन द आर्क की।

यह सामने नेपोलियन का विजय-तोरण। उसके नीचे जो 'अज्ञात सैनिक' की समाधि है, उसकी शान का आज क्या कहना! उसपर फूलों के ढेर लगे हैं; स्मृति-शिखा— रिमेंबरेंस फ्लेम— धधक रही है।

हृदय में एक हूक उठती है— आह! हम अपने शहीदों को याद करना कब सीखेंगे? पटना सेक्रेटेरियट के शहीदों की याद आई— कहाँ फूल, कहाँ दीपक; अरे! बेठिकाना उनका मजार है!

विजय-तोरण पर चढ़कर उत्सवमग्न पेरिस की एक झाँकी ली। वह इनवैलिड, जहाँ नेपोलियन की हड्डी सेंट हेलना से लाकर दफनाई गई है! पताकाएँ किस शान से लहरा रही हैं! हाँ, थोड़ी देर पहले हम उसीके निकट से गुजरे थे न! और वह पुल एलेक्जेंडर पुल होगा। जरा देवी जोन की मूर्ति को भी देख लें।

कुछ ऐसा उत्साह कि सामने खड़ी घोड़ागाड़ी पर चढ़कर हम उस ओर चले। पेरिस में घोड़ागाड़ी पर— अरे, हम रईसों के देश से आए हैं न!

यह कन्कर्द, यह त्विलरी। लेकिन, अभी इनके बारे में नहीं। मैं सीधे उस मूर्ति के सामने जा खड़ा हुआ— घोड़े पर सवार, नंगी तलवार लिये वह मूर्ति— देवी जोन की मूर्ति! सोने की मूर्ति, जिसके चारों ओर फूलों के ढेर लगे हैं। फ्रांस के

राष्ट्रपति, प्रधानमंत्री और सेनापति उसके चरणों में अपनी-अपनी मालाएँ अर्पित कर गए हैं और पेरिस के दस हजार नौजवानों ने अभी-अभी उसके निकट श्रद्धांजलि अर्पित की है।

चारों ओर लोगों की भीड़। भीड़ को कतरियाते किसी तरह मूर्ति के निकट पहुँचा और बार-बार उस ग्रामीण बालिका को प्रणाम किया, जो देश के लिए लड़ी और अंत में जिंदा जला दी गई।

धन्य जोन! धन्य पेरिस! धन्य मैं, जो इस शुभ दिन को ही यहाँ पहुँचने का सौभाग्य प्राप्त कर पाया।

□

: ३ :

कांग्रेस : वारसाई

१२.५.'५२—पेरिस

नौ बजे नींद टूटी। रात खूब सोया। रास्ते की थकान, दिन भर की दौड़-धूप। सवेरे ही सो गया था; किंतु जैसे कुंभकर्ण की खाला आँखों पर आ बैठी थी।

शौच, जलपान आदि के बाद जरा उस फाइल को देखने बैठा, जो सांस्कृतिक स्वाधीनता कांग्रेस की ओर से मेरे नाम भेजी गई थी।

कितनी व्यवस्था होती है इन लोगों के कामों में। इस फाइल में कितने ही कागजात हैं। कांग्रेस की मुख्य पत्रिका का अप्रील अंक है। कितने ही बड़े-बड़े लेखकों के लेख हैं—एक लेख सुप्रसिद्ध इतालियन लेखक, सौंदर्य शास्त्र के आचार्य वेनेदित्तो क्रोचे का भी है। क्रोचे इस संस्था के सम्माननीय सभापतियों में से हैं। चाहता था, यह लेख सबसे पहले पढ़ लूँ। विषय भी मोहक था—'ला आयडियल द कम्यूनिज्म'; किंतु क्या पढ़ सका। फ्रेंच जो नहीं जानता—और यह पत्रिका फ्रेंच भाषा में ही निकलती है।

बीसवीं सदी की सर्वोत्तम कृतियों की प्रदर्शनी का पूरा प्रोग्राम भी इसमें है। ३० अप्रील से २९ मई तक चलनेवाले इस महान् आयोजन की कार्य-सूची पढ़कर दिमाग चकरा जाता है। आरकेस्ट्रा, ओपेरा, बैले, कोरस, क्वार्टेट—इनके संचालकों में पश्चिमी दुनिया के बड़े-बड़े संगीताचार्यों की एक लंबी सूची। फिर चित्र प्रदर्शनी, जिसमें आधुनिक चित्रकारों की डेढ़ सौ सर्वोत्तम कृतियाँ और अंत में साहित्य।

मेरा संबंध तो मुख्यत: साहित्य से है, इसीके लिए बुलाया गया हूँ। अत: उसके कार्यक्रम को अच्छी तरह देखना ही था।

१६ मई से यह सम्मेलन प्रारंभ हो रहा है। पहले दिन का विषय है—'लेखक और वातावरण'। इसमें रूसी लेखक मार्क आंदेनौब, फ्रांसीसी लेखक रोजर कायवा,

स्वीस लेखक डेनिस द रूजमों, अँगरेज कवि स्टिफेन स्पेंडर आदि भाग लेंगे और इसका सभापतित्व करेंगे स्पेन के प्रसिद्ध लेखक दोन साल्वादर द मादरियागा, जिन्हें फ्रैंको की तानाशाही के शुरू होते ही देश छोड़ देना पड़ा था।

इसके बाद २१, २३, २६ और २८ को इसकी बैठकें होंगी, जिनमें १. पृथक्करण और संबंध-स्थापन; २. विद्रोह और मानवीय परिज्ञान; ३. अनेकरूपता और विश्वरूपता तथा ४. संस्कृति का भविष्य—इन विषयों पर विचार-विनिमय होंगे। इन विषयों में भाग लेनेवालों में—जेम्स फरेल (अमेरिका), यूजेनियो मौंतेल (इटली), डब्ल्यू. एच. औडेन (अँगरेज कवि), शियोदाँ (रूमानिया), इग्नात्सियो सिलोने (इटली), आंद्रे मालरो (फ्रांस) आदि प्रमुख हैं। नोबेल पुरस्कार विजेता विलियम फौकनर भी अंतिम दिन सम्मिलित हो रहे हैं।

२६ को कला-प्रदर्शनी का उद्घाटन हो रहा है। कला संबंधी संलाप में रूडोल्फ रियर (आस्ट्रिया), ब्लडिमीर विडले (रूस), हर्वर्ट रीड (इग्लैंड) आदि भाग ले रहे हैं।

प्रतिनिधियों की जो नामावली इसके साथ संबद्ध है, उससे पता चलता है—भारत, जापान, इटली, जर्मनी, डेनमार्क, हालैंड, स्पेन, रूमानिया, पोलैंड, ब्राजील, आस्ट्रिया, ग्रीस, अमेरिका, फ्रांस, इग्लैंड आदि के प्रतिनिधि पधार रहे हैं।

निस्संदेह यह एक महोत्सव है। क्या ऐसे महोत्सव में सम्मिलित होने का सुयोग पाना सौभाग्य की बात नहीं है? किंतु हर सौभाग्य के साथ उत्तरदायित्व का गठबंधन होता है। देखता हूँ, कहाँ तक इसे निबाह पाता हूँ।

खबर लगी है, इटली के सुप्रसिद्ध सिलोने हमारे ही होटल में ठहरे हैं। एक दिन उनसे मिलना चाहिए।

आज बाहर निकला तो पहले बहुत सा समय खरीद-फरोख्त में ही लग गया। हममें से कई आदमी अधूरे सामान लेकर ही आए हैं। किंतु यहाँ की खरीद-बिक्री भी क्या आसान है! जिस दूकान में जाइए, इतनी चीजें और इस तरह की चीजें मिलती हैं कि यह तय करना मुश्किल हो जाता है कि क्या लें, क्या छोड़ें।

शीला के लिए ओवरकोट खरीदना था। शाँ जलीजे की एक बड़ी दूकान में गए, जहाँ औरतों के लिए ही सामान मिलते हैं। उस लंबी-चौड़ी इमारत की तीन मंजिलों की इंच-इंच जगह सामानों से भरी। औरतों के लिए आवश्यक एक-एक चीज की कितनी किस्में—पेरिस तो फैशन की भूमि ठहरी। चीजें पसंद कीजिए, पहनिए, लंबे-चौड़े शीशे के सामने टहलकर देखिए कि कैसी फबती हैं। कोई हड़बड़ी नहीं। बेचनेवाली लड़कियाँ भी आपको चीजों के चुनाव में मदद करेंगी।

पेरिस फैशन की भूमि है; किंतु देखता हूँ, शीला की साड़ी देखकर यहाँ की लड़कियाँ बरबस आकृष्ट होती हैं। वह बेचनेवाली लड़की किस तृषित नेत्र से देखती और 'खूबसूरत-खूबसूरत' की रट लगाए हुए थी।

पेरिस की लड़कियाँ! ये स्वयं एक अध्याय खोजती हैं; किंतु आज फुरसत कहाँ?

पहले हमने दूर से देखने का तय किया है, इसलिए आज वारसाई जा पहुँचा था। वारसाई—क्रांति की भूमि, कला की भूमि! १७८९ की क्रांति यहीं से शुरू हुई थी न, जब पेरिस से एक भीड़ उमड़कर वहाँ पहुँची, राजा-रानी को पकड़कर एक गाड़ी पर लेकर पेरिस लौटी। पेरिस उन दिनों भूखों मर रही थी। भीड़ की औरतें रानी की ओर इंगित कर चिल्लाती थीं—रोटी पकानेवाली को ला रही हूँ, बहनो, अब रोटियों की कमी नहीं होगी!

यह विशाल इमारत। इमारत के सामने लुई चौदहवें की घोड़े पर सवार एक विशाल प्रस्तर प्रतिमा! बेचारा क्या जानता था, उसके पोते को इसी इमारत से घसीटकर लोग ले जाएँगे। उसने सोचा था, मैं यूरोप का सबसे शानदार महल बनवा रहा हूँ, मेरे बाल-बच्चे अनंत काल तक इसमें रँगरलियाँ मनाते रहेंगे!

अँगनाई के सामने ही वह बालकनी है, जहाँ खड़ी होकर रानी अंतोयेनेत ने जनता की भीड़ को शांत करना चाहा था।

इमारत के भीतर पहुँचते ही उसके चाकचिक्य से चकित-विस्मित हो जाना पड़ता है। सभी कमरे, स्वर्ग का एक-एक टुकड़ा दीवारों पर, छतों पर वे तसवीरें, जिन्हें देखते ही आँखें हटना नहीं चाहतीं! यूरोप के सुप्रसिद्ध कलाकारों ने वर्षों के परिश्रम से इन चित्रों को बनाया था। यह देखकर प्रसन्नता होती है, जनता ने राजा-रानी को तो हटाया किंतु इन चित्रों को, कलाकृतियों को जरा भी हानि नहीं पहुँचाई। जो कभी विलासभूमि थी, वह आज कला की रंगभूमि के रूप में जगत् प्रसिद्ध हो रही है। इसे देखने को देश-विदेश से आए लोगों की भीड़ लगी रहती है। आज भी कितने देशों के, भिन्न-भिन्न रूपों के चेहरोंवाले, भिन्न-भिन्न पोशाकोंवाले लोगों की भीड़ सी लगी है यहाँ।

लगभग दो हजार कमरे हैं इसमें। हर कमरा इतिहास का एक-एक पन्ना है। सोने की चमक, तसवीरों की रंगीनियाँ। एक कमरे की छत पर जो तसवीरें हैं, उनके बनाने में ही एक चित्रकार को पाँच वर्ष लगे थे। बेचारा भरसाहा लगाकर, चित लेटे हुए लगातार तसवीरें बनाया किया। धन्य वह धैर्य, धन्य ये चित्र!

यह बड़ा हॉल—जिसमें १९१९ की वारसाई की संधि हुई। क्लिमैंसो

(फ्रांस), विल्सन (अमेरिका) और लॉर्ड जार्ज (इंग्लैंड) ने इसी टेबुल पर संधि-पत्र पर दस्तखत किए थे।

एक कमरे में एक बड़ी अच्छी तसवीर थी। गाइड ने कहा—देखिए, यह मेरी अंतोयेनेत है, यह उसकी बेटी है और ये दो बेटे हैं उसके। छोटा बच्चा क्रांति के पहले मर चुका था। बेटी का कत्ल रानी के साथ ही किया गया था। किंतु यह बड़ा लड़का क्या हुआ?

यह प्रश्न सचमुच इतिहास का एक रहस्य बना हुआ है। कहा जाता है, जब वह जेल में था, समाचार फैला, वह मर गया। एक लाश भी दफनाई गई। किंतु रानी ने उसे चुपके खिसका दिया और वह बेचारा अज्ञातनाम हालैंड में बहुत दिनों तक जीता हुआ मरा।

क्रांति! क्या-क्या न तखड़-पखड़ कर देती है यह लाल देवी!

फ्रांस की सरकार वारसाई के पुनरुद्धार में लगी है। सभी कमरों को पूर्व रूप में सजाया जा रहा है। चित्रों पर लगे धब्बे दूर किए जा रहे हैं। मूर्तियों को धोया-पोंछा जा रहा है। फ्रांस आर्थिक संकट में है। किंतु यदि फ्रांस दुर्दिन में भी अपनी कला को भूल जाए तो फ्रांस क्या?

□

: ४ :

दूतावास : नवोकौव : रेस्तोराँ

१३.५.'५२—पेरिस

सवेरे ही उठा, क्योंकि आज भारतीय दूतावास में जाना था और सांस्कृतिक स्वाधीनता कांग्रेस के कार्यकारी सभापति नवोकौव से मिलना था।

दूतावास में श्री मल्लिक से भेंट हुई। प्लेन पर इतने शांत लगते थे कि लगता था, वह सदा ऊँघनेवाला आदमी भला क्या करेगा! किंतु यहाँ बहुत चौकस दीखे। बड़े ही तपाक से मिले। ज्यादातर बातें हमारे दल के नेता सर रुस्तम मसानी ने ही कीं। सर मसानी भी पूरे अनुभवी—दरबारों की रीति-नीति के जानकार। भारतीय पर्यटकों की सहायता की बात आई। बताया गया, पेरिस में आनेवालों की संख्या बड़ी होती है, किंतु स्टाफ कम है। पूरी सहायता नहीं हो पाती है। अपने देश में शोर है, दूतावासों पर बहुत खर्च हो रहा है, इधर स्टाफ की कमी का रोना! तो खर्च होता किस मद में है? कौन इस भूल-भुलैए में पड़े?

वहीं काका कालेलकर के बड़े सुपुत्र डॉ. कालेलकर से भेंट हुई। डॉ. कालेलकर पहले हिंदू विश्वविद्यालय में प्रोफेसर थे; अब यहाँ सेक्रेटरी हैं। पत्रों से इन्हींका संबंध है। बड़े मिलनसार। हिंदी अच्छी जानते हैं—काका साहब के लड़के ठहरे! मेरी चीजें पढ़ चुके थे। घुल-घुलकर बातें कीं। हर तरह की सहायता का आश्वासन दिया। हमारे देशपांडे तो मराठी ही ठहरे—दोनों ने खूब मराठी के चने फोड़े। हाँ, जब लोग मराठी में बोलते हैं तो मुझे लगता है, भाड़ में एक ही साथ कई सेर चने भड़-भड़ फूट रहे हों! कैसी मर्दानी भाषा है यह।

हम कांग्रेस के दफ्तर में आए तो नवोकौव से भेंट हुई। हमारे होटल से थोड़ी ही दूर पर यह दफ्तर है। बड़ा ही सुव्यवस्थित दफ्तर!

नवोकौव काफी तगड़े और खुले दिल के आदमी जँचे। ऐसे मिले कि अपने साथी हों। दफ्तर में भीड़ थी। एक कॉफी हाउस में ले आए—पीना और बातचीत साथ-साथ। उन्होंने बताया, पहले-पहले यह सम्मेलन यूरोपीय देशों को लेकर ही

बुलाने का निश्चय हुआ था। किंतु फिर सोचा गया कि एशिया से भी कुछ लोगों को बुला लिया जाय। सोचा यह जा रहा है कि एशियाई और अन्य पूर्वी देशों को लेकर एक सम्मेलन एशिया के ही किसी देश में बुलाया जाए। उस सम्मेलन को भी इसी पैमाने पर करने का विचार हो रहा है।

नवोकौव संगीत निर्माता हैं, अत: साहित्य संबंधी कुछ बातों के बाद मुख्यत: संगीत पर ही चर्चा चल पड़ी। उनसे पता चला, यूरोप में, खासकर फ्रांस में कुछ ऐसे संगीतज्ञ हैं जो यह समझते हैं कि यूरोप का संगीत अब अपनी चरम सीमा पर पहुँच गया है, उसमें गतिरोध पैदा हो गया है। अत: उनका ध्यान पूरब के संगीत की ओर गया है और इस संबंध में वे अच्छा काम कर रहे हैं। नवोकौव ने यह भी बताया कि रेडियो के कारण उस संगीत की महिमा बढ़ती जाती है, जिसमें संगीतज्ञ अकेले-ही-अकेले अपनी कला का प्रदर्शन कर सके। रेडियो के यंत्र लंबे आरकेस्ट्रा की स्वर-लहरी को पकड़ नहीं पाते, अत: संगीतज्ञों को अपनी कला को छोटे-से-छोटे रूप में प्रकट करने को बाध्य होना पड़ रहा है। इस दृष्टि से भी अब उस संगीत की ओर ध्यान जाने लगा है जो अकेले-अकेले, थोड़े से साधनों द्वारा पेश किया जा सके। भारतीय संगीत इसी कोटि का है, फलत: पश्चिम को अब संगीत के लिए उसकी ओर देखना ही पड़ेगा। उनका कहना था कि यदि भारत में कुछ संगीतज्ञ आवें और अपनी कला के प्रदर्शन के साथ उसकी व्याख्या भी प्रस्तुत कर सकें तो बहुत ही अच्छा हो। भारत ने संगीत को राग-रागिनियों में विभक्त कर बड़ी बारीक चीज दुनिया को दी है, जिसकी ओर अब लोगों का ध्यान जाने लगा है।

बाहर प्रतिनिधिमंडल भेजने में हमारी सरकार ने न जाने कितने रुपए स्वाहा किए हैं, किंतु संगीत के लिए वह एक छदाम भी क्यों बरबाद करे? यह भी हो सकता है कि दिल्ली के महाप्रभु भारतीय संगीत को संगीत ही नहीं समझते हों! फिर, विदेशों के लिए तो उनका व्याख्यान ही बहुत है न!

शाम को शाँ जलीजे के एक रेस्तोराँ के सामने उसकी रंगीन छतरियों में बैठकर बहुत देर तक आने-जानेवालों और वालियों को देखता रहा। यह शाँ जलीजे—यों तो नेपोलियन के समय से ही यह प्रसिद्ध है, किंतु कहते हैं, इसका यह विकास तो पचास वर्षों के अंदर हुआ है! और, अब तो यह पेरिस के मौजी जीवों का अखाड़ा बन चुका है।

सड़क के दोनों ओर अट्टालिकाएँ—यों तो अट्टालिकाओं की कमी हमारे यहाँ के शहरों में भी नहीं, किंतु इनमें से हर की इमारत में एक व्यक्तित्व है—पेरिस सुलभ व्यक्तित्व! बड़ी-बड़ी अट्टालिकाएँ, चार-पाँच मंजिलों की अट्टालिकाएँ—कितनी हलकी-फुलकी लगती हैं।

फिर, ये रेस्तोराँ! रेस्तोराँ क्या हैं, सजी-सजाई दुल्हनें! रंगीन, खूबसूरत; मोहक, मादक।

हर रेस्तोराँ के आगे रंगीन छतरियाँ! इन रंगीन छतरियों के नीचे एक-एक टेबुल और दो-दो कुरसियाँ। रंगीन संध्या के रंगीन वातावरण में इन रंगीन छतरियों के नीचे बैठ जाइए। कुछ खाइए, खिलाइए; पीजिए, पिलाइए और घंटों गप्प करते जाइए। कोई आपको नहीं टोकेगा कि क्यों आप जगह घेरे हुए हैं, उठिए, चलते नजर आइए—जैसाकि अपने यहाँ के रेस्तोराँ के मैनेजर सोचते, करते। थोड़ी-थोड़ी देर पर ब्वाय पहुँचकर सिर्फ पूछ जाया करेगा, आपको क्या चाहिए? बस।

आप इन रंगीन छतरियों के नीचे बैठे हैं, और आपके सामने सौंदर्य तरंगें ले रहा है।

पेरिस अपने सौंदर्य के लिए प्रसिद्ध है, संगीत के लिए प्रसिद्ध है, सुगंध के लिए प्रसिद्ध है और प्रसिद्ध है अपनी सुरा के लिए! तीन चीजों की यहाँ प्रचुरता है, चौथी चीज—संगीत के लिए आपको या तो सामने के 'लीडो' में जाना होगा या बगल के 'थिएटर शाँ जलीजे' में। हाँ, वहाँ एक साथ ही चारों मिल जाएँगे।

पेरिस की ये सुंदरियाँ—इनके बाल, इनके चेहरे का रंग, इनकी नाक, इनकी गरदन, इनकी कमर और इनके ये लहराते घाँघरे!

हाँ, पेरिस की लड़कियाँ लंदन की लड़कियों की तरह चुस्त स्कर्ट नहीं पहनतीं; उनके कटि परिधान को आप अपने देश के घाँघरे का पेरिस संस्करण समझिए।

जब वे चलती हैं तब उनके घाँघरे की लहरान उनकी गति में वह अदा भर देती है कि लगता है, वे चलतीं नहीं, हवा पर तिरती जा रही हों।

ऐसे रेस्तोराँ में, इस रूमानी फिजा में, खा-पीकर हम चले कैसिनो द पेरिस देखने! पेरिस में तीन-चार घर जो अपने नैश विहार के लिए प्रसिद्ध हैं, उनमें एक यह कैसिनो भी है।

टिकट के लिए रेलपेल। और, मंच का परदा उठा नहीं कि आप पहुँच गए स्वप्नपुरी में।

हाँ, यहाँ परियाँ नाचती हैं, गाती हैं। नाचती हैं विविध रूपों में, विविध हाव-भावों में! पहले सुसज्जित शृंगार देखिए, फिर नग्न सौंदर्य! नग्न सौंदर्य—चौंकिए नहीं, घबड़ाइए नहीं; यह पेरिस है! और, पेरिस की बेटियों को ही जगमग सौंदर्य की वह अलक्षित चीज विधाता ने दी है कि वह इस रूप में आपके सामने आ सकें, खड़ी हो सकें, नाच सकें और दर्शकों की धमनियों के रक्त को भी नचा सकें!

□

: ५ :

तानाशाही : सिनेमाघर : ईमानदारी

१४.५.'५२—पेरिस

तीन दिन हो गए यहाँ आए, किंतु मन अभी रम नहीं रहा है। कई अधूरे काम छोड़ आए, उनकी चिंता रह-रहकर आ घेरती है। किंतु धीरे-धीरे पेरिस अभिभूत कर रही है, इसमें शक नहीं।

न जाने क्या बात है, पेरिस को मैं सदा स्त्रीलिंग में ही व्यवहार किए जा रहा हूँ। पेरिस को पुरुष के रूप में मैं कल्पना कर नहीं पाता, जैसे लंदन को स्त्री रूप में।

आज निश्चय किया है, इस डायरी के अलावा पेरिस पर एक अलग पुस्तक भी लिखूँ। क्योंकि डायरी में सारी बातें आ नहीं पातीं और पेरिस का यह संक्षिप्त वर्णन प्यास ही बढ़ा सकता है, तृप्ति नहीं दे सकता।

सवेरे से पुस्तक की रूपरेखा तैयार कर रहा था कि देशपांडे ने खबर दी, आज हमें फिर कांग्रेस के दफ्तर में जाना है। देशपांडे कांग्रेस की भारतीय शाखा के मंत्री हैं, अत: कांग्रेस संबंधी कार्यक्रम का सारा भार हमने उन्हींके ऊपर रख दिया है।

साढ़े ग्यारह बजे कांग्रेस के दफ्तर में गया। आज उन्होंने कुछ विशिष्ट प्रतिनिधियों को बुलाया था। कई देशों के प्रसिद्ध साहित्यकारों से परिचय हुआ, किंतु उनके नामों का उच्चारण इस ढंग का कि उन्हें स्मरण रखना मुश्किल। और, नामों में मेरी विशेष दिलचस्पी भी तो नहीं रही है।

कुछ बातें हुईं। एक बही पर दस्तखत लिये गए। जिस बही पर बरट्रेंड रसेल, क्रोचे आदि के दस्तखत हों उसपर दस्तखत करते हुए कम गौरव नहीं बोध किया। फिर फोटोग्राफी हुई। फोटोग्राफर कोशिश कर रहा था, जब हम किसी काम में लगे हों, बातें कर रहे हों तब फोटो लिये जाएँ, जिससे स्वाभाविकता बनी रहे।

कांग्रेस के दफ्तर में एक लड़की है। बिलकुल बच्ची लगती थी। चेहरा ऐसा कि कश्मीरी लड़कियों में खप जाय। जब हमने कहा, तुम कश्मीरी लगती हो, तो

उसने आश्चर्य से कहा, मैं तो आधी जर्मन और आधी बेल्जियन हूँ। उसका मतलब था अपने माता-पिता की राष्ट्रीयता से।

दफ्तर में सभी सम्माननीय सभापतियों की तसवीरें लटक रही थीं— वेनेदित्तो क्रोचे की, जोन डीवी की, कार्ल जैस्पर की, सालबदर मादरियागा की, जैक्स मारित्तेन की और बरट्रेंड रसेल की। सभी वृद्ध वसिष्ठ-से लगते थे। पश्चिमी संसार के इन महर्षियों के श्रीचरणों में मन-ही-मन शीश नवाया।

दोपहर का भोजन कांग्रेस की कार्य समिति के सदस्य जूलियस फ्लीशमैन के घर पर करना था। होटल से थोड़ी दूर आर्क द ब्रंफ से उधर, उनका घर है। घर से लगी वाटिका में एक छोटी सी विटपी के नीचे हम बैठे। इस विटपी को काट-छाँटकर ऐसा बना दिया गया था कि वह छतरी-सी लगती थी। किसी भद्दी चीज में भी सौंदर्य भर देना पेरिस की खूबी है न!

खाने पर मादरियागा और रूजमों भी आए थे। रूजमों कांग्रेस की यूरोपीय शाखा के प्रधान हैं। यहाँ खाने-पीने के समय खूब बातें चलती हैं। घुल-घुलकर बातें हुईं। मैंने कहा, आज भारत में जनतंत्र का अर्थ हो गया है—पूँजीवाद का समर्थन। जब सिर्फ जनतंत्र की रक्षा की बात कीजिए तो लोग समझते हैं, यह परोक्ष रूप में पूँजीवाद की हिमायत कर रहा है। और, चूँकि यूरोप में पूँजीवाद आखिरी साँस ले रहा है, इसलिए पूँजीवाद का अर्थ हो गया है—अमेरिकन पूँजीवाद। इसलिए जब हमारी कांग्रेस सांस्कृतिक स्वतंत्रता के लिए जनतंत्र की अनिवार्य आवश्यकता बताती है तो लोगों को शक होने लगता है, कहीं हम अमेरिकन पूँजीवाद का समर्थन तो नहीं कर रहे हैं। लोगों के इस शक को कम्यूनिस्ट और बढ़ाते हैं। भारत में कम्यूनिस्टों की ओर से यही प्रचार है कि यह संस्था अमेरिकनों की संस्था है, अमेरिकन पूँजीपतियों की संस्था है। अत: मैंने सलाह दी कि इस संस्था के कुछ यूरोपीय उन्नायकों को भारत में चलना चाहिए। साथ ही, उनके लिखे इस संबंध के साहित्य का भारत में प्रचार करने की बात भी सोचनी चाहिए। कम्यूनिस्ट सस्ते साहित्य के प्रचार द्वारा किस प्रकार पढ़े-लिखे लोगों का दिमाग खराब कर रहे हैं, मैंने यह भी बताया।

रूजमों ने मेरी बातों को समझने की चेष्टा की। जब मैंने यह बताया कि बीस-बाईस करोड़ हिंदीभाषियों के क्षेत्र से एक भी कम्यूनिस्ट पिछले चुनाव में नहीं चुना गया, बल्कि अधिकांश की जमानतें जब्त हुईं, तो दोनों सज्जनों को विस्मय-मिश्रित हर्ष हुआ।

शाम को 'मोंटे कारलो' सिनेमाघर में एक चित्र देखने गया, जिसमें स्कॉट की दक्षिण ध्रुव की यात्रा का चित्र था। बोल अँगरेजी में ही थे; किंतु फ्रेंच अनुवाद चित्रों के नीचे लिखे होते थे। कितना अच्छा था चित्र और किस उत्सुकता से देख रहे थे

लोग! क्या हिंदी चित्र चुंबन, आलिंगन से कभी ऊपर उठ सकेंगे? यहाँ तो वीरता के चित्रों में भी किसी-न किसी तरह अश्लील शृंगार घुसेड़ने की चेष्टा होती है— शिवजी की पार्वती भी विरह के गीत गाती फिरती हैं।

यहाँ प्राय: सारे यूरोप के सिनेमाघरों में यह व्यवस्था है कि चाहे जब टिकट कटाकर भीतर चले जाइए और जहाँ से शुल्क दिया है, फिर वहाँ तक देखकर चले आइए। यदि आप दोबारा-तिबारा देखें तो कोई आपको रोकने नहीं जाएगा; किंतु वहाँ फुरसत किसे है कि कोई इतनी देर बैठे!

आज एक विचित्र अनुभव हुआ। इंग्लैंड के लोगों की ईमानदारी के कितने सबूत पिछले साल ही मिल चुके थे। वहाँ कहा गया था, यूरोप में ऐसी ईमानदारी कहीं नहीं मिलती। फ्रांस की कम और इटली की अधिक शिकायत है इस बारे में। किंतु, आज की घटना ने पेरिस की ईमानदारी का सिक्का बिठा दिया मेरे मन में। अभी रात में मेरा पर्स एक रेस्तोराँ के टेबुल पर छूट गया था। मैं बाहर चला आया था कि पीछे से रेस्तोराँ का आदमी दौड़ा आया और पूछा— आपने कोई चीज खोई है? मैं इधर-उधर टटोलने लगा, तो वह बोला— आपका पर्स! मैं तो अवाक्! काटो तो खून नहीं। सारी पूँजी उसीमें थी। किंतु उसने आश्वस्त किया और होटल में ले जाकर मुझे मेरा पर्स सुपुर्द कर दिया।

आह! अपने देश में यह ईमानदारी कब आवेगी? मेहनत और ईमानदारी यूरोप की उन्नति के दो प्रमुख उपादान रहे हैं और ये ही दो तो व्यक्ति और राष्ट्र को उन्नति की चोटी पर चढ़ाते हैं!

हम अपने बाप-दादों की कहानियाँ कहना कम करें और अपने जीवन में उतारें उन गुणों को जिन्हें अपनाकर वे भी बहुत आगे बढ़ गए हैं जिन्हें हम बर्बर, असभ्य आदि नामों से पुकारकर आत्म-तुष्टि कर लेते हैं।

आज शाम को होटल के लॉज में बैठा था, तो एक बूढ़े सज्जन पधारे। यों तो यूरोप में कोई किसीसे जल्दी यह नहीं पूछता कि आप कौन हैं, क्या हैं आदि। किंतु उस बूढ़े सज्जन ने मुझे कुछ देर तक गौर से देखकर पूछ ही तो दिया— क्या आप भारत से आ रहे हैं? और 'हाँ' कहने पर उन्होंने बताया, वह स्कैंडनेबिया के हैं। घुमक्कड़ तबीयत पाई है। एशिया में भी खूब घूमे हैं। भारत के कई शहरों के नाम बताए। फिर कहा— आप लोग महान् हैं, क्योंकि आपके दिमाग में पाँच हजार वर्षों का मस्तिष्क है। इस दृष्टि से यूरोप अभी बच्चा है। बच्चों की तरह इसने घरौंदे तो अच्छे बनाए हैं; किंतु इसमें वह आंतरिक चेतना कहाँ, जो हजारों वर्षों के अनुभव से ही प्राप्त होती है। स्कैंडनेबिया के प्राचीन इतिहास पर भी उन्होंने गर्व प्रगट किया

और अपने इब्सन की अंतश्चेतना की मूल भित्ति बताई। फिर बोले— पश्चिमी यूरोप में कम्यूनिज्म का भूत सबके सिर पर सवार है। यह भूत नहीं, उनका अपना पाप है! हमारे देशों में भी कम्यूनिस्टों ने जाल फेंके थे, किंतु बेचारे आप उलझ गए और भागे। कुछ नए मुरीद बनाए, उन्हें मास्को तक ले गए! किंतु उन्होंने देखा, स्कैंडनेबिया की जनता ने जितना स्वयं बना लिया है, उसके मुकाबले रूस की जनता इतनी खून-खराबी के बाद भी क्या पा सकी है। वे लौटे और फिर हमारे हो रहे।

अपने सम्मेलन के कुछ प्रतिनिधियों से बातें हुई हैं। सचमुच उस वृद्ध का कहना सोलह आने सत्य है। उनमें अधिकांश उस बहस से घबराए हुए हैं, जिसे वे रूस या कम्यूनिस्ट कहते हैं। रूसी तानाशाही ने रूस और फौलादी घेरों के देशों में कलाकारों और साहित्यकारों पर जो जुल्म किए हैं, उनका मुकाबला करने या बदला लेने की भावना उनमें सजीव दिखाई पड़ती है। यह बड़ी अच्छी बात है। किंतु, सवाल तो यह है कि दुर्दिन देखने क्यों पड़े और इससे त्राण पाने का सही रास्ता क्या है?

कहीं इस तानाशाही का मुकाबला तानाशाही से तो नहीं करने लगें, या कहीं हम तवे से उछलकर चूल्हे में न गिर पड़ें। जनतांत्रिक समाजवाद ही एकमात्र राह है। यदि इसे भारतीय अर्थों में लिया जाए, तभी विश्व का कल्याण दिखाई पड़ता है।

□

: ६ :

ईफेल टावर : सीन का किनारा

१५.५.'५२—पेरिस

मैं चाहता हूँ, थोड़े समय में ही बहुत कुछ देख लूँ। बार-बार विदेश आना-जाना क्या संभव है? यह तो संयोग कहिए कि पार साल आया और फिर आ गया हूँ। किंतु, तीसरी बार भी आऊँगा ही, यह कौन कहे। अतः बहुत देखना चाहता हूँ, जहाँ तक संभव हो, देखना चाहता हूँ। खासकर जब पेरिस पर एक अलग पुस्तक ही लिखनी है, तो बहुत कुछ देखना-पढ़ना पड़ेगा ही।

देखना ही नहीं, पढ़ना भी। पेरिस संबंधी जो भी साहित्य अँगरेजी में मिल सकता है, सबका संग्रह कर रहा हूँ—गाइड बुक, पत्रिकाएँ, स्फुट पुस्तकें, चित्रावली आदि। इन्हें पढ़ना, पढ़कर नोट करना, फिर एक-एक दर्शनीय स्थान को देखना। गाइड तो ऊपर-ऊपर ही दिखाते हैं, इसलिए स्वयं देखना, ढूँढ़कर देखना, अतः काफी समय लग जाता है।

किंतु गोल बाँधकर चलने के कारण उतना देख नहीं पाता। विदेश में साथी हों, यह बहुत अच्छा हो—किंतु साथी एक रुचि के हों और थोड़े हों, तभी अच्छा।

एक तो इन्हें निकलने में ही देर होती है। नीचे प्रतीक्षा कीजिए, प्रतीक्षा कीजिए, प्रतीक्षा कीजिए। फिर चलिए, तो किसीके पैर में जाँत बँधे हैं, किसीकी कमर में कोल्हू। और रास्ते में जो चीज देखी उसीसे उलझ पड़े। हर चीज के दाम पूछेंगे, हर आदमी से बातें करना चाहेंगे। किंतु किसी तरह निभाना ही है—वरदान हमने लिया, अभिशाप कौन लेगा!

आज कांग्रेस की ओर से शाँ जलीजे थिएटर में प्रेस कॉन्फ्रेंस थी। अपने यहाँ प्रेस कॉन्फ्रेंस का मतलब है, सजे-सजाए टेबुल-कुरसी, कुछ नाश्ता-पानी। सब बैठे, सबका परिचय हुआ, फिर बातें हुईं।

किंतु यहाँ अजीब हाल। सब हाल में पहुँचे। हाल में टेबुल पर कुछ भोज्य और बहुत पेय पदार्थ रखे हैं। लीजिए और बातें कीजिए। सभी लोग छोटी-छोटी टुकड़ियों में बँट गए हैं। यहाँ-वहाँ चारों ओर प्याले खनक रहे हैं, गप्पें चल रही हैं।

फिर नवोकौव एक ऊँची जगह पर खड़े हुए और बताया कि पंद्रह देशों के प्रतिनिधि आ चुके हैं, कल से साहित्यिक जलसा शुरू होगा। जलसे का कार्यक्रम सुनाया, विषय सुनाए, प्रमुख वक्ताओं के नाम बताए। फिर मादरियागा और रूजमों ने संक्षिप्त भाषण किए— दोनों के भाषण फ्रेंच में हुए, हम मुँह देखते रहे।

बीच-बीच में प्रतिनिधियों के फोटो भी लिये जाते रहे। भारतीय प्रतिनिधियों का सामूहिक फोटो भी लिया गया। फिर एक फोटोग्राफर मेरे निकट आया और साथ की लड़की से कुछ गप्प करने को कहा। हमने बातें कुछ शुरू ही कीं, कि कैमरे में क्लिक हुआ और 'थैंक यू' कहकर उसने धन्यवाद दिया।

हाँ, एक बात भूल रहा हूँ। मादरियागा बड़े ही खुशमिजाज तबीयत के हैं, यह भोजन के दिन भी देखा था और आज भी देखा। जब हम थिएटर के निकट आए, बहुत ही कम प्रतिनिधि पहुँचे थे। हँसते हुए मादरियागा आए, घड़ी देखी और बोले, 'पर सिर्फ स्पेन और भारत को ही समय ध्यान है। क्या सच?' वह ठहाके के साथ हँस पड़े।

वहाँ से ईफेल टावर की ओर चले। पहली बार की यात्रा में उसपर चढ़ नहीं सका था। पेरिस यात्रा का ईफेल के ऊपर चढ़ना भी एक आवश्यक अंग है।

ईफेल टावर— १८४ फीट ऊँचा विशुद्ध इस्पात का यह स्तंभ। १८८९ की प्रदर्शनी के अवसर पर यह तैयार किया गया। सात हजार टन इस्पात इसमें लगा है। बारह हजार टुकड़े इसमें जोड़े गए हैं। जोड़ने में ढाई लाख पेंच लगे हैं। ईफेल नामक इंजीनियर ने इसे दो वर्षों में तैयार किया। यह लौह स्तंभ कुछ ऐसा महत्त्वपूर्ण हो गया है कि पेरिस संबंधी पुस्तकों पर प्राय: इसीकी तसवीर रहती है।

ऊपर जाने के लिए लिफ्ट लगा है। ज्यों-ज्यों ऊपर चढ़ता गया, पेरिस का सारा समाँ आँखों के सामने स्पष्ट होता गया— हम ऊपर थे, पेरिस नीचे थी, अपनी पूरी गरिमा और छटा के साथ।

पेरिस के बीच बहनेवाली यह सीन नदी। हमारी गंगा के सामने इसकी क्या हस्ती! बागमती ऐसी। किंतु कितनी खूबसूरत लगती है यह! दोनों ओर पक्के घाट बने हैं। दोनों ओर पेड़ों की पाँतें, जिनकी छाया लहरों पर झूल रही है। फिर

अट्टालिकाएँ! नदी में नावें तैर रही हैं—पेरिस की नावें, खूबसूरत, रंगीन! मोटर बोटें भीं और कहीं-कहीं छोटे-छोटे जहाज भी खड़े हैं।

सीन पर पुलों की भी भरमार है। कई पुल यहीं से दिखाई पड़ते हैं। हर पुल की अलग डिजाइन—उन डिजाइनों में कला को कभी नहीं भूला गया है।

पेरिस की सभी मशहूर इमारतें यहीं से पहचान लीजिए। आँखों से कठिनाई हो रही हो तो वह दूरबीन लगी है, कुछ पैसे दीजिए और आँखों को तृप्त कीजिए।

वह नोत्रेदम है। इनवेलिड का सुनहरा कँगूरा चमक रहा है। वहाँ पहाड़ी पर वह बड़ा गिरजाघर है। वह आर्क द ब्रंफ है, वह कन्कर्द, वह लुब्र। सामने शीलो हाउस है, ईफेल की ही तरह, १९३७ की प्रदर्शनी का वरदान! वह मिलिटरी स्कूल है, जिसमें नेपोलियन पढ़ा। ओपेरा हाउस भी देख पड़ता है यहाँ से।

इन अट्टालिकाओं के बीच-बीच पेड़ों की हरियाली देखिए। यदि ये वृक्ष नहीं होते तो क्या पेरिस इतनी सुहावनी लगती? और पेरिस के दोनों छोर पर दोनों जंगल—इन्हीं जंगलों में से एक में संसार का सबसे सुंदर चिड़ियाखाना है।

शाम को फिर टहलने निकले। ग्रैंड पैलेस और पेटिट पैलेस को देखते फिर एलेक्जेंडर पुल पर आए। ग्रैंड पैलेस में आधुनिक चित्रों की प्रदर्शनी हो रही है। किंतु कितने चित्रों को देखा जाय? एलेक्जेंडर पुल की कला को देखते नहीं अघा रहा था। जो सोने के घोड़े बनाए गए हैं, लगता है, वे उड़े-उड़े। जो नारी मूर्तियाँ हैं उनके सौंदर्य का क्या कहना! सौंदर्य के साथ शौर्य भी—उनके हाथों की नंगी तलवारें—लगती थीं, पेरिस के दुश्मनों पर अब गिरीं, तब गिरीं।

सीन के उस पार का किनारा पकड़कर नेशनल असेंबली के सामने फिर सीन को एक पुल से पार किया। एक ओर नेशनल असेंबली, दूसरी ओर मेडोलिन का गिरजाघर, बीच में कन्कर्द का वह गोल मैदान, जिसके बीच में मिस्र का स्तूप। कन्कर्द—यहीं राजा-रानी के सिर काटे गए थे! किंतु आज इनकी चर्चा नहीं। एक ओर राज्यमंदिर, दूसरी ओर धर्ममंदिर और बीच में यह क्रांति-स्तंभ—पेरिस धन्य है।

शाम का सुहावना दृश्य। शाँ जलीजे की रूमानी सड़क को पकड़कर हम वापस आ रहे थे। दोनों ओर सघन कुंजें। कुंजों में बेंचें; बेंचों पर वह क्या चल रहा है? चुंबन, आलिंगन का बाजार गरम है! निर्बंध प्रेम; उन्मुक्त मिलन! स्वर्ग-भूमि में बाधा कहाँ, बंधन कहाँ?

बीच में कुंजों के बीच एक रेस्तोराँ है; कहते हैं, पेरिस का सबसे बढ़कर

फैशनेबुल रेस्तोराँ। शिवाजी की इच्छा हुई, आज जरा इसका भी मजा ले लें। दो ही आदमियों में सिर्फ खाना हुआ, चार हजार फ्रैंक में—पीना होता तो न जाने क्या होता! किंतु कैसा सुंदर वातावरण और कैसा अच्छा प्रबंध! जब तक बैठे रहे, लगा, स्वर्ग के ही किसी टुकड़े में आ पहुँचे हों।

जब होटल को लौट रहे थे, देखा, देशपांडे, सुब्रह्मण्यम् और स्प्रैट निग्रो-नृत्य देखने जा रहे हैं। सिलोने ने उन्हें यह सलाह दी थी। किंतु हम उनका साथ न दे सके।

□

: ७ :

कन्कर्द : त्विलरी : लुब्र : कांग्रेस

१६.५.'५२—पेरिस

हाँ, सर रुस्तम हम लोगों से अलग एक दूसरे होटल में रहते हैं। उनके साथ उनकी धर्मपत्नी भी हैं, मसानी की माता, हम लोगों की माता। बंबई की कुछ औरतें और लड़कियाँ भी उनकी अभिभावकता में आई हैं। उन सबको लेकर सर रुस्तम एक अलग शानदार होटल में हैं। उनके लिए पेरिस नई नहीं है, कई बार आए हैं। इधर यूनाइटेड नेशन्स के सांस्कृतिक जलसों में सम्मिलित होने के लिए उन्हें आना ही पड़ता है।

उनके अतिरिक्त शेष हम सभी लोग एक साथ लुब्र की ओर चले।

लुब्र के पहले ही कन्कर्द मिला। कहा जाता है, संसार के सर्वोत्तम स्क्वायरों में इसकी गिनती है। पंद्रहवें लुई ने इसे बनवाना शुरू किया। सामने दो राजप्रासाद, उसकी अँगनाई में यह स्क्वायर, इतना बड़ा कि बड़ा-से-बड़ा उत्सव यहाँ किया जा सके। स्थापत्य कला के आचार्य गैब्रील ने इसका खाका तैयार किया था। १७५७ में इसका निर्माण प्रारंभ हुआ। इसके बीच में लुई पंद्रहवें की मूर्ति थी।

किंतु कौन जानता था, राजा के ऐश्वर्य और वैभव के प्रदर्शन की यह भूमि क्रांति की भूमि बन जाएगी। लुई की मूर्ति हटा दी गई। इस स्थान का नाम बदलकर 'क्रांति की अँगनाई' रख दिया गया और यहीं २१ जनवरी, १७९३ को लुई सोलहवें की गरदन उतार ली गई। कहते हैं, तेरह महीनों तक यह विशाल गिलोटिन यहीं खड़ा रहा और छह हजार आदमियों की गरदनें काटी गईं। राजा, रानी, राजकुमार, राजपरिवार के अनेक सदस्य, कितने पादरी, पंडित, कवि, दार्शनिक ही नहीं, दांतन और रोबोस्पीअर ऐसे क्रांतिकारियों की गरदनें भी यहीं काटी गईं!

आजकल इसके बीच में मिस्र देश से मँगाया गया एक स्तंभ है, जो ईसा के तेरह सौ वर्ष पहले का माना जाता है। वह सत्तर फीट ऊँचा है। रोशनी का ऐसा प्रबंध

है कि रात में सारा स्तंभ जगमग रहता है। रोम के संत-पितर की अँगनाई के अनुकरण पर स्तंभ के दोनों ओर दो झरने हैं— तीस फीट ऊँचे, बहुत ही सुंदर। अँगनाई के चारों ओर मूर्तियाँ हैं, जो पेरिस के सभी प्रांतों का प्रतिनिधित्व करती हैं। लिले की मूर्ति की बगल में एक झरोखा है, जिससे पेरिस की उस सुप्रसिद्ध नाली को झाँका जा सकता है, जिसे विक्टर ह्यूगो ने अपनी सुप्रसिद्ध रचना 'ला मिजरेबुल' में अमर कर दिया है।

कन्कर्द के बाद ही त्विलरी। साठ एकड़ में फैला यह बगीचा पेरिस के शृंगार उपादानों में है। पहले इस बगीचे में एक राजप्रासाद भी था, जिसमें कुछ दिनों तक सोलहवें लुई को कैद रखा गया था। १८७१ में जब पेरिस के गरीबों ने बगावत का झंडा उठाया तो सबसे पहले इस राजप्रासाद को ही ध्वस्त किया। इससे इस बगीचे का विस्तार ही नहीं, सौंदर्य भी अधिक बढ़ गया है।

बगीचे के दोनों छोर पर दो तालाब हैं, जहाँ छुट्टियों के दिनों में बच्चे अपनी कागज की नावें भसाते हुए, किलोल करते हुए पाए जाते हैं। पेड़ों की कतारें बड़े सलीके से सजाई गई हैं। फूलों की क्यारियाँ भी मन को मोह लेती हैं। सबसे बढ़कर रास्ते के किनारे-किनारे की मूर्तियाँ। एक-एक मूर्ति आँखों को जड़ीभूत करने वाली— देखते रहिए, देखते रहिए।

फिर, छुट्टियों के दिनों में और हर संध्या को यहाँ की रंगरलियाँ। बगीचे में कई रेस्तोराँ हैं— रंगीन छतरियोंवाली, रंगीन कुरसियोंवाली। पेरिस के नाजनीन का अखाड़ा जुटता है यहाँ— पीने-पिलाने का अजीब समाँ। बगीचे में कबूतरों की भी भरमार। कितने बड़े और कैसे मस्त ये कबूतर— आदमी से जरा भी भय नहीं। क्यों डरें; सब इन्हें दुलारते हैं, चारा देते हैं; कोई छेड़खानी नहीं करता। इन कबूतरों से ही तो शायद यहाँ के लोगों ने सदा जोड़े-जोड़े ही विचरना सीखा है। दो कबूतर उस डाल पर— चोंच से चोंच मिलाए, दो कबूतर इस बेंच पर— अधर से अधर सटाए।

और, त्विलरी की सैर करते यह लुब्र! लुब्र पर पेरिस को नाज है, होना ही चाहिए। इसका भवन पेरिस का सबसे बड़ा और विस्तृत भवन है और इसके भीतर का कला-संग्रह संसार के सर्वोत्तम कला-संग्रहों में से है। तीन शताब्दियों से, जिनमें पेरिस ने कितने उत्थान और पतन देखे, इसकी वृद्धि और विकास ही होता रहा है। यों तो इसके जन्मकाल को हम १५५० तक ले जा सकते हैं।

लुब्र में पहुँचते ही इसकी विशालता और भव्यता में आप खो जाएँगे। कहाँ से शुरू करें, आप असमंजस में पड़ जाएँगे— और जिस ओर निकल गए वहीं उलझकर रह जाएँगे। लुब्र दिन और महीने नहीं, वर्ष खोजता है— और हमारे ऐसे बहुधंधी

को फुरसत कहाँ कि कुछ घंटे से अधिक भी दे सके किसी सुंदरतम वस्तु या स्थान को।

लुब्र के कला-संग्रह के छह भाग हैं—१. ग्रीक और रोमन पुरातत्त्व, २. पूर्वात्य पुरातत्त्व, ३. मिस्री पुरातत्त्व, ४. मध्यकालीन पुनरुत्थान और वर्तमान की मूर्तिकला, ५. चित्रकला, ६. मध्यकालीन पुनरुत्थान और वर्तमान की कला।

लुब्र के कला-संग्रह का प्रारंभ फ्रांसिस प्रथम के समय से हुआ। डायना की मूर्ति और इस संग्रहालय के बारह सर्वोत्तम चित्र उस काल की देन हैं। राफेल के चार, लियोनार्दो द विंची के तीन और टीशियन के एक चित्र इनमें प्रमुख हैं। लुई पंद्रहवें के समय कोलबर्त ने इसमें पाँच हजार चित्रों के इजाफे किए। लुई चौदहवें ने फ्लेमिश और डच चित्रों के संग्रह कराए। जब क्रांति हुई तो उसकी विधानसभा ने १७९३ में एक प्रस्ताव द्वारा लुब्र को राष्ट्रीय संग्रहालय के रूप में विकसित करने का निश्चय किया। १८४८ में यह संग्रहालय राजकीय संपत्ति के रूप में सीधे राज्य प्रबंध में आ गया।

इच्छा हुई, हम जरा पूर्वात्य पुरातत्त्व को ही देखते चलें। लुब्र का दावा है कि एशियाई देशों की वस्तुओं का ऐसा संग्रह संसार में कहीं नहीं है। सीरिया, मेसोपोटामिया, ईरान, अरब आदि देशों की अमूल्य कला-निधियाँ वहाँ पड़ी हुई हैं। जब हम उसके अंदर घुसे तो तीन घंटे तक घूमते ही रहे; किंतु कहीं ओर-छोर नहीं पाया।

फिर हम रंगों की दुनिया में आए। हर देश के चित्रों को अलग-अलग समय के अनुसार विभाजन करके सजाया गया है। किस-किसकी चर्चा की जाय, कहाँ तक चर्चा की जाय! डायरी में कहाँ तक क्या लिखा जा सकता है!

लुब्र के, यों कहिए कि संसार के, सबसे प्रसिद्ध चित्र मोनालिसा के सामने आकर बहुत देर तक निहारते रहे। लियोनार्दो द विंची की कूची की चरम सार्थकता यहाँ प्रतिफलित हुई है। जिस मुसकान का रहस्य अब तक नहीं मालूम हो सका उसकी तह तक हम कहाँ तक जा पाते!

देखा, एक अधवयस स्त्री उस मूर्ति की प्रतिलिपि तैयार कर रही है। बेचारी महीनों से इस काम में लगी है। प्रतिलिपि अच्छी उतर पाई है—किंतु, वह पुरानी बात कहाँ!

इटली, फ्रांस, हालैंड, स्पेन आदि के पुस्तकों के चित्र देखते, उन्हें सिर नवाते हम बाहर आकर कुछ देर चबूतरे पर बैठे रहे। बार-बार महारथी की याद आती थी। उसे आना था, देखना था।

मेरी बगल में ही एक सज्जन बैठे थे। उनसे बातें हुईं तो पता चला कि वह

ईरान से आए हैं। उनका पासपोर्ट देखा, वह फारसी लिपि में था। हाँ, उसके नीचे छोटे-छोटे रोमन अक्षरों में भी लिखा हुआ था। क्या हमारी सरकार पासपोर्ट पर हिंदी का व्यवहार नहीं कर सकती? शोर तो बहुत है कि हिंदी राष्ट्रभाषा मान ली गई, किंतु काम यदि उतने ही जोर से हो पाता!

शाम को आठ बजे से कांग्रेस के साहित्य विभाग के जलसे का प्रारंभ था। एक संगीत भवन में इसकी कार्यवाही शुरू हुई—एक सुसज्जित भवन में। मंच पर सभापति के अतिरिक्त छह सज्जन और एक महिला। सबके भाषण हुए। भाषण अधिकतर फ्रेंच में ही। जिन्होंने अँगरेजी में भाषण किए, उसका अनुवाद फ्रेंच में किया गया। अधिक दर्शक और श्रोता फ्रेंच थे, अतः यह व्यवस्था स्वाभाविक थी। उनके भाषण का सारांश आज की डायरी में देना संभव नहीं, वह कल। हाँ, फ्रेंच लेखक ग्वेहेन्नो के भाषण का तौर-तरीका लिखे बिना सोने का उपक्रम करना कठिन है।

ग्वेहेन्नो इस तरह बोल रहे थे कि यदि अपने देश में उस तरह बोला जाए तो मजाक ही समझें। वह बैठकर बोल रहे थे, किंतु रह-रहकर उठ जाते— कभी इधर झुकते, कभी उधर झुकते, हाथ उछालते, मुँह बनाते। उनके सिर के बाल कभी इधर लटक जाते, कभीं उधर लटक जाते। कभी धीमे से, कभी जोर से, बीच-बीच में कभी बहुत देर तक चुप। ऐसा लगता कि नाटक में कोई पार्ट कर रहा है। किंतु श्रोता मुग्ध थे, उन्हें बार-बार तालियाँ मिल रही थीं।

साढ़े बारह बजे तक सभा चलती रही; यह दो बजे तक डायरी लिख रहा हूँ। अजीब जिंदगी है मेरी! मौज और मेहनत का कैसा सम्मिश्रण है!

□

: ८ :

कलाकारों से : पैंथियन में

१७.५.'५२—पेरिस

कल हमारी कांग्रेस के उद्‌घाटन समारोह के अवसर पर जो भाषण हुए उन्हें एक वाक्य में यों रखा जा सकता है—कलाकारो, करो या मरो।

तानाशाही का जो राक्षस पश्चिमी सभ्यता को—उसकी कला, विज्ञान और साहित्य को—ग्रसने पर तुला हुआ है, उससे रक्षा किस तरह हो और इस रक्षा में कवियों, कलाकारों, चिंतकों और साहित्यिकों का क्या हिस्सा होना चाहिए, सभी भाषणों का मूल तत्त्व यही था।

भाषण का विषय था—लेखक और वातावरण।

सांस्कृतिक स्वाधीनता कांग्रेस के प्रधानमंत्री श्री निकेलस नवोटौव ने जलसे का उद्‌घाटन करते हुए देश-देश से आए साहित्यकारों और कलाकारों का स्वागत किया। मई महीने में पेरिस ऐसे सांस्कृतिक नगर में ऐसा जलसा हो, यह सर्वथा ही उपयुक्त हुआ है, क्योंकि सांस्कृतिक स्वाधीनता के योग्य वातावरण भी तो चाहिए।

सालवादर द मादरियागा ने अपने सभापति पद से दिंए गए भाषण में घोषित किया कि वैज्ञानिक, कवि और संत सदा से सत्य, सुंदर और शिव से ही अनुशासित और अनुप्राणित होते रहे हैं। कलाकृति अपने आपमें हीं सार्थक होती है और उसकी महत्ता उसके रचयिता की आत्मा की महत्ता पर निर्भर करती है। अपने आवास-स्थान के वातावरण में पलते हुए भी उसका निर्माण-कार्य तो कल्पना लोक में ही चलता है। एक कलाकार और नागरिक की हैसियत से उसका कर्तव्य होता है कि वह उस वातावरण के प्रति सजग रहे, उसकी स्वतंत्रता और स्वाधीनता के लिए लड़े और मरे।

दक्षिणी अमेरिका के उदारदली 'यल टेंपो' के संपादक मि. सैंटोस ने प्रतिनिधियों का ध्यान स्पेन और लैटिन अमेरिका के उन लेखकों के भाग्य की ओर आकृष्ट किया जो बेचारे आज मौन रहने को बाध्य कर दिए गए हैं। उन्होंने बताया कि जहाँ की

स्वतंत्रता खतरे में हो, उस नगर के लेखकों को दर्शक नहीं बनकर रहना है, उन्हें स्वाधीनता और न्याय के लिए लड़ना है।

फ्रांसीसी लेखक ग्विहेन्नो ने कहा— लेखक का यथार्थ मूल्य इससे प्रगट होता है कि सच्चाई के प्रति उसका क्या रुख है और अपनी बात को वह कितनी ईमानदारी से रखता है। यह तभी संभव है जब वह ऐसे वातावरण में हो जहाँ स्वाधीनता का झंडा ऊँचे लहराता हो। उन्होंने रूस की जनता के प्रति सद्‌भावना प्रगट की और आशा की कि एक दिन वे लोग भी स्वतंत्रता और शांति की छाया में हमसे गले-गले आ मिलेंगे! अँगरेज कवि स्पेंडर ने उन्नीसवीं सदी के उन अँगरेज और फ्रांसीसी लेखकों और कवियों की तुलना की जिन्होंने औद्योगिक सभ्यता की कुरूपता और कठोरता का चित्र प्रस्तुत करते हुए उससे मानवता की मुक्ति दिलाने के यज्ञ में अपनी हविषा डाली थी।

रोजर कायवा फ्रांस के सुप्रसिद्ध समाजशास्त्री हैं। उन्होंने इस बात पर खेद प्रगट किया कि पिछले पचास वर्ष में लेखक और कलाकार कल्पना-लोक में ही विचरते रहे और मानव पर ध्यान नहीं दिया। किसीने ध्यान भी दिया तो वह आध्यात्मिक तत्त्वों में ही उलझा रहा। ग्विदो प्योवेने, इटालियन लेखक, ने इसपर जोर दिया कि राज्य, पार्टी या धर्म के जूए के अंदर जुता हुआ कलाकार उच्च कोटि की कला दे नहीं सकता। लेखक का कर्तव्य है शाश्वत सत्य को प्रगट करना और मानवीय समस्याओं की ओर लोगों का ध्यान आकृष्ट करना।

स्विट्जरलैंड के सुप्रसिद्ध लेखक डेनिश रूजमों ने बड़े ही प्रभावशाली शब्दों में कहा— आज संसार दो टुकड़ों में बँटा है। एक में लेखक और कलाकार को अपने विचारों और भावनाओं को प्रगट करने की स्वाधीनता प्राप्त है और दूसरे में उसके मुँह पर ताला और हाथों में जंजीर हैं। हमें इस स्थिति को कभी नहीं भूलना चाहिए। सामाजिक और आर्थिक ढाँचे के अंदर लेखक स्वाधीनता का एक अनुपम उपादान है। हर हालत में उसे अपने वातावरण के उन तत्त्वों के प्रति विद्रोह की आवाज उठाना है, जो उसकी आवाज को रोकना चाहते हैं, नहीं तो एक दिन वह पाएगा कि चुप रहने का अधिकार भी वह खो चुका है।

इन भाषणों में जो गंभीरता थी, उसने मुझे बहुत ही प्रभावित किया। साथ ही बार-बार मेरा ध्यान हिंदी के अपने उन लेखकों और कवियों की ओर जाता रहा, जो कभी प्रगतिशीलता के नाम पर तो कभी शांति के नाम पर उन लोगों के मकड़जाले में फँसते रहे, जो प्रगति और शांति दोनों के पथ पर काँटे बिछा रहे हैं।

आज सवेरे, जलपान करने के बाद, पैंथियन देखने गया था। जब वहाँ से लौट रहा था, मन भावनाओं से अभिभूत था।

यह विशाल चर्च! यह पेरिस के सुप्रसिद्ध संत जेनवियेव की समाधि पर बनाया गया था। यह इतना विशाल और ऊँचा है कि पृथ्वी की गति जानने के लिए एक लट्टू लटकाकर जो प्रदर्शन किया गया था, वह इसीमें। बहुत दिनों तक यह गिरजाघर धार्मिक लोगों का तीर्थ रहा; किंतु जब फ्रांस की क्रांति हुई, क्रांतिकारी सरकार ने तय किया कि फ्रांस के प्रसिद्ध व्यक्तियों की लाशें इसीके नीचे दफनाई जाएँ। ऊपर वह मंदिर है, नीचे तहखाने में समाधियाँ हैं।

मंदिर के भीतर पहुँचकर चारों ओर चित्रित सुंदर चित्रों और सुप्रसिद्ध निर्माताओं द्वारा प्रस्तुत मूर्तियों को हम देख रहे थे कि घंटी बजी। मालूम हुआ, अब नीचे का तहखाना खुलेगा। हम लोग उसके पीछे हो लिये। तहखाना खुला, हम नीचे पहुँचे। शांत, शीतल और स्वच्छ स्थान। धीमी रोशनी। सबसे पहले रूसो की समाधि मिली। रूसो का जन्म स्विट्जरलैंड में हुआ था; किंतु, अपनी सरकार की प्रताड़ना से भागकर वह पेरिस पहुँचा और जिंदगी भर विद्रोह का ही प्रचार करता रहा। रूसो की समाधि के बाद ही वाल्तेयर की समाधि—समाधि के ऊपर एक सुंदर मूर्ति भी, जिसके हाथ में पुस्तक है। अपनी लेखनी के जादू से थर्रा देनेवाला यह अनुपम साहित्यिक। ह्यूगो और जोला की समाधियाँ आमने-सामने हैं। इन समाधियों की बस्ती में जीन जौरे की समाधि भी देखी—जौरे फ्रांस का सुप्रसिद्ध समाजवादी था, युद्ध का विरोधी था। जब १९१४ में जर्मन युद्ध शुरू हुआ, पेरिस की एक सड़क पर उसकी खुलेआम हत्या कर दी गई।

बार-बार सोचता—काश, हमारे देश में चित्रकारों, लेखकों और कलाकारों की ऐसी पूजा हो पाती!

तहखाने से निकलकर बाहर आए और दीवारों की तसवीरें देखने लगे। जोन द आर्क की वे चार प्रसिद्ध तसवीरें यहीं चित्रित हैं, जिनकी प्रतिलिपियाँ हम प्रायः पुस्तकों में पाते हैं। बड़ी-बड़ी तसवीरें हैं, पूरी दीवार घेरती हैं। १८८९ में लेने पेन्यू नामक चित्रकार ने इन्हें चित्रित किया था।

एक तसवीर में जोन ग्रामीण लड़की के रूप में भेड़ें चरा रही है कि उसके नजदीक देवदूत आता है और देश को आजाद करने के लिए उसे एक तलवार देता है। दूसरे चित्र में वह घोड़े पर चढ़ी, तलवार लिये, युद्धभूमि में लड़ रही है। तीसरे चित्र में वह फ्रांस के राजा का अभिषेक करा रही है और उसके सिर पर अपने हाथों मुकुट पहना रही है और चौथे में वह एक खंभे में बाँधी जाकर जिंदा जलाई जा रही है।

तसवीरें बोलती-सी लगती हैं और ऐसा लगता है, अभी-अभी चित्रकार इन्हें बनाकर बाहर गया है।

भवन के बीच में कन्वेंशन की मूर्तियाँ हैं—बड़ी प्रभावशाली। बीच में स्वतंत्रता की देवी है, दोनों तरफ क्रांतिकारियों का जमघट। जो कभी देवता का घर था, क्रांति ने उसे स्वाधीनता का मंदिर बना दिया।

दीवारों पर धार्मिक चित्रों की भी कमी नहीं है—खासकर वैसे चित्रों की जिनमें धर्म-पुरुषों द्वारा किए गए बलिदानों का चित्रण है। एक चित्र में सिर काट लिये जाने पर भी एक संत का धड़ खड़ा है—रोमांच हो आया उसे देखकर।

पैंथियन की बगल में ही कालेज द फ्रांस है। लड़के-लड़कियों का कलरव व्याप्त था। यह कालेज १५३० में स्थापित हुआ, अब से चार सौ वर्ष पुराना। इसके पुस्तकालय में सात लाख पुस्तकें, चार हजार हस्तलिखित पुस्तकें और तीस हजार तसवीरें हैं।

हम लाइब्रेरी में भी गए। छह सौ आदमी एक ही समय अलग-अलग बैठकर अध्ययन-मनन कर सकें, इसका बड़ा ही सुंदर प्रबंध है। पेरिस पर जो किताब लिख रहा हूँ, उसके संबंध की चीजों की मैंने खोज-ढूँढ़ की।

फ्रेंच नहीं जानने के कारण हर जगह कठिनाई होती है—किसी तरह अँगरेजी से या इशारे से काम चला लिया जाता है।

शाम को सीन का किनारा पकड़कर टहलने गया। शाइलो भवन में आधुनिक कला संग्रहालय की झाँकी अलग से ही ली। बड़ी सुंदर मूर्तियाँ अँगनाई में थीं। फिर ईफेल टावर के उधर मंगल भूमि की ओर गया। जहाँ पहले परेड होता था वहाँ अब भावुक कवि एकांत चिंतन के लिए पधारा करते हैं। लौटकर शाइलो की फुलवाड़ी को देखते वहाँ आए, जहाँ मार्शल फोश की शानदार मूर्ति है। फिर घोंसले में।

□

: ९ :

कौमेदिए फ्रांसिस

१८.५.'५२—पेरिस

बड़ी इच्छा थी कि उस रंगमंच को देखूँ, जहाँ फ्रांस का—शायद संसार का—सबसे बड़ा हास्य अभिनेता मौलिये अपने नाटकों को दिखाया करता था। मौलिये के नाटकों का अनुवाद श्री जे.पी. श्रीवास्तव ने किया था और बचपन के वे दिन याद थे, जब मैं उन्हें पढ़कर लोट-पोट हो जाता था।

मौलिये साधारण परिवार का व्यक्ति था; अपनी अभिनय कला संबंधी धुन के कारण उसे कष्ट भी कम नहीं उठाना पड़ा था। किंतु अंत में उसकी कला की विजय हुई। फ्रांस का सम्राट् चौदहवाँ लुई उसपर मुग्ध हुआ। वह अब राजमहल के रंगमंच पर ही अपनी अभिनय कला का प्रदर्शन करने लगा। किस तरह सम्राट् ने उसे अपने हाथ से परोसकर रसोई खिलाई थी, वह कहानी भी दिमाग में चक्कर काटा करती थी। और अंत में, बीमारी की हालत में भी नाटक खेलते-खेलते ही रंगमंच पर ही उसका मूर्च्छित हो जाना और चल बसना—एक बार भाई मेहरअली, जब वह पेरिस से लौटे थे, इस कथा को कहते-कहते कैसे भाव-मुग्ध हो गए थे।

वह रंगमंच अब कौमेदिए फ्रांसिस कहलाता है। वह रॉयल पैलेस के एक भाग में अवस्थित है। सुरंग गाड़ी—मेट्रो का सूत्र पकड़कर वहाँ पहुँचा। किंतु, वहाँ पहुँचकर जैसे चकाचौंध लग गई। जिधर देखिए, महल-ही-महल। एक महल पर समता, स्वतंत्रता और भ्रातृत्व के क्रांतिसूत्र अंकित थे। वहाँ पहुँचा तो पता लगा, यह तो लुब्र का ही एक भाग है। कितना बड़ा है संग्रहालय!

वहीं एक वृद्ध सज्जन से भेंट हुई। उन्होंने बताया कि इस भवन के मुख्य द्वार के ऊपरी हिस्से में जो मूर्तियाँ हैं—अब वे धुँधली पड़ गई हैं—वे लियोनार्दो द विंची की बनाई हुई हैं। उन्होंने यह भी बताया कि अपने अंतिम दिनों में द विंची

पेरिस में ही रहता था और उसकी समाधि भी पेरिस में ही है। मोनालिसा के इस चित्रकार की समाधि पर सिर झुकाने के लिए जी मचल उठा; किंतु इस समय तो मौलिये की खोज थी। उन्हींसे रॉयल पैलेस का रास्ता पूछकर ढूँढ़ते-ढाँढ़ते वहाँ पहुँचा।

रॉयल पैलेस—अब उसकी पुरानी शान कहाँ। घर उदास, बगीचा उजाड़। कई सरकारी दफ्तर—कुछ दूकानें। किंतु सब बंद। आज रविवार है न।

किंतु यह रविवार ही हमारे लिए वरदान बन गया। आज कौमेदिए फ्रांसिस में मैटिनी शो होने वाला है, यह वहाँ लगी भीड़ को देखकर मालूम हुआ। समूचे महल में इस रंगमंच के ही इर्द-गिर्द चहल-पहल। यदि वहाँ यह रंगमंच नहीं होता और उस रंगमंच से मौलिये का संबंध नहीं होता, तो आज रॉयल पैलेस का शायद कोई नाम-लेवा भी नहीं मिलता। कलाकारों का सम्मान कर राजभवन अपने को सम्मानित करता है, इसका प्रत्यक्ष प्रमाण हमारे सामने था।

चार-चार सौ फ्रैंक के तीन टिकट खरीदकर शिवाजी और शीला के साथ नाट्य भवन में दाखिल हुआ। भवन के दरवाजे पर ही मौलिये, ह्यूगो, रैसिन और कौर्नीले की सुंदर मूर्तियाँ थीं। ज्यों ही भीतर घुसे, एक ओर 'कॉमेडी' और एक ओर 'ट्रेजडी' की मनोरम मूर्तियाँ देखीं—दो देवियाँ—एक करुणा की मूर्ति, एक हास्य की देवी। और सामने वह तालमा की मूर्ति, जो इस रंगमंच का शृंगार रहा और जिसे फ्रांसीसी अपने देश का सर्वश्रेष्ठ अभिनेता मानते हैं।

भीतर पहुँचते ही उसके चाकचिक्य से चकित हो जाना पड़ा। यह रंगमंच लगभग तीन सौ वर्षों का पुराना है। प्राचीनता की सारी शान की रक्षा करते हुए भी नवीन युग के सभी साधन यहाँ प्रस्तुत हैं। फर्श पर हर जगह मखमल। चार मंजिल का रंगमंच। सभी सीटें मखमली गद्देवाली। बिजली की बत्तियाँ ऐसी लगती थीं कि मोमबत्तियाँ जल रही हों।

नीचे से जब हम ऊपर पहुँचे, वहाँ लड़कियाँ खड़ी थीं। एक ने हमारी टिकटें देखीं और हमें ले जाकर उन नंबरों की सीटों पर बिठा आई। इन लड़कियों को इस सेवा के लिए दर्शकों की ओर से पैसे दिए जाते हैं। कोई जबरदस्ती नहीं है, किंतु रिवाज यही है।

आज सोफोकल की एक ट्रेजडी खेली जा रही थी। क्या कहने हैं! एक-एक कर तीन परदे हटे। एक-एक परदा हट रहा था, भीतर से रोशनी तेज हो रही थी और संगीत का स्वर भी ऊँचा हो रहा था। फिर संगीत के एक झमाके के साथ परदा हटा और लो, यह दृश्य! मालूम हुआ, हम किसी प्राचीन काल की स्वप्नपुरी में पहुँच

गए। एक ओर दूर तक जाती हुई पत्थर की दीवारें। सामने आँगन। आँगन में एक स्तंभ। स्तंभ के पीछे पहाड़ी दृश्य—दूर पर दो पेड़ों के प्रतीक। एक ओर राजभवन, एक ओर राजपथ। राजपथ से राजभवन के द्वार तक सीढ़ियाँ; उन सीढ़ियों पर झुकी हुई मानव-मूर्तियाँ। रोशनी धीरे-धीरे तेज होती जा रही है और ज्यों-ज्यों उजाला फैल रहा है त्यों-त्यों मानव-मूर्तियाँ स्पष्टतर होती जा रही हैं। अधिकांश स्त्रियाँ, थोड़े मर्द। सबकी रोमन साज-सज्जा। औरतें सुकुमारता की मूर्तियाँ, मर्द शौर्य के प्रतीक। सबके कंठ से स्वर-लहरी फूटी और लीजिए, राजभवन से राजा बाहर आए।

फिर नाटक शुरू हुआ। भाषा फ्रेंच, कुछ समझ में नहीं आ रहा था। किंतु, अभिनय ऐसा कि भाषा का अज्ञान भूल जाता था। अपलक दृष्टि से दो घंटों तक देखता रहा। अँगरेजी नाटक देखे थे, उनमें बल था; किंतु ऐसी सुकुमारता वहाँ कहाँ! अंत में राजा अपनी आँखें पश्चात्ताप में आप ही फोड़कर मंच पर जब आता है और एक छड़ी के सहारे टो-टो कर सीढ़ियों से नीचे उतरने लगता है। उस समय किस दर्शक की आँखें तर नहीं हो गईं। 'स्ट्रैटफोर्ड' ऑन एवन में रिचार्ड का पश्चात्ताप भी देखा था; किंतु यहाँ के अभिनय में जैसी कोमलता और सुकुमारता पाई, कहीं दूसरी जगह आज तक देखने में नहीं आई थी। पेरिस अभिनय कला में सानी नहीं रखती, इसमें तो संदेह ही नहीं।

फिर एक छोटी सी कॉमेडी खेली गई। अजीब पोशाकें, अजीब चेहरे। रह-रहकर हँसी के फव्वारे छूट रहे थे। उसी हँसी-खुशी में हम रंगमंच से बाहर आए।

इसी भवन में एक छोटा सा संग्रहालय भी है। वस्ट की गैलरी में मौलिये, वाल्तेयर, जॉर्ज सैंड, विक्टर ह्यूगो, डूमा आदि की मूर्तियाँ हैं। बैठे हुए वाल्तेयर की मूर्ति बड़ी ही सुंदर है। कलाकारों द्वारा मौलिये को ताज पहनाया जा रहा है। आदम और ईव द्वारा मानवता का प्रथम नाटक अभिनीत करने का दृश्य भी सुंदर है। यहाँ एक पुस्तकालय भी है, जहाँ नाटक साहित्य के अमूल्य ग्रंथों और हस्तलिपियों का सुंदर संग्रह है। इसी संग्रहालय में वह आरामकुरसी है जिसपर बैठकर मौलिये ने अपना अंतिम नाटक खेला था, मूर्च्छित हुआ था और अंततः चल बसा था।

शाम को इनवैलिड (नेपोलियन की समाधि-मंदिर के निकट) की ओर गया, जहाँ एक कार्निवल मेला लग रहा है। एक तो कार्निवल, फिर पेरिस का रंगीन वातावरण। चारों ओर हँसी-ठहाके, उछल-कूद की भरमार। तरह-तरह के खेल, तरह-तरह की घिरनियाँ, तरह-तरह के झूले, तरह-तरह की भूल-भुलैया। युवक-युवतियाँ आनंद मना रहे—सटते, हटते, धक्का देते, लिपटते; वे निर्द्वंद्व मौज मना रहे थे। हमारे देश के बड़े-बूढ़े देखें तो किस तरह नाक-भौं सिकोड़ने लगेंगे।

अजीब प्रोग्राम है मेरा। कभी एक-दो बजे रात के पहले सोता नहीं। भोर में आठ-नौ बजे उठता हूँ। नहा-धोकर कभी म्यूजियम में, कभी किसी दर्शनीय स्थान में जाता हूँ, तो प्राय: बाहर ही भोजन करना पड़ता है। शाम को निकलता हूँ तो बारह बजे के पहले लौटने का कहाँ ठिकाना! फिर डायरी लिखना, पेरिस संबंधी पुस्तक लिखना, उसके लिए पढ़ना, फिर कल के लिए कार्यक्रम बनाना, उसके संबंध में पहले से ही पढ़ लेना, नोट कर लेना—यह तो पेरिस का वातावरण है कि इतना काम हो जाता है। अभी दो बजे सोने जा रहा हूँ।

□

: १० :

नई कला : सांस्कृतिक स्वाधीनता

१९.५.'५२—पेरिस

आज जब एक काम से कांग्रेस के आफ़िस में गया, वहाँ 'वायस आफ अमेरिका'—अमेरिकन रेडियो का एक प्रतिनिधि मिला और उसके आग्रह पर मैं हिंदी में एक संलाप देने को तैयार हो गया। यों तो कम्यूनिस्टों ने अमेरिका के खिलाफ अजीब वातावरण बना रखा है। वह पूँजीवाद का प्रतीक है। जो उससे संपर्क रखे, वह जरूर डालर का गुलाम है, आदि-आदि। किंतु मैं उनके प्रचार से डर जाऊँ, यह हीन-भावना मुझमें नहीं है। जिसने अँगरेजों की गुलामी नहीं बरदाश्त की, वह अमेरिकनों का गुलाम बन सकेगा! हाँ, जो स्वयं दूसरे के गुलाम हैं, यदि वे सभी को अपनी ही कोटि में रखना चाहें तो आश्चर्य क्या!

वहाँ से हम आधुनिक चित्रकला और मूर्तिकला की प्रदर्शनी देखने गए। यह शाइलो भवन में स्थित आधुनिक चित्रकला संग्रहालय के ही एक भाग में सजाई गई है। इसमें यूरोप और अमेरिका के प्रसिद्ध संग्रहालयों से चुनकर तथा कलाकारों से प्राप्त कर डेढ़ सौ ऐसी तसवीरें और मूर्तियाँ रखी गई हैं जो बीसवीं सदी की कला का सही प्रतिनिधित्व कर सकें। और यह बीसवीं सदी की कला कहाँ भागी जा रही है? इसकी सूचना तभी मिल गई जब हमने उस प्रदर्शनी के सामने काठ की वह मूर्ति देखी, जिसमें ईसा की सलीबी को मूर्त करने की कोशिश की गई है! कंकाल-सा शरीर, चेहरे पर एक अजीब कुरूपता! सारी मूर्ति ईसा के व्यंग्य चित्र सी लग रही थी। किंतु लोग कहते हैं, हमें मानना पड़ेगा, यह भी एक कला है—और शायद भविष्य की कला यही है।

परिमाण और संख्या के हिसाब से यह निस्संदेह एक छोटी सी कला-प्रदर्शनी है, किंतु यदि विशेषता और गुण को देखा जाए तो निस्संदेह ही इसे एक उच्च कोटि की प्रदर्शनी कहा जाएगा। कुल मिलाकर एक सौ छब्बीस चीजें प्रदर्शित की गई हैं,

जिनमें एक सौ चौदह चित्र हैं और बारह मूर्तियाँ। संसार के छियासठ उत्कृष्ट कलाकारों की ये कृतियाँ हैं, जिनमें चित्रकारों की संख्या अट्ठावन है। पिकासो के चित्रों की संख्या सबसे बड़ी है — आठ; उनके बाद जुआन ग्रिस के छह; पौल क्ली, जौर्जेस ब्रैक तथा हेनरी रूसो के पाँच-पाँच और फर्नांद लेगर, कासीमीर मालेविच, जौन मीरो और पीयत मौंद्रियाँ के चार-चार चित्र हैं। बारह मूर्तियाँ बारह मूर्तिकारों की हैं — एक-एक उत्कृष्ट कृति। ये कलाकृतियाँ यूरोप और अमेरिका के तीस कला-संग्रहालयों से तथा बहुत से कलाप्रेमियों और कलाकारों से संगृहीत की गई हैं।

प्रदर्शनी को बड़े ही कलात्मक ढंग से सजाया गया था। चित्रों और मूर्तियों को इस सिलसिले से रखा गया था कि ऊब नहीं आए और अंत तक उत्सुकता और रुचि बनी रहे। कितने ही चित्र और मूर्ति ऐसे थे कि जिनके भावों या आकृतियों को समझना कठिन था। कहीं रेखाएँ-ही-रेखाएँ, कहीं वृत्त-ही-वृत्त। रेखाओं में भी कहीं आड़ी-आड़ी, कहीं तिरछी-तिरछी। वृत्तों में भी इसी तरह की विभिन्नता। कहीं-कहीं ऐसा लगता था, सारे कागज पर रंगों के छींटे डाल दिए गए हैं — शायद किसी बच्चे के द्वारा। किंतु, इन सबके बावजूद ऐसा जरूर लगता था कि कहीं इनमें सत्य जरूर छिपा है। कोई रहस्य है जो अपने को प्रगट करना चाहता है, किंतु कर नहीं पाता। यही नहीं, उन रेखाओं, वृत्तों और रंगों के सम्मिश्रण से एक विचित्र ढंग के सौंदर्य की भी सृष्टि होती थी, जिससे अपरिचित होने के कारण आँखें ग्रहण करने में सक्षम नहीं थीं, तो भी वह मन को भाता था, लुभाता था! मूर्तियों की भी यही हालत। संगमरमर, साधारण पत्थर, लकड़ी, ताँबा, लोहा, टिन — इन सबसे ऐसे आकारों की सृष्टि की गई थी जिन्हें हम बाह्य जगत् में पाते तो नहीं हैं, किंतु हमारे अंतर्जगत् में ऐसे आकार प्राय: ही बनते-बिगड़ते रहते हैं। इस बात की याद ये आकार दिलाते थे।

देश-देश के प्रतिनिधि, पुरुष, महिलाएँ — सब देख रहे थे, अपनी-अपनी रुचियों के अनुसार सराहते या मुँह बनाते थे। मैं भी भाव-विभोर घूम रहा था, देख रहा था। जहाँ भीड़ देखता वहाँ आँखें फाड़-फाड़कर देखने की कोशिश करता। किंतु यह तो कहना ही पड़ेगा, इस नई कला के समझने के लिए आँखों को बहुत दिनों तक अभ्यस्त होना पड़ेगा।

प्रदर्शनी से लौटने के बाद आज कहीं बाहर नहीं निकला। अपने होटल— फ्रैंकलिन द रूजवेल्ट— में ही जमकर वायस आफ अमेरिका के लिए स्क्रिप्ट तैयार करता रहा। स्क्रिप्ट तैयार होने पर श्री स्प्रैट को पढ़कर सुनाया। स्प्रैट थोड़ी हिंदी सीख गए हैं। उन्होंने उसे पसंद किया। अपने संलाप में मैंने इस कला-समारोह का महत्त्व बतलाया, एशिया में तानाशाही के एजेंटों द्वारा जो सरगर्मी दिखलाई जा रही है

उसकी ओर लोगों का ध्यान आकृष्ट किया और अंत में इस बात पर जोर दिया कि सांस्कृतिक स्वाधीनता के लिए यह आवश्यक है कि एक ऐसा समाज बने जहाँ सभी सुखी और संपन्न हों; देश, वर्ण के भेदभाव को भूलकर मानवमात्र एक-दूसरे को भाई-भाई समझें। अंत में मैंने कवि रवींद्र की सुप्रसिद्ध कविता का हिंदी रूपांतर दे दिया, जिसमें उन्होंने बड़े ही अच्छे ढंग से इस ओर संकेत किया है—

जहाँ स्वतंत्र विचार न बदलें मन में मुख में,
जहाँ न बाधक बनें सबल निबलों के सुख में।
सबको जहाँ समान निजोन्नति का आवस हो,
शांतिदायिनी निशा हर्षसूचक वासर हो।
इस भाँति सुशासित हो जहाँ,
समता के सुखकर नियम,
बस उसी स्वतंत्र स्वदेश में, जागें हे जगदीश हम।

श्री स्प्रैट से राजनीतिक बातें भी हुईं। वह राय के साथ थे और पटना के समादार की भी चर्चा करते थे। जयप्रकाशजी के बारे में भी बहुत बातें कीं। जयप्रकाशजी के व्यक्तित्व की बड़ी प्रशंसा करते थे; किंतु उनकी शिकायत थी कि जयप्रकाश में अनुशासन की कड़ाई नहीं है। वह स्वयं कुछ बोलते हैं, लोहिया और अशोक कुछ और। मैंने निवेदन किया, जब हम जनतंत्र में विश्वास करते हैं तो पार्टी में तानाशाही क्या उचित होगी? और यदि पार्टी में तानाशाही हुई तो फिर राजनीति में, शासन में तानाशाही को कौन रोक सकेगा?

स्प्रैट जैसे एक भूत को जगाकर चले गए। अपनी पार्टी के बारे में बहुत देर तक सोचता रहा। पुरानी बातें याद आने लगीं। किस उत्साह से हमने इसको जन्म दिया था। इन बीस-बाईस वर्षों के अंदर क्या-क्या घटनाएँ हुईं। पुराने लोगों ने हमें छोड़ा, नए लोग आए! भाई मेहर अली की याद तो इधर बार-बार आती है। वही एक थे, जो पार्टी के लिए एक सांस्कृतिक मोर्चा कायम करने के बारे में गंभीरता से सोचते थे। एक बार उन्होंने लिखा था, तुम इस बारे में आगे आओ। नई संस्कृति संघ की स्थापना हुई; किंतु वह जहाँ-का-तहाँ रह गया। यह सांस्कृतिक स्वाधीनता कांग्रेस— क्या इससे हमारा काम चल सकेगा?

सोचा था, आज सवेरे सो जाऊँगा, क्योंकि आठ बजे ही इस भाषण को रेकार्ड कराना है। किंतु घड़ी देखता हूँ, एक बज रहा है— अब सोओ, बेनीपुरी!

□

: ११ :

संगीत की मधुर धारा

२०.५.'५२—पेरिस

आज का भोर का समय 'वायस आफ अमेरिका' में अपने संलाप को रेकार्ड कराने में ही बीत गया। ठीक आठ बजे उसका एक प्रतिनिधि आया और हमें अपने स्टूडियो में ले गया। पेरिस में इसका अपना स्टूडियो है। स्टूडियो में रेकार्ड कराकर तवे अमेरिका भेज दिए जाते हैं। वहाँ से वे प्रसारित किए जाते हैं।

कल तय हुआ था, मैं अपना संलाप हिंदी में तैयार करूँगा; सुब्रह्मण्यम् अँगरेजी में। एक बातचीत होगी जिसमें सर मसानी, स्प्रैट और देशपांडे सम्मिलित होंगे। आज मेरे और सुब्रह्मण्यम् के संलापों को रेकार्ड किया गया।

जब मैं बोल रहा था, उसका प्रतिनिधि बड़ी उत्सुकता से मेरा मुँह देख रहा था। वह हिंदी नहीं जानता था। किंतु ज्यों ही मैंने खत्म किया, वह मेरी भाषा की मधुरता और प्रवाह की तारीफ करने लगा। वह नहीं जानता था कि हिंदी भाषा इतनी मीठी और जोरदार है। रेडियो से मेरा पुराना संबंध रहा है, अत: मैं उसकी कला का कुछ ज्ञान रखता हूँ। भारत में भी मेरी भाषा और भाषण कला की प्रशंसा रेडियोवाले करते थे। किंतु आज जो प्रशंसा हुई, वह मेरी नहीं, हिंदी भाषा की हुई, अत: मुझे बड़ी प्रसन्नता हुई। देशपांडे ने भी बड़ी तारीफ की। मैंने जब अपना स्क्रिप्ट उस प्रतिनिधि को दिया तो मेरी सुंदर हस्तलिपि से वह और भी मुग्ध हुआ।

शाम में कांग्रेस के प्रतिनिधियों का एक जुटान हुआ, जिसमें कल की कॉन्फ्रेंस के बारे में कार्यक्रम तय किया गया। यहीं स्पेंडर ने ऑडन और मेकनीस से परिचय कराया। ये तीनों अँगरेजी की नई कविता के आचार्य माने जाते हैं। स्पेंडर स्वभाव से जितने ही लजीले लगे, ऑडन उतने ही फक्कड़! यों मिले जैसे बहुत पुराने साथी हों और ऐसा प्रस्ताव रखा कि अँगरेजीभाषी प्रतिनिधियों का एक अलग जुटाव एक दिन

चाय पर हो। ऑडन जैसे बेतकल्लुफ; ठीक उसके विपरीत लुइ मेकनीस, कायदे के पाबंद। चुस्त पोशाक, सँवारा चेहरा, अपनी प्रतिभा के स्वयं कायल। मेकनीस आयरिश हैं, उनके स्वभाव में भी आयरिशपना! मैंने उनके 'डार्क टावर' की चर्चा चलाई। उन्होंने कहा, वह तो पढ़ने की नहीं, सुनने की चीज है। यह रेडियो नाटकों का संग्रह है। यहीं स्पेंडर की बीवी से परिचय हुआ। बड़ी ही नेक और खूबसूरत — कवि को ऐसी ही पत्नी चाहिए!

शाम को ओपेरा हाउस की तरफ निकल गया। कहा जाता है, इतना बड़ा रंगमंच यूरोप में नहीं है। इसके निर्माण में कला पर अधिक ध्यान दिया गया है। बाहर ही यूरोप के सुप्रसिद्ध संगीतज्ञों की मूर्तियाँ देखकर चित्त गद्‌गद हो जाता है।

कांग्रेस की ओर से सबसे बड़ा आयोजन किया गया है संगीत का। पूरे एक महीने का प्रोग्राम है। यूरोप और अमेरिका की बड़ी-बड़ी संगीत मंडलियों और संगीत विशारदों को आमंत्रित किया गया है। आरकेस्ट्रा की दस, ओपेरा की तीन, बैले की तीन, कोरस की तीन और क्वार्टेट की दो मंडलियों को बुलाया गया है। उन्नीस संगीत संचालक और तेईस गायक व गायिकाएँ इसमें भाग ले रहे हैं। तिरसठ संगीत विशारदों की चीजें यहाँ उपस्थित की जाएँगी। थिएटर द शाँ जलीजे, थिएटर नेशनल द ओपेरा, पैलेस द शाइलो और कौमेदिए द शाँ जलीजे में भिन्न-भिन्न तिथियों के लिए इनके कार्यक्रम निश्चित हैं।

आज पहली बार इस संगीत महायज्ञ के एक आयोजन में सम्मिलित होने का अवसर मिला। सारा कार्यक्रम हमें भारत में ही भेज़ दिया गया था; किंतु हमने सोचा, चलो, पेरिस पहुँचकर देखने-सुनने का प्रबंध हो जाएगा। किंतु जब तक हम पहुँचे, सारी सीटें भर चुकी थीं। बड़ी मुश्किल से हमारे लिए कुछ सीटों का प्रबंध किया जा सका था।

आज का आयोजन शाँ जलीजे थिएटर में था। हमारे होटल से निकट ही पड़ता था। संध्या को खा-पीकर हम वहाँ गए तो भीड़ का क्या कहना! यह नाटक भवन भी बहुत बड़ा है। नीचे की सीटों के अलावा ऊपर चार मंजिलों में सीटें हैं। सारी सीटें भरी हुईं। अपनी जगह पर बैठकर चारों ओर ही नहीं, नीचे-ऊपर भी नजर दौड़ाई तो आश्चर्यचकित हो जाना पड़ा। नीचे विशाल रंगमंच! लाल मखमली सीटों पर पेरिस की रंगीनियों से ओत-प्रोत दर्शक-दर्शिकाएँ! ऊपर की छत में नेत्ररंजक तसवीरें! यहाँ के रंगमंच क्या हैं, राजमहल ही समझिए।

जब संगीत शुरू हुआ तो क्या कहने! पहली चीज आरनल्ड स्खोयनबर्ग की थी। इसके बारह सुरोंवाले संगीत ने यूरोप में हड़कंप मचाया था। कोई उसे पागल

कहता, कोई उसे संगीत का शत्रु समझता। स्खोयनबर्ग ने स्वयं लिखा है—'पचास वर्षों से मैंने संगीत में जो कुछ किया, वह ऐसा लगता है कि जैसे मैं खौलते पानी के समुद्र में फेंक दिया गया होऊँ। मेरी मदद करनेवाला कोई नहीं था; हाँ, बहुत लोग उत्सुकता से देख रहे थे कि मैं कब डूब जाता हूँ। किंतु मैं कोशिश करता रहा, हाथ-पैर फेंकता रहा और मुझे यह देखकर आश्चर्य होता है कि मैं जिंदा हूँ और अब मेरी चीजों को लोग सुनने और सराहने तक लगे हैं!' संगीत की यह प्रणाली कितनी जटिल और विशाल है, मंच को देखकर ही पता चल जाता था। पचासी आदमी भिन्न-भिन्न साजों को लेकर मंच पर बैठे थे। अजब-अजब ढंग के साज। भारतीय साजों की शब्दावली में कहें तो सिंगा, तुरही, वंशी, वीणा, सितार, वायलिन, तबला, ढोलक, नगाड़े—सबके यूरोपीय रूप वहाँ हाजिर थे। वीणा ऐसी कि जैसे अपनी वीणा की चाची हो! नगाड़ा ऐसा जैसे नगाड़ों का लकड़दादा हो! किंतु अपने यहाँ के लोगों की तरह उनका मरियल रूप नहीं, सब चमचम करते। लगभग एक दर्जन तो स्त्रियाँ बजानेवाली थीं। वे प्राय: तारवाले साज बजा रही थीं। बीच के चार नगाड़े देखने ही लायक।

संगीत शुरू हुआ और फिर क्या कहने! हमारे कानों के लिए, जो सिर्फ कोमल-कोमल स्वर सुनने के आदी हैं, यूरोपीय संगीत को सराहना मुश्किल पड़ता है! किंतु यह तो यूरोपीय संगीत का आधुनिकतम रूप स्खोयनबर्ग का संगीत था—सात सुरोंवाला नहीं, बारह सुरोंवाला। जब वह ऊपर की ओर बढ़ता, लगता, क्रुद्ध समुद्र में हिलोरे पर हिलोरे उठ रहे हैं। ऐसा लगता, हम भी उसमें फँस गए हैं और कभी तरंगें हमें सात ताड़ ऊँचे और कभी सात ताड़ नीचे फेंक रही हैं! बीच-बीच में जैसे बिजली कड़क पड़ी! और, जब वह नीचे उतरता तो लगता, अब हम हिमालय की शांत हिमानी में आ गए हैं, जहाँ सुरों के स्थान पर जरा स्पंदन है, कंपन है; अरे, अब तो वह भी नहीं, बिलकुल शांति। किंतु यह न समझिए कि साज बंद हो गए, देखिए, सबके हाथ चल ही रहे हैं—बाजे बज रहे हैं, किंतु ऐसे धीमे कि स्वर मूर्तिमान नहीं हो पाता। उफ, कैसा चमत्कार!

किंतु उसके बाद जो कुछ हुआ, वह तो और भी मुग्ध करनेवाला था। स्खोयनबर्ग के साथ स्ट्राविंस्की का नाम यूरोपीय संगीत से जुड़ा है। स्खोयनबर्ग नहीं रहे, किंतु स्ट्राविंस्की जीवित हैं। यह वृद्ध आचार्य स्वयं साजों के साथ उपस्थित हैं। अब मंच पर एक सौ पैंसठ कलाकार उपस्थित थे—तरह-तरह के साजों को लेकर; और बहुत लोग सिर्फ कोरस गाने के लिए। स्ट्राविंस्की 'ओपिडस रेक्स' नामक एक ओपेरा उपस्थित कर रहे थे। नीचे संगीत हो रहा, ऊपर बीच-बीच में कुछ अजीब

सूरतें आ रहीं। अजीब सूरतें, अजीब हाव-भाव। कल जो चीज चित्रकला में देखी, आज उसे नृत्यकला में देख रहे थे। समझ में कुछ नहीं आता था; किंतु जब ये पंक्तियाँ लिख रहा हूँ तब भी उसका संकेत-नृत्य और उसका अद्‌भुत स्वर-संधान आँखों और कानों को अभिभूत किए हुए है।

उफ, अभी हम लोग कला के क्षेत्र में कितना पीछे हैं। आज जो देखा-सुना उससे तो यही लगा कि जहाँ हमारे पूर्वज हमें छोड़ गए थे, हम वहीं खड़े, कहावत की मूर्ख औलादों की तरह, बाप ने जो घी खाया था, सो आज हम अपने हाथ को सूँघ रहे हैं। अपने बाप-दादों का गीत हम कब तक गाते रहेंगे? इस युग में हमने क्या दिया, युग को हमारा दान क्या है—देखना यह है और इस दृष्टि से अपनी ही आँखों में हम कितना हेय जँचते हैं।

जब संगीत समाप्त हुआ, लोगों ने कैसी तालियाँ पीटीं। वृद्ध संगीतकार को बार-बार मंच पर आना पड़ा, तो भी जैसे लोगों को अपनी प्रशंसा के प्रदर्शन से तृप्ति नहीं हो रही थी।

बाहर के स्टालों पर स्खोयनबर्ग और स्ट्राविंस्की पर बहुत सी पुस्तकें बिक रही थीं; किंतु सबकी सब फ्रेंच में थीं, अत: लेना फिजूल जँचा। यों मेरी आदत है कि जहाँ जाता हूँ, उस संबंध का साहित्य अवश्य खरीद लेता हूँ, आज भी 'स्कोर' नामक संगीत पत्रिका का विशेषांक खरीद लिया, जो मुख्यत: स्खोयनबर्ग की संगीत कला पर ही निकाला गया है। उससे यूरोप की नई संगीत धारा पर भी बहुत प्रकाश पड़ता है।

एक अजीब बात हुई है; मेरी कोठरी की कुंजी खो गई है। बार-बार नीचे के पोर्टर से कुंजी लानी पड़ती है। अजीब स्वभाव है मेरा—चीजों को रखने, सँवारने की आदत ही नहीं है। खैर, घड़ी कह रही है, रात के दो बजने जा रहे हैं, अब तो सोया जाय।

□

: १२ :

नेपोलियन की समाधि : साहित्य के दो छोर

२१.५.'५२—पेरिस

रात ही तय हो चुका था, आज नेपोलियन की कब्र देख ली जाय। मैं तो पहली बार की यात्रा में भी इसे देख चुका था, किंतु शीला के 'डैडी' ने कभी चर्चा कर दी थी नेपोलियन की टोपी की। वह उसे देखने के लिए लालायित थी।

जब हम अलेक्जेंडर पुल पार कर रहे थे, उधर से फौज आती हुई दिखाई पड़ी। यह अलेक्जेंडर पुल—पहले दिन सुबह-सुबह हमने इसी पर सीन नदी पार किया था और इसकी सुनहली मूर्तियों को देखकर मुग्ध हुआ था। फौज के इन दस्तों के कारण पुल की शोभा और भी बढ़ गई थी। पैदल, घुड़सवार सेना और पीछे बैंड पार्टी। सच कहूँ, सैनिकों के चेहरे-मोहरे ने मुझे प्रभावित नहीं किया। फौजी जीवन के साथ जो अकड़, शान और बहुत अंशों में एक उद्धतपना सम्मिश्रित है, उसका यहाँ अभाव पाया। चेहरे पर शराफत, चाल में लचक! घुड़सवार सेना काफी लकदक में थी। बैंड का दस्ता अच्छा था। उनके सुनहले बैज और कामदार झंडे अलेक्जेंडर पुल की सुनहली मूर्तियों की पृष्ठभूमि में बहुत ही सुंदर दीखते थे। पुल पर से ही इनवैलिड दिखाई पड़ता है। इनवैलिड—जहाँ पहले युद्ध में पंगु बने सैनिकों की परवरिश होती थी, किंतु अब जहाँ अस्त्र-शस्त्रों का संग्रहालय है और पेरिस के फौजी दस्तों का हेडक्वार्टर। यह इमारत चौदहवें लुई के समय बनी थी। यह डेढ़ लाख वर्ग गज जमीन को घेरती है और इसकी अँगनाई चौदह सौ फीट लंबी और तेरह सौ फीट चौड़ी है। इसकी खिड़कियों की संख्या दो हजार है।

इमारत के आगे एक खाई है और उसके पीछे कतार में तोपें रखी हुई हैं। अँगनाई में घुसिए तो चौदहवें लुई की मूर्ति दिखाई पड़ती है। इमारत के कमरों में बरामदों पर अस्त्र-शस्त्रों के अनेक नमूने काल-क्रम से सजाकर रखे गए हैं। यहाँ उन पताकाओं को भी सुरक्षित रखा गया है जिन्हें नेपोलियन भिन्न-भिन्न युद्धों में विजयी बनकर दुश्मनों से छीन लाया था।

इसी इमारत के पीछे वह समाधि-मंदिर है जिसमें नेपोलियन की लाश रखी गई है। पहले यह गिरजाघर था। माँसार नामक स्थापत्य कला विशारद ने इसकी रचना की थी। इसे रोम के प्रसिद्ध गिरजाघर 'सेंट-पिटर' के नमूने पर बनाया गया था और पेरिसवालों का कहना है कि इसका गुंबद उससे भी अधिक शानदार है। जब १८४० में यह तय किया गया कि नेपोलियन की लाश को सेंट हेलना से लाकर पेरिस में दफनाया जाय, तो उसके लिए इसी स्थान को चुना गया। प्रसिद्ध कलाकार विस्कौतीं ने मंदिर के भीतर जमीन खोदकर समाधिस्थल का निर्माण किया। रूस के 'जार' ने इसके लिए फिनलैंड से लाल पत्थर भेजे और उसका ताबूत इसीका बना। उसी ताबूत के भीतर नेपोलियन सदा के लिए विश्राम कर रहा है।

ताबूत के चारों ओर भित्ति मूर्तियाँ हैं; जिनसे नेपोलियन की महत्ता प्रगट होती है। किस तरह नेपोलियन ने कृषि और उद्योग-धंधों की वृद्धि की, शिक्षा का व्यापक प्रचार किया, अच्छी कानूनी हुकूमत दी, धर्म और राज्य के संघर्ष को दूर किया और अंत में किस तरह उसने फ्रांस की भूमि से अव्यवस्था और उथल-पुथल की स्थिति को दूर किया। एक लड़की हमें दिखला रही थी। इस अंतिम मूर्ति को दिखलाते हुए उसने कहा— जैसे आजकल कम्यूनिस्ट अव्यवस्था फैला रहे हैं, नेपोलियन के समय भी यही हालत थी। कैसा तमाशा है, समूचे पश्चिमी यूरोप में जिधर जाइए, कम्यूनिस्ट अव्यवस्था की चर्चा साधारण लोगों के मुँह से भी सुनी जाती है। यहीं वह टोपी है जिसे पहनकर नेपोलियन अपने विजय अभियानों में निकलता था।

आज शाम को यहाँ के अंतरराष्ट्रीय भवन में कांग्रेस का साहित्यिक जलसा था। उद्घाटन के बाद यह पहला जलसा था। आज का विषय था— आइसोलेशन और कम्युनिकेशन। बीसवीं सदी का लेखक दो छोरों के बीच झूला झूल रहा है; एक ओर इस सदी ने ऐसी कोलाहलपूर्ण सभ्यता पैदा कर दी है कि वह अपने को इससे दूर हटाकर, अपने को आत्मस्थ कर एक ऐसे साहित्य का सृजन कर रहा है जिसे बिलकुल व्यक्तिगत साहित्य कहा जा सकता है। दूसरी ओर संवहन के इतने साधन हो गए हैं— अखबार, रेडियो, फिल्म आदि— कि उसे बहुत लोगों तक पहुँचाने के लालच में अपनी कला को उसे नीचे की सतह पर उतारना पड़ रहा है। दोनों में कौन वांछनीय है और क्या दोनों का सम्मिश्रण और समन्वय संभव है? इस विषय पर अमेरिकन लेखक जेम्स फरेल, इतालियन लेखक क्लोदे मानी, फ्रांसीसी लेखक रोजर कायवा आदि ने अपने विचार प्रगट किए।

सभाभवन में काफी भीड़ थी। पहले से निश्चित लेखकों द्वारा विचार प्रगट किए जाने के बाद अन्य लेखकों को भी बहस में सम्मिलित होने के लिए आमंत्रित

किया गया। आज जिंदगी में पहली बार मैंने उस यंत्र का व्यवहार किया जिसे कान में लगा लेने पर एक भाषा में हुए व्याख्यान को दूसरी भाषा में, अनुवाद के रूप में, सुना जा सकता है। यह प्रबंध सिर्फ तीन भाषाओं के लिए था—फ्रेंच, जर्मन और अँगरेजी। व्याख्याता फ्रेंच या जर्मन में बोल रहे हैं और आप उन्हें अँगरेजी में सुन रहे हैं। ऐसा होता है कि व्याख्याता जब मंच पर एक भाषा में बोलते होते हैं, दूसरे छोर पर उसका अनुवाद दूसरी भाषा में साथ-ही-साथ किया जाता है—और आपके कानों में वही अनुवाद पहुँचता है। किंतु, इसमें तमाशा यह होता है कि बोलनेवाले तो वहाँ फ्रेंच में गरज रहे हैं, यहाँ आपके कानों में किसी लड़की की सुरीली आवाज आ रही है—और जब अनुवाद में कोई कठिनाई होती है तो उसका हलकना तो और मजा ला देता है।

पच्चीस देशों के साहित्यिक आज के जलसे में सम्मिलित हो रहे थे; किंतु ऐसी भीड़भाड़ कि कौन किसका परिचय पा सके! आज हम लोगों की ओर से स्प्रैट बोले। बड़े ही सीधे-सादे ढंग से अपने विचार रखे। विचारों में भारतीयता की पूरी पुट थी। आज की बहस में ब्राजील की एक लड़की भी बोली; शुरू तो अच्छा किया, किंतु बोलते-बोलते यों चिल्लाने लगी कि लगता था, बेचारी हिस्टीरिया से परीशान हो! उसकी शिकायत थी कि स्त्रियों के साथ वह व्यवहार नहीं होता, कला और साहित्य के क्षेत्र में भी जिसकी वे हकदार हैं। लोगों का खूब मनोरंजन हुआ।

शाम को लुक्जमबर्ग की फुलवाड़ी देखने चले। अब हम पेरिस से कुछ परिचित हो चुके हैं, इसलिए ज्यादा सफर हम मेट्रो, जमीन के नीचे चलनेवाली रेलगाड़ी, से ही करते हैं। इसमें पैसे बचते हैं, आराम भी रहता है। यद्यपि पेरिस की ये पाताल गाड़ियाँ लंदन की गाड़ियों से घटिया हैं—इनमें दरजे भी दो हैं, भीड़ अधिक रहती है, खासकर शाम को; किंतु इनके द्वारा निश्चित स्थान पर कम पैसे में जल्द पहुँचा जा सकता है। मेट्रो से ऊपर आने पर हमने पाया, हम तो लैटिन क्वार्टर में हैं। विद्यार्थियों और विद्यार्थिनियों की काफी भीड़। रेस्तोराँ छोटे-छोटे, किंतु गाना-बजाना हो रहा, प्याले छलक रहे। काले विद्यार्थियों—खासकर हबशियों की काफी तादाद देखी।

किंतु जब तक हम पहुँचे, फुलवाड़ी का फाटक बंद हो चुका था। अत: हम लौटे। सुन रखा था, इस महल्ले के रेस्तोराँ में कम पैसे में अच्छा भोजन मिलता है। एक रेस्तोराँ में बैठ गए। सचमुच शाँ जलीजे के रेस्तोराँ की अपेक्षा आधी कीमत में ही हमें बड़ा स्वादिष्ट भोजन मिला।

□

: १३ :

मेट्रो : मेला : लीडो

२२.५.'५२—पेरिस

जब मैं भारत में ही था, कुछ पत्रों में पेरिस में लगनेवाले अंतरराष्ट्रीय मेले का विज्ञापन देखा था। वहीं तय किया था, इसे अवश्य ही देखूँगा। आज सुबह मैं जलपान करने के बाद उस ओर चला।

यह मेला पेरिस के बहिर्भाग में लगा है। पेरिस अंतरराष्ट्रीय मजमों के लिए प्रसिद्ध है—चाहे वे राजनीतिक हों या सांस्कृतिक। खासकर फैशन की चीजों के मेलों के लिए तो यह संसार में सबसे उपयुक्त भूमि है। कुछ मेले साल-साल लगते हैं, कुछ कई वर्षों के बाद। यह मेला कई वर्षों के बाद लगा है, इसलिए इसका बहुत ही महत्त्व है।

चाहे लंदन हो या पेरिस, पृथ्वीतल से जानेवाली रेलगाड़ियाँ बड़ी सहूलियत की होती हैं—कम-से-कम पैसे में जल्द-से-जल्द आप पहुँच सकते हैं। लंदन की ऐसी गाड़ियाँ जहाँ 'ट्यूब' कही जाती हैं, पेरिस में वे 'मेट्रो' कहलाती हैं। सारी पेरिस के नीचे मेट्रो का जाल बिछा हुआ है। आप किसी एक सूत्र को पकड़ लीजिए, फिर इधर-उधर जाते रहिए। हर स्टेशन पर नक्शे और चार्ट टँगे होते हैं; थोड़ी समझदारी और सूझ से काम लेने पर कहीं भटक पड़ने की गुंजाइश नहीं।

लंदन में इन पाताल गाड़ियों का एक ही दरजा है, किंतु पेरिस में दो। लंदन की ऐसी सफाई और शानदारी भी नहीं है। किंतु फिर भी अपने देश की सवारियों से उनकी क्या तुलना!

मेट्रो से जब हम ऊपर हुए तो ऐसा लगा, मेले के द्वार पर हम पहुँच गए। द्वार ही बताता था, भीतर कैसी रौनक होगी। सदर दरवाजे पर प्रवेश करने के लिए टिकट खरीदने गया तो पता चला, विदेशी दर्शकों के लिए आज छूट दी गई है। हमारी वेशभूषा ही मानो हमारे लिए टिकट बन गई।

भीतर पहुँचने पर पता चला जैसे हम सचमुच मेले में हों। पार साल इंग्लैंड में 'फेस्टेविल आफ ब्रिटेन' का मेला देखा था। लोगों की भीड़ का क्या कहना; किंतु कहीं धक्कम-धक्का नहीं। यहाँ थोड़ा-थोड़ा अपने देश का मजा आया। बार-बार बदन से बदन टकराते और एक हलकी मुसकराहट से माफी मिल जाती।

सारा मेला कई हिस्सों में बँटा। हमने कृषि विभाग से शुरू किया और शृंगार विभाग में समाप्त। तरह-तरह के यंत्र, तरह-तरह के घरेलू सामान, तरह-तरह के शृंगार प्रसाधन, तरह-तरह के खिलौने आदि। जिस कतार में निकल जाइए, वहीं चकित हो रहेंगे आप। बार-बार मन में प्रश्न उठता—उफ, मानव ने अपने सुख-साधन के लिए कैसे-कैसे सामान तैयार किए हैं। किंतु तुरत यह प्रश्न भी मन में उठता—ये साधन कितने लोगों के लिए प्राप्य हैं? खुद अपनी ही बात लीजिए, कितनी ऐसी चीजें थीं जिनके खरीदने के लिए जी ललच उठता; किंतु तुरत अपनी जेब की याद हो आती।

जब हम लोग शृंगार प्रसाधन के विभाग में थे, शीला बेचारी चकित-विस्मित थी। जेवर, साज-सज्जा के सामान, सबकी ऐसी भरमार कि लगता, यदि कोई एक राज बेचकर भी आए तो भी अपनी मनोकामना की पूर्ति नहीं कर सके! क्या लिया जाएगा, कितना लिया जाएगा, कहाँ तक लिया जाएगा?

कुछ ऐसी भीड़भाड़ थी कि रास्ते में हमारी संगत टूट गई। मैं एक ओर चला गया, शीला और शिवाजी दूसरी ओर। दोनों ओर से कुछ देर खोजाई हुई। फिर मैं मेट्रो का सूत्र पकड़कर अपने होटल में आ गया। थोड़ी देर के बाद वे लोग भी चिंतित लौटे और मुझे यहाँ पाकर आश्वस्त हुए।

भोर में ही तय हो चुका था, आज रात में फिर नैश विहार का मजा लिया जाय। पेरिस के नैश विहारों में लीडो का बड़ा नाम है। यह शाँ जलीजे में ही है। अतः सवेरे ही खा-पीकर हम लोग वहाँ जा धमके। साथ में देशपांडे भी थे।

लीडो में नग्न नृत्य होता है, शराब उड़ती है, हास्य कुतूहल होता है। लोग नाच देखते ही नहीं हैं, नाचते भी हैं। टिकट नहीं लगता, सीट रिजर्व कर लीजिए, खेल के अंत में बिल चुकाना पड़ता है। यदि भोजन भी कीजिए तो फी आदमी छह हजार फ्रैंक, भोजन नहीं कीजिए तो सिर्फ चार हजार फ्रैंक। हम भोजन कर चुके थे; अतः चार-चार हजार की ही सीटें रिजर्व कराईं और समय पर जा डटे।

कैसिनो द पेरिस से बिलकुल अलग है यहाँ का रंग। यह सोलह आने नैश विहार है। हर टेबुल पर शैंपेन की बोतल बालटी में बरफ से तर करके रखी हुई है। दो आदमी में एक बोतल शैंपेन तो आपको पीना ही है, इसीका बिल है प्रत्येक आदमी चार हजार फ्रैंक। यदि अधिक पीना हो तो पीजिए, नए बिल चुकाइए।

खेल शुरू होने के पहले एक छोकड़ी ने आकर पूछा—क्या इस समय को अमरता देना नहीं चाहेंगे? यानी, फोटो नहीं खिंचाएँगे; बस एक फोटो के लिए सिर्फ दो हजार फ्रैंक! टेबुल पर ही फोटो ले लिया गया और जब लौटने लगे, एक केबिनेट साइज फोटो और तीन दियासलाई के डब्बे पर फोटो उसने अर्पित किए।

क्या नृत्य, कैसा नृत्य! पेरिस की ये परियाँ—सुनहले बाल, पतली नाक, सुराहीदार गरदन, छाती पर खिले-अधखिले फूल, पतली कमर, पृथुल नितंब, गोल जाँघ, सुडौल पिंडलियाँ! कभी लचकतीं, कभी उछलतीं; कभी कमर को कमानी बना लेतीं, कभी पैरों में पंख बाँध लेतीं। आगे देखिए, पीछे देखिए, अगल देखिए, बगल देखिए। शरम क्या, संकोच क्या! लीडो में आप बैठे हैं न! और सामने उस प्याली में लाल परी नाच रही है न! छक जाइए, देखे जाइए!

आपको तो सिर्फ देखना है—देखिए, उधर क्या दृश्य हुआ? हर जोड़ी पर लीडो सवार है। अब तो दर्शक-दर्शिकाओं के नृत्य हो रहे हैं! ओहो, कैसी-कैसी जोड़ियाँ हैं। वह बूढ़े बाबा उस छोकड़ी को कैसे कलेजे से कसे हुए हैं। और वह बुढ़िया उस नौजवान के शरीर को जैसे अपने शरीर में आत्मसात् कर लेना चाहती है! अच्छी जोड़ियाँ, जोड़ की जोड़ियाँ भी हैं—किंतु, मजा तो इन बेजोड़ जोड़ियों के देखने में है।

सारा हाल सिगरेट के धुएँ से धुमैला हो रहा है। शैंपेन की गंध यहाँ की हवा में बस गई है। यों ही सिर चकरा रहा है, फिर ये दृश्य! खैरियत है, ढाई बजे और खेल समाप्त हुआ।

□

: १४ :

होटल : राजदूत : देवीजी!

२३.५.'५२—पेरिस

रात तीन बजे सोए तो स्वभावत: ही देर से जगना था। हाथ-मुँह धोकर बाहर गया, खाना खाया और आकर अपनी पेरिसवाली पुस्तक लिखने लगा। देख रहा हूँ, वह पुस्तक बड़ी मजेदार बन रही है। हिंदी में यह एक ही पुस्तक होगी जिसका सूत्र पकड़कर लोग पेरिस यात्रा का पूरा मजा उठा सकेंगे।

इधर कई दिनों से स्नान नहीं किया था। फ्रेंच बाथ पर ही चल रहा था। किंतु जी भिनभिन कर रहा था। शिवाजी के कमरे में जाकर खूब प्रेम से स्नान किया, तो शांति मिली।

बात यों है कि यद्यपि हम शाँ जलीजे के फैशनेबुल महल्ले में हैं, तो भी हमारा यह होटल मध्यम दरजे का होटल है। दिक्कत यह भी हुई कि शिवाजी और शीला के लिए होटल में पहले से जगह रिजर्व नहीं थी। अत: हमें सबसे पहले उसी का प्रबंध कर लेना पड़ा और स्वभावत: ही जो सबसे आरामदेह कमरा था, हमने उन्हें दे दिया।

इस होटल में हर कमरे के साथ स्नानघर नहीं है। हाँ, हर कमरे के साथ एक शृंगार कमरा है, जहाँ आप हाथ-मुँह-पैर धो ले सकते हैं। पैर धोने के लिए एक ऐसा बरतन है, जिसमें गरम पानी भरकर, उस पानी में दोनों पैर रखकर कुरसी पर बैठे-बैठे आप अपनी पूरी थकान उतार सकते हैं। प्रतिदिन स्नान करना यहाँ लाजिमी भी नहीं समझा जाता है। किंतु हम तो अपने स्वभाव से लाचार हैं। प्रतिदिन नहीं नहाइए तो मन आश्वस्त होता नहीं है। नीचे स्नानघर हैं, जहाँ कुछ पैसे देकर आप नहा ले सकते हैं।

किंतु, मध्यम दरजे के इन कमरों का मुकाबला आपके देश के अच्छे-से-अच्छे होटल के कमरे भी नहीं कर सकते। मेरा कमरा सिर्फ एक आदमी के लिए है। किंतु,

तो भी दो पलंग। पलंग का सुनहला फ्रेम; नीचे कालीन; पलंग के गुलगुले गद्दे, रेशमी चादर। दो मेजें—एक पर लिखिए-पढ़िए, एक पर नाश्ता-चाय कीजिए। पलंग के सिरहाने फोन; जब चाहिए, नीचे से आदमी या दाई को बुला लीजिए। इस कमरे का चार्ज प्रतिदिन के लिए नौ सौ फ्रैंक है, यानी करीब चौदह रुपए। इंग्लैंड की तरह होटल चार्ज में नाश्ते का चार्ज शामिल नहीं है। आप नाश्ता कमरे में मँगा सकते हैं, या नीचे जाकर खा ले सकते हैं। भोजन तो हम लोग प्रायः बाहर ही करते हैं; नाश्ते के लिए भी कोई अनिवार्यता नहीं कि यहीं करें। नीचे जो आदमी हैं उनसे आप सब काम ले सकते हैं; नाश्ता, सिगरेट सब वे ला देंगे। हम अपनी चिट्ठियाँ भी उन्हें ही दे देते हैं। वे उन्हें भेज देते हैं और उसका चार्ज बिल में दर्ज कर देते हैं। टैक्सी, थिएटरों के टिकट आदि का प्रबंध भी आप उनके द्वारा करा ले सकते हैं।

सुबह-शाम आपके कमरे की सफाई और सजावट कर दी जाएगी। मेरे ऐसा लस्टम-पस्टम आदमी—सारी चीजें बिखराकर निकल जाता हूँ; जब लौटता हूँ, पाता हूँ, सभी चीजें सजाकर करीने से रखी हैं। सफाई का काम एक लड़की करती है। इतने दिनों में उससे जान-पहचान तो हो ही गई है। देखते ही हँसकर नमस्कार करती है। किंतु भाषा का व्यवधान—कुछ बोलचाल क्या हो सकती है? उसका नौजवान पति भी इसी होटल में काम करता है। दोनों काफी स्वस्थ, सुंदर। होटल के भीतर तो वे अजीब चोगे डाले होते हैं। किंतु सारे काम कर-धरकर, जब वे अपनी पोशाक पहनकर बाहर निकलते हैं तो आप क्या समझेंगे कि ये नौकर-दाई का काम करते हैं—सोलह आने लेडी और जेंटिलमैन, या यहाँ की भाषा में मदाम और मोशियो।

होटल के नीचे दो कमरे ऐसे हैं जहाँ आप जाकर अखबार पढ़ सकते हैं, मित्रों से घुल-मिलकर बातें कर सकते हैं। 'न्यूयार्क हेरल्ड ट्रिब्यून' का पेरिस संस्करण अँगरेजी में छपता है। हम उसीके द्वारा पेरिस और संसार की जिंदगी से अपना दिमागी संबंध स्थापित करते हैं।

नीचे का पोर्तर थोड़ी अँगरेजी जानता है और वह लड़की भी जो इस होटल की संचालिका है। लड़की की लिखावट कितनी सुंदर है—मोतियों जैसी! विनय, शालीनता, खुशमिजाजी की तो पूछिए मत। हर आदमी को ऐसा लगेगा कि यह मुझी पर सबसे अधिक मेहरबान है।

दिन का भोजन देर से किया, फिर एक झपकी ली। आज शाम को चाय के लिए अपने राजदूत महामहिम मल्लिक के घर पर निमंत्रण था। वहाँ गया। पेरिस में भी अपने देश के झंडे को लहराते देखकर कितनी प्रसन्नता हुई! राजदूत के घर की सजावट में काफी भारतीयता थी। स्वागत-सत्कार में भी भारतीयता की काफी पुट

थी। उनकी पत्नी और साली हम लोगों के सत्कार में तत्पर थीं। यह लड़की हमारे ही साथ 'एयर इंडिया' से आई थी। यूरोप की राजनीति के संबंध में बातें हुईं। यूरोप पर इस समय रूस का भूत सवार है। यहाँ की राजनीति का केंद्र यही है कि रूस के साथ कैसा व्यवहार रखा जाय? मल्लिक साहब ने अपनी राय प्रगट की, किंतु बड़े ही संयत शब्दों में, अपने को सदा तटस्थ रखते हुए, जैसा राजदूत को करना चाहिए।

किंतु, वहाँ मि. दास नाम के एक सज्जन अपनी पत्नी के साथ आ गए थे। मि. दास भारत के क्रांतिकारी भगोड़ों में थे, बंगाली हैं, भागकर अमेरिका गए। अब भारत सरकार के मुलाजिम हैं। उन्होंने अमेरिका में ही एक स्त्री से शादी की, जिनके रक्त में रूसी सम्मिश्रण है। यह श्रीमतीजी तो खुल्लम-खुल्ला रूस का पक्ष ले रही थीं। जब इन्होंने मल्लिक साहब की बातों का सूत्र पकड़ा तब फिर क्या मजाल कि कोई बीच में बोल सके। धड़ाधड़ बोले जा रहीं—हाथ नचातीं, भौं मटकातीं, कसम पर कसम खातीं। उनके विचार से सारा संसार युद्ध के लिए उत्सुक है, बेचैन है; एक सिर्फ रूस है, जिसने संसार में शांति कायम कर रखी है। भारत सरकार की नीति की आलोचना करने में भी उन्हें झिझक नहीं थी। भारत सरकार के एक मुलाजिम की पत्नी के मुँह से ये बातें—इस सरकार की खुदा ही खैर करे! किंतु दास साहब बड़े ही परिमित भाषी—जैसे उन्हें अपनी जिम्मेवारी की सदा याद हो।

आज हमारी कांग्रेस की फिर बैठक थी। हमने सोचा था, राजदूत के आतिथ्य से तुरत फुरसत पाकर हम उसमें शामिल हो सकेंगे। आज वहाँ पहुँचना जरूरी भी था; हमारे साथी देशपांडे अपना लेख पढ़ने वाले थे। किंतु, श्रीमती दास की बकबक में हमारा बहुत समय लग गया। जब तक हम लौटे, कांग्रेस का जलसा समाप्त हो चुका था। देशपांडे ने बताया, उनके लेख का अच्छा स्वागत हुआ। कम्यूनिस्टों के भौतिकवादी दर्शन पर उन्होंने करारी चोट की थी। इस लेख को उन्होंने मुझे पहले भी दिखलाया था। लेख विचारपूर्ण था। किंतु मुझे ऐसा लगा रहा है कि हम लोग कम्यूनिस्टों को खामख्वाह कुछ अधिक महत्त्व दे रहे हैं। उनकी इतनी निंदा कर रहे हैं कि उनके प्रचारक हमीं बन रहे हैं।

□

: १५ :

श्मशानभूमि और रंगभूमि

२४.५.'५२—पेरिस

भाई मेहरअली ने अपनी अंतिम पेरिस यात्रा के बाद मुलाकात होने पर उस श्मशानभूमि की चर्चा की थी, जहाँ सुप्रसिद्ध नाटककार मौलियर की कब्र है। तभी निर्णय कर चुका था, कभी पेरिस जाने का मौका मिला तो उस कब्र की धूल शीश पर अवश्य चढ़ाऊँगा।

इधर जब पेरिस की गाइड बुक देखने लगा तो पता चला, यहाँ कई प्रसिद्ध श्मशानभूमियाँ हैं, जिनमें फ्रांस के सुप्रसिद्ध व्यक्तियों को दफनाया गया है। चार तो उनमें बहुत प्रसिद्ध हैं। किंतु मुझे तो उस श्मशानभूमि को देखना था जहाँ मौलियर को दफन किया गया; क्योंकि उस भूमि के साथ भाई मेहरअली की स्मृति भी संलग्न है।

यह श्मशानभूमि पेरिस की सबसे बड़ी श्मशानभूमि है और पेरिसवालों का दावा है, कहीं एक जगह इतने बड़े-बड़े आदमी दफन नहीं किए हैं। अपने नगर की तरह इस श्मशानभूमि को भी वह अद्वितीय मानते हैं।

मेट्रो का सूत्र पकड़कर वहाँ पहुँचा। मेट्रो का छोटा सा नक्शा हर जगह मिलता है, मुफ्त ही। उसे ले लीजिए और गाइड बुक से मिलाकर स्थान को निश्चित कर लीजिए कि वह किस लाइन के किस स्टेशन के नजदीक है; फिर कोई कठिनाई नहीं होती। यदि कोई गड़बड़ हुई तो किसी आदमी को नक्शे में जगह बता दीजिए, वह आपको सही रास्ता बता देगा।

यह श्मशानभूमि एक पहाड़ी पर है। यों तो बड़े-बड़े लोगों की कब्रें यहाँ होने से इसकी प्रसिद्धि थी ही, १८७१ में जब पेरिस के गरीबों ने विद्रोह करके अपनी कम्यून कायम की, और अंत में लड़ते-लड़ते इसी कब्रगाह में जा छिपे और अंतत: उन्हें खदेड़कर, इसकी दीवाल से सटाकर गोलियों से मार दिया गया, तब से यह एक राजनीतिक तीर्थस्थान बन गया है।

मेट्रो से ऊपर आकर हमने एक पहाड़ी-सी ऊँची जगह देखी और ऊपर जाने की सीढ़ियाँ भी। हम उसी रास्ते ऊपर चले गए। यह तो पीछे पता चला कि यह इसका सदर दरवाजा नहीं है। सदर दरवाजे पर अच्छे गाइड मिल जाते हैं और कब्रों पर चढ़ाने के लिए फूल आदि भी।

ऊपर जाकर कब्रों की कतारें ही देखकर हम घबड़ा गए। देखा, वहाँ माली की तरह के कुछ लोग हैं। उनसे पूछने लगा, वे हमारी अँगरेजी भाषा तो समझते नहीं थे; तो भी उन्होंने जान तो लिया ही कि हम दर्शक हैं और जब हमने मौलियर वाल्जके आदि के नाम लिये तो एक नक्शा हमारे हाथ में देकर लाल पेंसिल से उन तक पहुँचने का निशान बना दिया। इसके बदले में हमने कुछ पैसे उन्हें दिए और आगे बढ़े।

बीच में रास्ते, दोनों तरफ कब्रें—तरह-तरह की, नाना आकार-प्रकार की। किन्हीं-किन्हीं के ऊपर खुशनुमा मंदिर, किन्हीं-किन्हीं पर मृत व्यक्तियों की मूर्तियाँ, किन्हीं-किन्हीं कब्रों पर फूल भी। एक कुनबे के मृत व्यक्तियों की कब्रें कहीं-कहीं एक ही स्थान पर दिखाई पड़ीं। नक्शे को लेकर हम आगे बढ़ रहे थे तो भी प्राय: रास्ते भूल जाया करते थे। सबसे पहले बालजक की कब्र मिली; कब्र पर उसकी एक मूर्ति भी। कब्र के निकट खड़ा करके शीला ने हम लोगों के फोटो लिये। उसके बाद आस्कर वाइल्ड की कब्र मिली। यह कब्र अजीब है। इसके ऊपर एक चट्टान-सी रखी हुई है, जिसके नीचे के भाग में एक नंगे आदमी की मूर्ति अंकित है, मानो वह उस कब्र पर लटका हुआ हो और उसके गुप्तांग भी लटक रहे।

वहाँ से सारा वर्नहार्त की कब्र की खोज में बहुत समय लगा। जब मैं इंग्लैंड पिछली बार गया था, शेक्सपीयर के गाँव के थिएटर के सिलसिले में उसकी प्रसिद्धि का ज्ञान हुआ था। पेरिस के जो पाँच राजकीय रंगमंच हैं, उनमें एक इसके नाम पर है। शेक्सपीयर के गाँव में इसने औरत होकर भी हेमलेट का पार्ट किया था। अत: उत्सुकता स्वाभाविक थी। किंतु बड़ी खोज-दूँढ़ के बाद भी उसकी कब्र नहीं पा सका।

फिर नक्शा देखते, भूलते-भटकते मौलियर की कब्र के निकट पहुँचा। बहुत पुरानी कब्र है। दो पत्थर के स्तंभों पर एक ताबूत है। बड़े चाव से, प्रेम से, श्रद्धा से मैंने ताबूत को चूमा। बहुत अफसोस हुआ, माला या फूल नहीं ला सका था।

इस खोज-दूँढ़ में ही बहुत देर हो चुकी थी, अत: १८७१ की कन्यून के शहीदों की वधस्थली को नहीं देख सका।

इस श्मशानभूमि में कौन-कौन नहीं है—लेखक-कवि, शहीद-योद्धा, नाटककार-अभिनेता, चित्रकार-संगीतकार, दार्शनिक-संत—वे बड़े-से-बड़े लोग

यहाँ अनंत निद्रा में सो रहे हैं जिन्होंने पेरिस को पेरिस बनाया, जिन्होंने फ्रांस को वह गौरव दिया जिसके बल पर वह बार-बार पराजित होने पर भी उठकर खड़ा होता है। यह श्मशानभूमि फ्रांसीसियों के लिए इतनी प्यारी है कि नेपोलियन ने मरते समय यह इच्छा प्रगट की थी कि उसकी लाश को इसी श्मशान में दफनाया जाय।

आज जब घर से निकल रहा था, सड़कों की मोड़ के विज्ञापन के तख्तों पर बड़े-बड़े पोस्टर टँगे हुए मिले, जिनमें उल्लेख था कि विक्टर ह्यूगो की एक सौ पचासवीं जयंती २६ मई से ६ जून तक मनाई जाएगी। फ्रांस के राष्ट्रपति और प्रधानमंत्री पैंथियन में जाकर ह्यूगो की कब्र पर फूल चढ़ाएँगे और उस विशाल इमारत पर राज्य की ओर से दीवाली मनाई जाएगी। नृत्य, संगीत, अभिनय आदि के भी प्रोग्राम हैं। काश, पं. नेहरू हमारे तुलसीदास के स्मारक पर फूल चढ़ा आते! क्या काशी के रहनेवाले श्री संपूर्णानंदज़ी को ही यह बात सूझी? तुलसीदासजी पैदा कहाँ हुए, इसपर झगड़ा कर लीजिए; किंतु काशी में ही अस्सी घाट पर उनका निधन हुआ, यह तो इतिहास-सिद्ध है।

शाम को यों ही टहलते हुए हम ओपेरा भवन की ओर निकल गए। कई दिनों से इसके चारों ओर हम चक्कर लगा जाते हैं, किंतु टिकट नहीं मिल पाते। होटलवालों से कहा तो वे बड़े महँगे टिकट की ही बात करने लगे। पर यह संयोग देखिए, आज जब उसके भीतर इसलिए घुसे कि कम-से-कम भीतर का चाकचिक्य ही देख लें, तो वहाँ सस्ते टिकट मिल गए। फिर हमारे आनंद का क्या कहना!

ओपेरा भवन के भीतर जाते ही दिमाग चकरा जाता है। यह पेरिस का सबसे पुराना और सबसे बड़ा रंगमंच है। इस भवन के निर्माण में दो करोड़ रुपए खर्च हुए थे। यह आज भी माना जाता है कि संसार भर में ऐसा शानदार रंगमंच कहीं नहीं है। इसका विस्तृत वर्णन देने के लिए यहाँ न समय है, न स्थान। पेरिसवाली पुस्तक के लिए ही इसे सुरक्षित रखता हूँ। यहाँ इतना ही कहूँगा, जो लोग यूरोप गए और ओपेरा भवन में जाकर कोई नाटक नहीं देख सके उनका वहाँ जाना, मेरी दृष्टि में, अधूरा ही रहा।

टिकट लेकर हम जल्दी-जल्दी ऊपर चढ़े। संगमरमर, कालीन, मखमली परदे, बड़े-बड़े शीशे ज्यों-ज्यों हम ऊपर चढ़ते गए, हमपर अपना रोब जमाते गए। चौथी मंजिल पर के लिए हमारे टिकट थे। पहले हम जहाँ बैठाए गए वहाँ से भी स्टेज तो अच्छी तरह दिखाई पड़ता था, किंतु मैं तो सारे रंगमंच की संपूर्ण झलक देखना चाहता था। मेरी इस मनोकामना को मानो एक महिला समझ गई। ज्यों ही बीच में रिसेस हुआ, उसने मेरे लिए अपनी अगली पंक्ति की जगह खाली कर दी।

उफ, नीचे से ऊपर तक सारी सीटें भरी हुईं। कितना बड़ा भवन है यह; कैसे कलाप्रिय हैं यहाँ के लोग!

और, वह रंगमंच पर क्या हो रहा है? आज एक ओपेरा और एक बैले का अभिनय हो रहा था। पहले ओपेरा हुआ, बाद में बैले। ओपेरा में सभी पात्र संगीत में ही वार्त्तालाप करते हैं। वार्त्तालाप क्या, अपने हृदय के भावों को संगीत के रूप में रंगमंच पर उड़ेलते हैं! संगीत के सिवा एक शब्द भी नहीं। यों ही बैले में रंगमंच पर मुँह से एक शब्द भी नहीं निकाला जाता। सारे मनोभावों को नृत्य के माध्यम से ही प्रगट किया जाता है। नृत्य की गति और ताल को निर्देशित करने के लिए मंच के नीचे साज बजते होते हैं।

जब खेल समाप्त हुआ, बार-बार मन में प्रश्न उठता—हमारे देश में ये सब कब संभव हो सकेंगे? अभी तो अच्छे नाटकों के लिए भी हमारे पास अभिनेता, अभिनेत्री, रंगमंच और साज-सज्जा नहीं मिल पाते, फिर ओपेरा और बैले तो हमसे दूर हैं। ओपेरा भवन को पर्याप्त सरकारी सहायता भी प्राप्त है। उसका डाइरेक्टर किसी मिनिस्टर से कम रुतबा या महत्त्व नहीं रखता। हम अभी कला के क्षेत्र में कितने पिछड़े हुए हैं—न कला की पूजा है, न कलाकार की पूछ! आह!

□

: १६ :

वन-विहार : चिड़ियाखाना

२५.५.'५२—पेरिस

जब शहर से चित्त उखड़ता है, जंगल में भागने की इच्छा होती है। किंतु, जंगल किसको मयस्सर है? अत: घुट-घुटकर शहर की गलियों में ही लोग जिंदगी काट देते हैं।

पेरिस के नागरिक इस संबंध में अवश्य दूरदर्शी हैं। वे जानते थे कि उनके शहर में अनेकानेक मनोरंजन के साधन होने पर भी कभी आदमी का मन उचाट में आ सकता है। वह एकांत खोज सकता है, ऐसा एकांत जहाँ वह प्रकृति के साथ तदात्मता स्थापित कर सके। अत: उन्होंने शहर के अंदर अनेक बगीचे ही नहीं बनाए, शहर के दो छोरों पर दो जंगल भी रख छोड़े हैं। और, प्रति सप्ताह रविवार को इन दोनों जंगलों में मंगल मच जाता है।

आज रविवार है। हमने तय कर लिया है कि इन दो जंगलों में से एक को आज देख लें। वारसाई जाते समय उनमें से एक जंगल की झलक देख ली थी, जो पश्चिमी छोर पर है। अत: आज पूर्वी छोर के जंगल की ओर ही चलना उचित समझा। फिर इसी जंगल में वह चिड़ियाखाना भी है जो यूरोप के चिड़ियाखानों में अपना खास स्थान रखता है।

भोर की खुनक, हवा में सुरूर। पेरिस के नागरिकों और नागरिकाओं के चेहरों पर छुट्टी की मस्ती। रंगीनी और गहरी हो गई है। वाचालता कुछ और बढ़ गई है। होंठों की हँसी आज गालों पर गड्ढे बनाती है। मेट्रो में भीड़ है। यदि किसीके कंधे से आपका कंधा लड़ जाता है तो परवाह नहीं। यह लंदन नहीं, पेरिस है। यहाँ अनावश्यक शिष्टाचार का चलन नहीं। दोनों ओर से आँखें मिलीं, होंठों पर मुसकान की हलकी रेखाएँ खिंचीं और बात खत्म!

मेट्रो के सुरंग से ऊपर आइए कि देखिए समाँ। बसें हैं, टैक्सियाँ हैं, ट्राम

गाड़ियाँ हैं। जंगल के जिस छोर पर चाहिए, ये पहुँचा देंगी। जाने के पहले वन-विहार के लिए कुछ सामान भी रख लीजिए। फूल बिक रहे हैं, फल बिक रहे हैं, रोटियाँ बिक रही हैं और वह देखिए, छोटी बोतलों की लाल परी भी आपको देखकर मुसकरा रही है। पेरिस की लाल शराब मशहूर है। दाम कम, नशा कम। बस, आँखों में थोड़ी लाली आ गई; बदन में कुछ सुरसुरी दौड़ गई।

मैं संस्कृति का चिह्न फूल को मानता हूँ। जहाँ जितने फूल हों, फूलों की दूकानें हों, समझ जाइए, वह नगर उतना ही सुसंस्कृत है। पेरिस संस्कृति की नगरी है। यहाँ पेट में गेहूँ डालकर ही लोग संतोष नहीं करते, जब तक कि सीने पर गुलाब नहीं टँका हो।

हम लोगों ने कोई सवारी नहीं की। पैदल ही चले— भूलते-भटकते। वन-विहार और सवारी, यह भी कोई बात हुई!

जंगल में ज्यों-ज्यों घुसते गए, उसका वातावरण हमपर हावी होता गया। हरे-हरे पेड़, घनी-घनी छाया, जहाँ-तहाँ कुंजें—कुंजों में रंगीन फ्राक, फ्राक की बगल में भूरे कोट लोट रहे हैं! कहीं बच्चों की किलकारियाँ, कहीं झूलों की पेंगें! कहीं खाया जा रहा है, कहीं पीया जा रहा है; कहीं खेला जा रहा है, कहीं लेटा जा रहा है! कहीं सट-सटकर, कहीं हट-हटकर। उछल-कूद भी है, दौड़-धूप भी है, उठा-पटक भी है! पेरिस छुट्टी मना रही है, मौज में है। यहाँ बाधा नहीं, बंधन नहीं— सबकुछ निर्द्वंद्व, स्वच्छंद, उन्मुक्त!

बीच में झीलें हैं, झीलों में नावें हैं, नावों पर नाजनीन हैं; जो पतवार खे रहा है उसकी मौत!

यह जंगल प्राकृतिक है; किंतु मनुष्य ने इसके सँवार-सँभाल में काफी हिस्सा लिया है। बीच-बीच में सड़कें बना दी गई हैं, पगडंडियाँ बना दी गई हैं। झीलों के पानी को साफ रखा जाता है, कीचड़-काई की सफाई की जाती है। जो पेड़ सूखते हैं, उनकी जगह नए पेड़ लगा दिए जाते हैं। यह गरमी का मौसम है। नए-नए पत्ते, धुले-पुँछे! ऊँचे-ऊँचे देवदार, ऐसे पेड़ों के बीच-बीच छोटे-छोटे फूलवाले पेड़ों की भी बहार। वे फूलों से लदे हैं, उनकी डालियाँ झूम रही हैं! झील के किनारे के झाड़ों की फुनगियाँ बार-बार लहरों को चूम रही हैं।

मस्ताने लोग, मस्ताना समाँ। हमारे पैर चलते-चलते थक रहे हैं, किंतु हमारी आँखें अघाती नहीं हैं। बेर ढल रही है, पेट कुलबुला रहा है। झील के बीच में एक टापू है—टापू के बीच रेस्तोराँ है। चारों ओर फूल, टेबुलों के इर्द-गिर्द फूल। थोड़ा खाना, बनारस का रहना—अल्प जलपान; फिर चिड़ियाखाना की ओर।

यही है, निकट ही है, पहुँच ही गए। किंतु चलते-चलते पैर थक गए। बीच

में खेत का मैदान—युवक-युवतियाँ तरह-तरह के खेलों के, दौड़ के, घुड़दौड़ के, साइकिल दौड़ के अभ्यास में रत हैं। सुंदर, सुपुष्ट शरीर; देखकर ईर्ष्या होती है, अपने युवक-युवतियों के शरीर-वैभव पर शरम आती है।

उधर बच्चे मैदान में पतंगें उड़ा रहे हैं—कागज की ही पतंगें, या रबर की; किंतु उनमें से अधिकांश की शकल हवाई जहाज की। अभी से हवा से खिलवाड़ के बहाने उसपर विजय प्राप्त करने की भावना उनमें भरी जा रही है।

सड़कों को, पगडंडियों को थके पाँव से पार करते आखिर हम चिड़ियाखाने के निकट पहुँचे। टिकट कटाए, अंदर दाखिल हुए। अन्य चिड़ियाखानों से सबसे बड़ी विशेषता यह कि यहाँ के सभी जानवरों को उनकी स्वाभाविक स्थिति में ही रखने-रहने का प्रबंध किया गया है। एक पहाड़ी के इर्द-गिर्द यह चिड़ियाखाना है, इससे यह सहज ही संभव हो सका है। मान लीजिए, यहाँ सूअर हैं, तो पहाड़ी के निचले हिस्से में जमीन की सतह से तीन-चार फीट नीचे कुछ गुफाएँ बना दी गई हैं। उसके सामने चहबच्चे बना दिए गए हैं। सूअर गुफाओं में सो रहे हैं, या चहबच्चों में नहा रहे हैं, आप ऊपर से उन्हें देख रहे हैं। जंगली बकरियाँ हैं, तो पहाड़ी के ऊपर उनके लिए खोह बना दिए गए हैं। वे पहाड़ी पर चर रही हैं, या इधर-उधर बैठी हैं। बाघ और सिंह भी वहाँ स्वतंत्र ही दीख पड़ते हैं। पहाड़ी के नीचे उनकी माँद है, सामने बड़ा सा आँगन है; फिर इतनी चौड़ी खाई है कि वह उसे उछलकर पार कर नहीं सकते, खाई में पानी भरा है। हाथी के लिए ऐसे तालाब हैं, जिसके किनारे वे बैठे रहें या पानी को दलमलते रहें! सूँड़ उठाकर वे आपसे उपहार भी ले सकते हैं।

यह देखिए, बाघ और बाघिन मस्त हो किलोल कर रहे हैं! कैसा अद्‌भुत प्रेम-व्यापार। दोनों एक-दूसरे की गरदनों पर जोरों से दाँत जमाते हैं, उछलते हैं, कूदते हैं, चीखते हैं, चिल्लाते हैं। दोनों अलग हो जाते हैं। अलग-अलग बैठकर उजले-उजले दाँतों के बीच से लाल-लाल जीभ निकालकर हाँफते हैं। फिर एक कूदकर दूसरे के निकट पहुँचता है, सूँघता है, उसके शरीर को जीभ से सहलाता है। अब दोनों खड़े हुए और फिर वही प्रेम-क्रीड़ा शुरू हुई।

किंतु सिंह दंपती तो शांतभाव से सोए हैं। किस तरह दोनों सट-सटकर सोए हैं। लगता है, दोनों प्रबल आलिंगनपाश में बँधे हों! मृगराज का यह शानदार केसर! मृगरानी की वह पतली कटि! और, उधर देखिए, इनके छौने किस तरह खेलवाड़ कर रहे हैं। लगता है, जैसे बड़े-बड़े वन-बिलाव हों। खेलते-खेलते वे कभी-कभी झगड़ पड़ते हैं, शोर मच जाता है। मृगराज की नींद तो गाढ़ी है; किंतु मृगरानी की

आँखें खुलती हैं, वह उस ओर देखती है, जरा सा गुर्रा देती है, कि बच्चे शांत हो गए। मुझे मृगरानी की यह क्रिया देखकर अपनी रानी की याद आती थी, जिसकी एक कुटिल भृकुटि से ही बच्चों का सारा कोलाहल बंद हो जाता है।

तरह-तरह के पशु, पंछी, सरीसृप को देखते अंत में हम बीच की पहाड़ी पर चढ़े, जो दो सौ पच्चीस फीट ऊँची है। ऊपर जाने के लिए लिफ्ट भी है। ऊपर पहुँचकर सारी पेरिस की एक झलक हमने ली। मैंने अब तक पेरिस को एक सांस्कृतिक नगरी ही समझ रखा था; ऊपर से देखने पर पता चला, इसके आसपास कितनी फैक्टरियाँ भी हैं, जिनकी चिमनियों से धुएँ निकल रहे थे। इन फैक्टरियों में विशेषकर श्रृंगार प्रसाधन की सामग्रियाँ ही तैयार होती हैं, जिनके लिए पेरिस बहुत प्रसिद्ध है।

थके-माँदे जब लौटे तो सिवा खाकर सोने के कोई काम संभव नहीं था। किंतु, यहाँ तो आदत है, जब तक तारीख नहीं बदली, पलकों के पाँवड़े पर निद्रादेवी का पदार्पण होता ही नहीं। एक अध्याय पेरिसवाली पुस्तक का लिख डाला; फिर यह डायरी लिखने लगा और अब पाता हूँ, मेरे अनजाने में ही मेरी घड़ी की घंटेवाली सुई दो की सीमा को पार कर चुकी है।

□

: १७ :

चित्रकला की आत्मा

२६.५.'५२—पेरिस

अब पेरिस छोड़ने की चर्चा चल रही है। सुब्रह्मण्यम् सीधे यहाँ से बंबई लौटेंगे। उनकी बच्ची बीमार है; बेचारे इसकी खबर सुनकर बहुत चिंतित थे। अब सोचता हूँ, इस बार यह अच्छा हुआ कि मैंने यहाँ का अपना पता ही किसीके पास नहीं भेजा। विदेश में कोई दु:संवाद मिलता है तो यात्रा का सारा मजा ही किरकिरा हो ज़ाता है। हाँ, अपना कुशलक्षेम प्राय: ही लिखता रहता हूँ—वह भी एक जगह नहीं, भिन्न-भिन्न मित्रों को।

सर मसानी यहाँ से लंदन जाएँगे। इधर एक दुर्घटना हो गई, जिससे उनकी तबीयत खराब है। एक दिन वह सड़क पार कर रहे थे तब एक टैक्सी से टकरा गए। यहाँ टैक्सी की रफ्तार पर कोई रोक नहीं है; चाहे जिस गति से जहाँ चलाइए, शर्त यह है कि मोटर पर आपका पूरा नियंत्रण हो। पूरा नियंत्रण था या नहीं, इसका निर्णय कौन करे? अत: यूरोप की सड़कों पर चलने में सदा सावधान रहना ही चाहिए। एक बात और भी है। इंग्लैंड को छोड़कर सारे यूरोप में मोटरें दाहिनी ओर से जाती हैं। हम लोग, जो बाईं ओर चलने के अभ्यस्त हैं, इस उलटी रफ्तार से भूलभुलैया में पड़ जाते हैं। मसानी साहब तो कई बार यहाँ आ चुके हैं, यहाँ के नियमों से अच्छी तरह परिचित हैं; तो भी यह हालत, तो अनजाने लोगों का क्या हो? हम उनके होटल में जाकर अपनी सहानुभूति अर्पित कर आए हैं।

स्प्रैट भारत में ही बस गए हैं। बीस-पच्चीस वर्षों के बाद अपनी मातृभूमि (इंग्लैंड) के दर्शन करने जा रहे हैं। घर की, खासकर अपनी माँ की चर्चा करते समय उनकी आँखें प्राय: ही सजल हो जाती हैं। अब जब घर के निकट आ गए हैं, घर का मायामोह पूरी तरह उनपर सवार हो चला है।

सिर्फ देशपांडे हमारे साथ रहेंगे। पहले वह सोचते थे कि समुद्री पथ से वह

लौटेंगे, किंतु अब हमारा साथ ही देना उन्होंने तय किया है। पेरिस से लंदन रेल के पथ से; फिर लंदन से जिनेवा हवाई रास्ते से; जिनेवा से रोम रेल के पथ से और वहाँ से हवाई रास्ते बंबई। पहली जून को हम पेरिस छोड़ देंगे और २० जून को बंबई पहुँच जाएँगे—बाकी दिनों में, जहाँ तक संभव हो, इंग्लैंड, स्विट्जरलैंड और इटली को देखेंगे।

सोचता था, इस बार उत्तर की ओर फिनलैंड तक जाऊँ; किंतु अब ध्रुव देशों को देखने के लिए तीसरी बार आना ही पड़ेगा।

विदेश यात्रा को हमारे देश में हौआ बना लिया गया है। छह-सात हजार रुपए में दो महीने की यूरोप यात्रा बड़े मजे में कर ली जा सकती है और इस अरसे में चार-पाँच देशों के भ्रमण का लुत्फ उठाया जा सकता है। हाँ, साथ में मन के लायक एक-दो साथी रहें तो और भी आनंद हो। एकाकी यात्रा उतनी बुरी नहीं जितनी बड़ी जमात के साथ की यात्रा।

आज फिर कांग्रेस के दफ्तर में गया। वहाँ से कांग्रेस संबंधी कुछ कागज-पत्र लिये और फिर उसके फोटोग्राफर के दफ्तर में जाकर कुछ फोटो लिये। तरह-तरह के फोटो थे, जिन्हें जो पसंद आया, चुन लिया।

यूरोप के लोगों में संगठन की शक्ति कुछ अद्‌भुत ढंग से विकसित हो गई है। इतना बड़ा जलसा किया जा रहा है, किंतु कहीं भी हल्ला-हंगामा नहीं—आफिस में, सभाभवन में, सब जगह सुचारु व्यवस्था। अपने यहाँ ऐसी चीज की जाती तो तूफान बरपा हुआ रहता। कार्यकर्ता परीशान रहते, अतिथि परीशान रहते; हर जगह कयामत का शोर होता। लेकिन यहाँ सबकुछ पहले से तय है। उसीके अनुसार सारे काम घड़ी की सुई की तरह निश्चित गति से हुए जा रहे हैं। न आफिस में दौड़-धूप, न सभा में धक्कमधुक्का।

आज प्राय: दिन भर घर में ही रहा। पेरिसवाली किताब को यहीं पूरा कर लेना चाहता हूँ। उसके सात अध्याय लिख भी चुका। यों आधी यात्रा पूरी हो चुकी है।

आज संध्या को फिर कांग्रेस की बैठक थी। विषय था 'बीसवीं सदी की चित्रकला की आत्मा'। इस बैठक की अध्यक्षता की फ्रांस की आधुनिक कला के संग्रहालय के अध्यक्ष जीन कासाऊ ने और इसमें रूसी कलाकार ब्लादिमिर बिल्दे, इटली के लियोनेलो बेनतुरी, आस्ट्रिया के रुदोल्फ रिप्पर तथा इंग्लैंड के हरबर्ट रीड ने भाग लिया। व्याख्यानों का स्तर बहुत ही ऊँचा था। रीड ने इसी सिलसिले में, प्रसंगवश, एक बात कही, जो मुझे बहुत भाई। उसने कहा—हमें कम्यूनिज्म से लड़ना है तो उससे अधिक क्रांतिकारी होना पड़ेगा। सिर्फ रक्षा की भावना तो प्रतिक्रिया की सूचना देती है और प्रतिक्रिया हमेशा ही दकियानूस होती है।

एक विचित्र बात पाई है। कम्यूनिज्म के बारे में सिर्फ इंग्लैंड के लोग ही अभावुक और तार्किक ढंग से सोचते हैं, बाकी लोग तो उसमें भावुकता की इतनी पुट दे देते हैं कि वह प्राय: ही अतार्किक हो जाता है।

संध्या को शाँ जलीजे की सड़क पर थोड़ी चहलकदमी की। असल में पेरिस का सौंदर्य तो संध्या के बाद ही खुलता है। टहलते-टहलते कन्कर्द तक चला गया। सड़कों पर मोटरों का रेलपेल; दोनों ओर की पगडंडियों पर घुमक्कड़ों की टोलियाँ। एक भारतीय टोली से अचानक भेंट हो गई। दो पुरुष और तीन स्त्रियाँ। वे लोग इंग्लैंड में रहते हैं। उनमें से एक महिला भारतीय दूतावास में रहती हैं। वे लोग लैटिन क्वार्टर में ठहरे हुए हैं। बताते थे, वहाँ का जीवन काफी सस्ता है। पगडंडियों की बगल में जोड़ियों का चुंबन-आलिंगन उसी निर्बाध रूप से चल रहा था। कारखाना चालू है—शिवाजी ने इस प्रक्रिया का यही नाम दे रखा है!

□

: १८ :

जापानी लेखिका : एशियाई संगठन

२७.५.'५२—पेरिस

कल की कांग्रेस की बैठक में ही उस जापानी लेखिका से भेंट हुई थी, जो इस कांग्रेस में जापान की प्रतिनिधि होकर आई हैं। आपका नाम श्रीमती हीरावायाशी है। नाम सुनकर लगा जैसे भारतीय हीराबाई का यह जापानी रूप हो। और जहाँ तक शील-स्वभाव का सवाल है, देखा, उनके चेहरे पर भारतीय महिला के सद्गुणों की पूरी छाप है।

वह हम लोगों से बातें करना चाहती थीं, अत: आज सवेरे-सवेरे हमारे होटल में पहुँचीं। वह अँगरेजी नहीं जानतीं, इसलिए अपने साथ एक जापानी युवक को रखती हैं, जो यहाँ पेरिस में ही पढ़ रहा है। उसीके माध्यम से बातें हुईं।

श्रीमती हीरावायाशी मध्य वयस की एक प्रौढ़ विचारोंवाली महिला हैं। उनकी पुस्तकें जापानी साहित्य में बहुत ऊँचा स्थान रखती हैं। बच्चों के लिए उन्होंने कई पुस्तकें लिखी हैं। उन्होंने बच्चों के लिए एक उपन्यास लिखा है, जो जापान में बहुत प्रचलित है। जब उन्हें मालूम हुआ, मैं भी बच्चों के लिए लिखता हूँ, उन्हें बहुत प्रसन्नता हुई।

उनकी वेशभूषा भी निराली थी। वह अपनी जापानी पोशाक में ही यहाँ घूमती-फिरती हैं। जिनमें एकाध उजले हो चले हैं, ऐसे बालों का जापानी जूड़ा, जिसके पिछले हिस्से में दो-तीन फूल खोंसे हुए। कंधे से घुटने से नीचे तक पीले रंग का तहबंद लबादा। हाथ में पंखा, जिसे स्वाभाविक ढंग से हमेशा झलती रहतीं। यद्यपि यहाँ भोर में काफी जाड़ा पड़ता है, तो भी पंखा लगातार डुलाती जा रहीं।

उनसे पता चला, जापानी साहित्य बहुत ही भरा-पूरा है। पिछले महायुद्ध में जापान की पराजय के कारण जापान की स्थिति बुरी होने से उसका प्रभाव साहित्य

पर भी पड़ा है; किंतु तो भी साहित्यिकों ने अपनी लेखनी को विश्राम नहीं लेने दिया है। जापानी कलाकारों को इस बात का दु:ख है कि जिस तरह पहले यह मान लिया गया था कि वे फासिस्टों के समर्थक हैं उसी तरह आज मान लिया गया है कि वे कम्यूनिस्टों के भ्रमजाल में पड़ गए हैं।

जापानी लेखक देशभक्त हैं, इसमें संदेह नहीं। किंतु उनकी देशभक्ति सदा प्रगतिगामी रही है। आज भी वे देश को अपनी लेखनी से प्रगति की ओर ले जाना चाहते हैं; किंतु, वे तानाशाही से हजार गुना अच्छा प्रजातंत्र को समझते हैं। हाँ, उन्हें यह स्वीकार नहीं कि प्रजातंत्र के नाम पर कोई दूसरा देश उनपर कब्जा किए बैठा रहे। यों ही हिरोशिमा के अणु-विस्फोट को वे भूल नहीं सके हैं। उनकी यह भी धारणा है कि एशियाई मुल्क होने के कारण ही इस संहारलीला का लक्ष्य उन्हें बनाया गया।

श्रीमती हीरावायाशी चाहती हैं कि एशियाई साहित्यकारों का भी एक सम्मेलन किया जाय— खासकर ऐसे साहित्यकारों का जिन्हें जनतंत्र पर विश्वास हो। ऐसा सम्मेलन भारत में हो, उनकी यह भी इच्छा है। और जब मैंने कहा, क्यों नहीं उसे बुद्ध की भूमि में— बिहार में— किया जाय, तो उनका चेहरा खिल उठा, आँखें चमक पड़ीं। जापान में आज भी बौद्ध धर्म का ही सबसे अधिक प्रभाव है। हीरावायाशी तो बौद्ध धर्म की ही अनुयायिनी हैं।

शाम को हमारी चित्रकला की प्रदर्शनी में कॉकटेल पार्टी थी। सचमुच आधुनिक चित्रों को शैंपेन होंठ में लगाकर ही समझा जा सकता है। हाथ में रंग-बिरंगे पेय पदार्थों से भरे चमकीले नन्हे गिलासों को लिये, उन्हें जब-तब होंठों से लगाते, लोग चित्रों और मूर्तियों के सामने घूम या घूर रहे थे।

इस पार्टी में ही सिलोने से भेंट हुई। इगनात्सियो सिलोने इटली के सुप्रसिद्ध लेखक हैं। 'God That Failed' में इनका लेख पढ़ चुका था। सिलोने जीवन के प्रारंभ से ही क्रांतिकारी रहे हैं। अठारह साल की उम्र में ही इन्होंने एक अखबार निकाला था— समाजवादी विचारों से ओतप्रोत। मुसोलिनी के जमाने में इनका अखबार जब्त हुआ, इनपर वारंट निकला। देश छोड़कर स्विट्जरलैंड भाग आए। फिर गुप्त वेश से अपने देश में पहुँचे और पाँच वर्षों तक छिपे-छिपे काम करते रहे; किंतु अंततः उन्हें अपने देश को फिर छोड़ देना पड़ा। स्विट्जरलैंड में फिर वापस आए। यहीं उन्होंने कई पुस्तकें लिखीं, जिनके कारण उनकी शोहरत यूरोप में फैल गई। कुछ दिनों के लिए वह कम्यूनिस्ट पार्टी में भी शामिल हुए थे; किंतु स्टालिन के कारनामों ने उनकी आँखें, यूरोप के अन्य कितने महान् लेखकों की तरह, खोल दीं।

पिछली लड़ाई के समय जब मुक्तिसेना ने इटली में प्रवेश किया, फिर गुप्त वेश में, जर्मनों के घेरे को चकमा देकर वह अपने देश में पहुँचे और अब अपने देश के नवनिर्माण के लिए लोगों को नवीन आदर्शों की ओर प्रेरित कर रहे हैं।

सिलोने मध्यम कद के बड़े भव्य पुरुष दीखे। ललाट काफी बड़ा, आँखें बड़ी सलोनी। स्वभाव शांत। दिक्कत यह कि वह भी अँगरेजी नहीं जानते; लेकिन उनकी पत्नी काफी होशियार, अँगरेजी जाननेवाली। उन्हींके माध्यम से उनसे बातें हुईं और तय हुआ, एक दिन वह हम लोगों से होटल में ही बातें करेंगे।

आज यहीं एक अमेरिकन दंपती से परिचय हुआ—पति महाशय कवि हैं; पत्नी चित्रकला से शौक रखती है। साधारणत: अमेरिकनों में जो औद्धित्य दीख पड़ता है, उसका बिलकुल अभाव। यूरोप में पहली बार आए हैं दोनों। दोनों के हृदयों में शायद इस बात की कचोट कि उनकी मंशा पर शक किया जाता है, उन्हें नई साम्राज्यशाही का प्रतीक माना जाता है। क्या रूस के टाल्स्टाय या गोर्की को रूसी जारशाही का प्रतीक माना जा सकता था? क्या रोम्याँरोलाँ या जीद फ्रेंच उपनिवेशवाद के प्रतीक थे? और, क्या आज भी सात्रे, स्पेंडर या सिलोने को उन देशों की सड़ी-गली सामाजिक पद्धति के समर्थक या पोषक मान लिया जाता है? तो फिर हम अमेरिकन कलाकारों ने ही क्या कसूर किया है? उन लोगों की जिह्वाएँ बंद थीं, किंतु उनकी आँखें ये बातें पुकार-पुकारकर कह रही थीं। उन दोनों ने बहुत आग्रह किया, एक बार आकर हमारे देश को भी देख लीजिए।

रात में फिर बीसवीं सदी की सर्वश्रेष्ठ कृतियों के सिलसिले में एक ओपेरा देखने गया। आज का ओपेरा लंदन की सुप्रसिद्ध नाट्य संस्था 'कार्वेट गार्डेन' द्वारा दिखाया गया था। इसका निर्देशन किया है ब्रिटेन नामक एक नौजवान संगीतज्ञ ने। इसका नाम था 'बिली वड'। ब्रिटेन नौजवान है, किंतु संगीत कला में उसने बड़ी ख्याति प्राप्त कर ली है। 'बिली वड' उसकी प्रसिद्ध कृति है। 'स्कोर' नामक पत्रिका में उसपर आलोचना पढ़ चुका था। दो आलोचकों ने दो तरह के विचार प्रगट किए हैं। सोचा, आज अँगरेजी भाषा रहेगी, अत: सोचने-समझाने के लिए अच्छा मसाला मिलेगा।

किंतु बात उलटी निकली। अँगरेजी संगीत के सुर में बँधकर भाषा उसी तरह बिखर गई थी, जिस तरह अपने संगीतज्ञों के आलापों में सूर या तुलसी के गीत बिखर जाते हैं। हाँ, जहाँ-तहाँ भाषा की एक झलक मिल जाती थी, जिससे टूटे तारों को जोड़कर कुछ-कुछ समझने की चेष्टा की जा सकती थी। समूचा खेल एक जहाज पर होता है। मंच पर जहाज का उतारना कितना कठिन कार्य! किंतु आज के विज्ञान

के युग में क्या असंभव है! जहाज की ऊपरी छत भी है, नीचे का हिस्सा भी है। खेल का कुछ हिस्सा ऊपर होता है, कुछ नीचे। ओपेरा है, सब संगीत-ही-संगीत में है। नीचे से ब्रिटेन स्वयं साजों का संचालन कर रहा था। जब-जब इन संगीत संचालकों को छड़ी घुमाते हुए, सारे शरीर को डुलाते हुए, गरदन हिलाते हुए और बालों को उड़ाते हुए देखता हूँ, अजीब कुतूहल होता है। खेल काफी लंबा था। काफी देर हुई, एक बजे खेल समाप्त हुआ।

वहाँ से लौटकर होटल आया। बैठकर आगे की यात्रा की पूरी स्कीम बना ली गई है। पहली की सुबह की गाड़ी से यहाँ से रवाना हो जाना है। १० तक लंदन में रहकर वहाँ से हवाई जहाज द्वारा जिनेवा। जिनेवा से इंटरलाकेन होते, जुंग फ्राउ देखते वेनिस, फ्लोरेंस होते हुए रोम। रोम से १९ को बंबई के लिए उड़ना।

घड़ी देखते हैं तो तीन बज चुके। चलिए गुलगुले गद्दे पर; सोइए! अब पेरिस में तीन दिनों के ही मेहमान हैं आप!

□

: १९ :

क्रांति और कला

२८.५.'५२—पेरिस

क्रांति और कला— मेरा जीवन किस प्रकार इन दो आकर्षणों के बीच चक्कर काटता रहता है। बहुत दिन हुए, एक दिन एक ज्योतिषी ने मेरा हाथ देखकर कहा था, तुम्हारे हाथ में दो शिरो रेखाएँ हैं, अत: अपने जीवन को दो समानांतर वृत्तों में घूमते पाओगे। शायद उसने मेरा स्वभाव ही देखकर ऐसा कहा था, क्योंकि उसकी झलक जब-तब मैं भी देखता ही रहता हूँ।

इधर कला-कला में ही फँसा रहा। आज सोचा, क्रांति के कुछ शेष अवशेषों को भी देख लूँ। पिछली बार वेस्टिल को देख चुका था, जहाँ फ्रांस की क्रांति का जन्म हुआ था। इस बार उसे अच्छी तरह देख लेना चाहा।

अन्य मित्र सौदे-बारी में लग गए थे, अत: मैं अकेले ही उस ओर चला। मीठी-मीठी धूप! बड़ा सुहावना मौसम। गरमियों में पेरिस पूरे निखार पर रहती है। अकेला था, अत: मनमाने ढंग से देखता-सुनता वेस्टिल पहुँचा।

वेस्टिल अब एक विशाल, खूबसूरत चौराहा है। बीच में वेस्टिल की स्मृति में एक ऊँचा स्तंभ है, जिसके ऊपर स्वतंत्रता की देवी की एक सुंदर मूर्ति है। मूर्तिकला में फ्रांस प्रसिद्ध रहा ही है। इस स्वतंत्रता की मूर्ति के निर्माण में बड़ी ही सुरुचि, शक्ति और शालीनता का ध्यान रखा गया है। सचमुच लगता है, यदि स्वतंत्रता की कोई देवी हो तो उसका रूप यही हो सकता है।

इतिहास से पता लगता है, चौदहवीं सदी से ही यहाँ एक किला था, जिसका उपयोग जेलखाने के रूप में किया जाता था। इस जेल में सख्ती नहीं थी, यह बाबू कैदियों के लिए ही सुरक्षित था, जहाँ वे सारी सुविधाएँ उपयोग करते। बीच में एक गुंबज था, जहाँ पर खड़े होकर वे बाहर के दृश्य भी देखा करते।

१४ जुलाई, १७८९ को पेरिस में क्रांति की आग भड़की। क्रांतिकारियों ने एक

जत्था बनाया और अपने साथ मिले हुए कुछ सैनिकों को लेकर इस जेलखाने पर चढ़ाई कर दी। थोड़ी देर तक संघर्ष हुआ, बेचारा जेलर टुकड़े-टुकड़े कर दिया गया, बचे हुए लोगों ने आत्मसमर्पण किया। क्रांतिकारियों ने अपने नेताओं को जेल से निकाला और जुलूस बनाकर शहर में घुमाया। चारों ओर क्रांति की जय-जय गूँज उठी।

तब से पेरिस ने कितनी ही बार क्रांति की लपटें देखी हैं, और यह विचित्र बात है कि वेस्टिल सदा ही उनका केंद्र सिद्ध हुआ है। १७९० में उस किले को ध्वस्त कर दिया गया और यहाँ जो फाँसी का तख्ता खड़ा किया गया, उसपर ग्यारह सौ तिहत्तर आदमियों को बलि चढ़ाया गया। १८०३ में यहाँ पर एक चौराहा बनाया गया। १८३० और १८४८ की क्रांति के अवसर पर भी इस चौराहे पर घमासान युद्ध हुए और १८७१ की क्रांति की जननी भी यही भूमि रही। अभी उस दिन मजदूरों के एक जुलूस के साथ पुलिस की मुठभेड़ यहीं हुई है।

बीच का यह स्तंभ 'जुलाई स्तंभ' कहलाता है। यह एक सौ उनहत्तर फीट ऊँचा है। समूचा स्तंभ धातु का है। स्तंभ पर सोने के अक्षरों में उन शहीदों के नाम लिखे हैं जिन्होंने अपने जीवन को स्वतंत्रता के नाम पर उत्सर्ग किया। स्तंभ के नीचे संगमरमर का गोल चबूतरा है, जिसके भीतर शहीदों की अस्थियाँ संगृहीत हैं।

मोटरों के रेलपेल को पार कर मैं चबूतरे के निकट पहुँचा और फिर टिकट कटाकर स्तंभ पर चढ़ा। स्तंभ के भीतर से ही सीढ़ियाँ हैं। एक-एक कदम ऊपर उठ रहा था और मन-ही-मन फ्रेंच जाति पर अपने को न्योछावर कर रहा था, जो अपने शहीदों का ऐसा सम्मान करते हैं। स्तंभ के ऊपर जाकर सारी पेरिस की एक अच्छी झाँकी ली। आसमान में बादलों का एक दल बड़े वेग से पेरिस की ओर बढ़ रहा था। मैं जल्द-जल्द नीचे आया, क्योंकि आज विक्टर ह्यूगो का स्मृति-मंदिर भी मैं देख लेना चाहता था।

जब मैं टैक्सी के इंतजार में खड़ा था, एक सज्जन पास ही में आकर खड़े हो गए। लगा, ये हम लोगों की ही तरफ के हैं। वह सज्जन भी बार-बार मेरी ओर देख रहे थे। मैंने बढ़कर पूछा तो पता चला, वह ईरान से आए हैं, इंजीनियर हैं, वह भी ह्यूगो का स्मारक देखना चाहते हैं। हम दोनों एक ही टैक्सी पर स्मृति-मंदिर की ओर चले।

स्ट्रैटफोर्ड में शेक्सपीयर का स्मारक देख चुका हूँ, लंदन में कीट्स का स्मारक देखा था, किंतु जितना भरा-पूरा यह स्मारक है उतना वे कहाँ!

यह भवन विक्टर ह्यूगो का अपना भवन था। बीच में एक बगीचा है, चारों

ओर गोलाकार घेरे में मकानों का सिलसिला है। इन्हीं लगातार बने मकानों के एक हिस्से में विक्टर ह्यूगो रहते थे। विक्टर ह्यूगो अच्छे खानदान से थे। उनके पिता एक सेनापति थे। भीतर पहुँचते ही मकान का रोब दिल पर छाने लगता है। तिमंजिला मकान है। ऊपर के दो मंजिलों पर विक्टर के स्मृति चिह्नों का विपुल संग्रह है। इस मकान को विक्टर ह्यूगो ने खुद सजाया-सँवारा था! उनकी मृत्यु के बाद भी उसे इसी रूप में रखा गया और अंत में उनके वारिसों ने इस भवन को सरकार को अर्पित कर दिया! अब सरकार ने इसे म्यूजियम के रूप में परिणत कर दिया है।

सीढ़ी से ज्यों ही ऊपर चढ़िए, ह्यूगो का व्यक्तित्व और महत्त्व आपके हृदय पर स्थायी प्रभाव डालने लगता है। नीचे से ऊपर तक चित्रों का ताँता है, जिनसे विक्टर ह्यूगो की भिन्न-भिन्न आकृतियाँ और उसके जीवन से संबंध रखनेवाली अनेक घटनाएँ स्पष्ट होती जाती हैं। फिर कमरे शुरू हो जाते हैं। तीन बड़े-बड़े कमरे, जिनमें अनेक स्मृति चिह्न। फिर पाँच छोटे-छोटे कमरे। हम इनमें से अंतिम कमरे से ही शुरू करें।

इस अंतिम कमरे में विक्टर ह्यूगो सोते और विश्राम करते थे। उनका पलंग रखा है—गद्दे, तकिया आदि से सुसज्जित। पलंग से ऊपर एक चित्र है, उनकी मृत्यु हो जाने के बाद का। मालूम होता है, वह अमर कलाकार अपने पलंग पर अनंत निद्रा में सोया हुआ है। पलंग की बगल में एक टेबुल है; काफी ऊँचा। ह्यूगो का कद ठिगना था। वह खड़े-खड़े लिखा करते थे। रात में कभी-कभी सोते से उठकर भी लिखने लगते थे। टेबुल के ऊपर उनकी दवात और कलम भी उसी रूप में रखी हुई हैं। मैंने दोनों को चूमा। लिखते समय वह अपना एक पैर टेबुल के निचली डाँडी पर रखा करते थे। उसके घिस्से उस डाँडी पर अब तक मौजूद हैं। इच्छा होती थी, उसे भी चूम लूँ।

उसके बाद के कमरे में ह्यूगो पढ़ते-लिखते थे। दीवाल की खूँटियों से उनकी चीजें लटक रही थीं। उनकी पोशाकों से उनकी श्रीसंपन्नता टपक रही थी। कई जरदार चोगे लटक रहे थे। दो तलवारें भी लटक रही थीं। जो टोपी वह पहना करते थे, वहाँ वह भी रखी है।

तीसरे और चौथे कमरे उनके परिवार से संबंध रखते हैं। उनकी पत्नी बहुत सुंदर थी। उसके कई चित्र वहाँ हैं। विवाह होने के पहले जो उसने प्रेमपत्र लिखे थे, वे सब वहाँ सुरक्षित रखे गए हैं। उनकी संतानों के चित्र भी वहाँ हैं। पाँचवें कमरे में रोदिन की बनाई ह्यूगो की काँसे की एक मूर्ति है। रोदिन की कला पाकर कलाकार की आकृति सजीव हो उठी है। इसी कमरे में ह्यूगो के बालों के चार गुच्छे हैं, जो चार

अवस्थाओं में उतारे गए थे—१८३५, १८४८, १८५७ और १८८५ में। जो १८३५ में सुनहले चमकीले थे वे ही बाल १८८५ में कैसे श्वेत-शुभ्र बन गए थे।

बड़े घरों में से दो में खाने-पीने की सामग्रियाँ रखी जाती थीं और भोजन किया जाता था। तरह-तरह की रकाबियाँ, तश्तरियाँ, प्यालियाँ, गिलास आदि एकत्र करने का शौक ह्यूगो को था। इनके अगनित सेट वहाँ सजाकर रखे गए हैं। बड़े ही सुंदर; निश्चय ही बहुमूल्य। खाने के कमरे में एक टेबुल है, जिसपर कभी फ्रांस के चार कलाकार एक साथ बैठे थे, गप्पें लड़ाई थीं, खाना खाया था और उन क्षणों को स्थायी रखने के लिए उन चारों ने एक-एक कार्ड पर कुछ लिख दिया था। चारों की चार दवातें, चार कलमें टेबुल के ऊपर रखी हुई हैं और चारों कार्ड उसके दराजों में। ह्यूगो, डूमा, साँद और लामार्तिन—ये ही चार कलाकार। लामार्तिन की लिपि सबसे सुंदर है— ह्यूगो बहुत ही फेंककर लिखते थे और काट-कूट भी किया करते थे। ह्यूगो की पुस्तकों की जो हस्तलिखित प्रतियाँ हैं, उनमें भी बहुत काट-कूट पाई जाती है।

बहुत देर तक देखते-घूमते नीचे उतरे। वहाँ कुछ तसवीरें खरीदीं, एक पुस्तिका भी। पुस्तकें फ्रेंच में ही थीं, अत: उनका खरीदना व्यर्थ ही था।

आज कांग्रेस की साहित्यिक बैठक में लुई मैकनिस बोलने वाले थे। अत: वहाँ गया। लुई की जबान भी बड़ी तेज-तर्रार है!

दोपहर से ही टिप-टिप हो रही थी। घर पर आकर अपना लेदर कोट खोजता हूँ, तो गायब। पिछली बार जब आया था, प्राय: ही वर्षा हो जाया करती थी। अत: शुरू में उसे सदा साथ रखा करता था। मालूम होता है, जल्दबाजी में कहीं छोड़ आया! अब जब उसकी जरूरत पड़ी तो पाता हूँ, उसे खो चुका हूँ। अजीब स्वभाव है मेरा! चीजों को सम्हालकर रखना तो जानता ही नहीं हूँ। किसी तरह यात्रा कट जाय तो समझूँ, निबह गई।

□

: २० :

फुलवाड़ी : दूतावास : सिलोने

२९.५.'५२—पेरिस

स्वभावतः ही देर से उठा। डायरी लिखते-लिखते ही तो ढाई बज चुके थे रात। फिर पेरिसवाली किताब भी तो बहुत समय ले लेती है।

पहले से ही तय था, आज रेल में सीट रिजर्व करा ली जाय। शिवाजी और देशपांडे गए और यह काम करा लाए।

खा-पीकर हम लुक्जमबर्ग की फुलवाड़ी देखने चले—जंगल देख लिया था, छोटे-छोटे पार्क भी देखे थे, त्विलरी की सैर भी कर चुका था, सोचा, पेरिस की इस सुप्रसिद्ध फुलवाड़ी को भी चलते-चलाते देख ही लेना चाहिए। एक दिन इसके फाटक से लौट आया था, अतः उत्सुकता बनी ही हुई थी।

यह फुलवाड़ी बहुत पुरानी है। क्रांति के कई झोंकों का सामना इसे करना पड़ा है, तो भी बहुतों की दृष्टि में, यह पेरिस की सबसे खूबसूरत वाटिका है। इसका क्षेत्रफल छप्पन एकड़ है। चारों ओर घने पेड़ों से घिरी, अनेकानेक सुंदर मूर्तियों से सजी, बीच में एक दर्पण ऐसे तालाब से सुशोभित यह फुलवाड़ी सचमुच देखने ही लायक है। कहा जाता है, यह फुलवाड़ी कवियों और कलाकारों की प्रेरणाभूमि रही है और उनमें से कई के जीवन से इसका गाढ़ा संबंध रहा है।

आज धूप अच्छी खिली हुई थी; अतः यहाँ बच्चों और खिलाड़ियों की जमघट जुटी हुई थी। घने पेड़ों की छाया से निकलकर ज्यों ही हम फुलवाड़ी के सामने हुए, आँखें चकाचौंध हो गईं। क्यारियों में रंग-बिरंगे फूल फूल रहे; रविशों पर चलते-फिरते फूल नजर आते। बीच-बीच की कला-मूर्तियाँ मानो उन नाजनियों को चुनौती देतीं—बताओ, ब्रह्मा की सृष्टि सुंदर या कलाकार की ? बच्चे उछल-कूद रहे; उनमें से कितने ही बीच के तालाब में अपनी कागजी नावें भँसा रहे और जब-तब तालियाँ पीट रहे।

फुलवाड़ी से सटा लुक्जमबर्ग का महल। इस महल को फ्लोरेंस की राजकुमारी मेरी द मेडिसी ने बनवाया था, जब वह फ्रांस की सम्राज्ञी के पद पर अधिष्ठित हुई थी। फ्लोरेंस के पेत्ती महल के नमूने पर ही इसे बनाया गया था और उसीके अनुरूप इस वाटिका की सृष्टि की गई थी। यह महल भी कितने ही ऐतिहासिक उतार-चढ़ाव देख चुका है। कभी यह राजभवन रहा, कभी जेलखाना बना, अब यह कलाभवन के रूप में अवस्थित है। क्रांति के बाद कितने ही बड़े लोगों को इसीमें कैद करके रखा गया था। सुप्रसिद्ध क्रांति नेता दांतन यहीं कैद किया गया था। इसकी अँगनाई कितने ही नामी लोगों के खून से कई बार सींची जा चुकी है।

पिछली लड़ाई के समय जर्मनों ने फ्रांस पर कब्जा करने के बाद इस महल को अपने हवाई बेड़े का अड्डा बनाया था। इसके चारों ओर उन्होंने नाकेबंदी की थी; किंतु उनके सारे प्रयत्न व्यर्थ गए और यह स्थान आसानी से मुक्तिसेना के हाथों में आ गया।

इस बगीचे में पुतली के नाच का थिएटर भी है, जिससे यह बच्चों का बहुत प्यारा स्थान बन गया है। उन बच्चों को देखते हुए मैं अघाता नहीं था। गोरे-गोरे, तंदुरुस्त, प्रसन्न बच्चे किलक रहे, उछल रहे। माताएँ अपने शिशुओं को लिये धूप में बैठीं, आनंद मना रहीं। एक गुल्ला-थुल्ला बच्चा अपनी माँ की गोद में बैठा हमें बड़ी उत्सुकता से घूर रहा। मैंने आगे बढ़कर उसे जरा दुलार दिया, बच्चे ने अपने दूध-धोए दाँतों को चमकाते हुए मेरी ओर हाथ बढ़ा दिया। माँ उसकी यह हालत देखकर मुसकरा पड़ी। यह शह पाकर मैंने भी उसके सामने अपने हाथ बढ़ा दिए। बच्चे ने हाथ पकड़ लिया; वह छोड़ता ही नहीं था। उसकी माँ बच्चे की भावुकता पर हँस रही थी, बच्चा आनंद से उछल रहा था। मैं तो ऐसा भाव-मुग्ध था कि आँखों से आँसू छलक आए। अरे, सब देश के बच्चे एक से होते हैं— सँवलिया भाव के भूखे!

मेरी भावुकता बढ़ी। उसे गोद में ले लिया और शीला से कहा, उसका फोटो ले लो। उसकी माँ को भी बगल में खड़ा कर लिया। शीला ने फोटो लिया; माँ के चेहरे से भी भावुकता टपकी पड़ती थी। उसने मेरी डायरी में अपना पता लिख दिया। न जाने फोटो कैसा आता है! अच्छा आने पर उसके पास एक जरूर भेज दूँगा।

शाम को भारतीय दूतावास में हमारे सम्मान में कालेलकर ने एक पार्टी रखी थी। उन्होंने भिन्न-भिन्न देशों के प्रेस-एटेचियों को भी निमंत्रित किया था। कालेलकर की पत्नी अतिथियों का सत्कार कर रही थीं। सुना, वह गुजराती हैं, एक बड़े ही अच्छे खानदान की लड़की। आगत सज्जनों के साथ कितनी ही श्रीमतियाँ भी आईं। मिस्र के प्रतिनिधि ने बड़ी देर तक बातें कीं। युगोस्लाविया के प्रतिनिधि का सौजन्य

भी सराहनीय था। मैंने उनसे कहा कि किस प्रकार इच्छा रहते हुए भी मैं उनके देश को देखने से अब तक वंचित रहा। उन्होंने एक बार वहाँ जाने का आग्रह किया। बेल्जियम और बर्मा के प्रतिनिधि भी बड़े मिलनसार थे। कालेलकर ने बताया, उन्होंने 'फौलादी पर्दे' वाले देशों के प्रेस प्रतिनिधियों को भी निमंत्रित किया था; किंतु आज अचानक उन सबों ने आने में असमर्थता प्रगट की। क्यों? क्या यह इसलिए कि सांस्कृतिक स्वाधीनता की यह कांग्रेस तानाशाही की निंदा करती है?

यहीं हमने दूतावास के एक सज्जन को देखा, जो पार्टी के पूरे समय तक छोकरियों में ही उलझे रहे! पता चला, बेचारे बड़े भाग्यशाली हैं—जब तक पढ़ते रहे, परीक्षाओं में सदा अंतिम स्थान पाने क़ा सौभाग्य प्राप्त किया! किंतु बड़े घर के बेटे, फिर उससे भी बड़े घर की लाड़ली लड़की से शादी कर ली! फिर क्या है, यहाँ एक बड़े पद पर भेज दिए गए हैं। उनकी बीवी दिल्ली में मजे लूट रही हैं! यह पेरिस की रंगीनियों में डूबे हुए हैं! आफिस आते हैं, रोब जमाते हैं, चल देते हैं। एंबेसेडर की भी क्या हिम्मत कि इनसे रोक-टोक करे!

अजीब दशा है, जहाँ जाते हैं, भारतीय दूतावासों की भद्दी कहानियाँ सुननी पड़ती हैं!

हाँ, आज सवेरे ही सिलोने से बातें हुईं, वहीं उनकी पत्नी के माध्यम से। भारत की भाषाओं की प्रवृत्तियों पर बातें चलीं। फिर स्वाधीनता और तानाशाही के तत्त्वों पर बातें हुईं। इटली के संबंध में भी हमने पूछताछ की। सिलोने सिर्फ लेखक नहीं हैं, वह स्वाधीनता युद्ध के सेनानी भी हैं। अतः राजनीतिक चर्चाएँ भी हुईं। उन्होंने बताया कि इटली में कम्यूनिज्म की बाढ़ रुक गई है और वह धीरे-धीरे नष्ट हो जाएगी। इटली की धार्मिक प्रवृत्तियाँ इसे जनता में जड़ नहीं जमाने देंगी। जब उन्हें मालूम हुआ, हिंदी क्षेत्रों में, जिसकी जनसंख्या बीस करोड़ के लगभग है, एक भी कम्यूनिस्ट नहीं चुना गया, तो उन्हें हर्षमिश्रित आश्चर्य हुआ। राष्ट्रभाषा के प्रश्न पर भी बातें हुईं। हमारे एक दोस्त ने कहा, दक्षिण में उसका विरोध हो रहा है। उन्होंने तुरत पूछा—वे चाहते क्या हैं? जब कहा गया—अँगरेजी, तब वह झुँझला उठे। सचमुच किसी विदेशी के लिए यह कल्पना भी अद्भुत लगती है कि कोई देश दूसरे देश की भाषा को अपने लिए राष्ट्रभाषा बनाने को भी सोच सके। हमारे वह मित्र भी बहुत झेंपे। उन्होंने कैफियत दी—सिर्फ थोड़े दिनों के लिए ही ऐसा चाहा जा रहा है, जिसमें लोग हिंदी पढ़-लिख लें। किंतु सिलोने के चेहरे की शिकन इतने से ही नहीं गई।

□

: २१ :

कांग्रेस का आखिरी जलसा

३०.५.'५२—पेरिस

स्विट्जरलैंड और इटली के लिए वीजा लेना था। कालेलकर ने कहा था, दूतावास से वह प्रबंध करा देंगे। अत: हम सवेरे सबसे पहले दूतावास की ओर गए और वहाँ से स्विट्जरलैंड के दूतावास में आए। इसीमें काफी समय लग गया, अत: सोचा गया, अब इटली का वीजा लंदन में ही बनवा लेंगे।

इसी वीजा के चलते हम भोर में उस सिनेमाघर में नहीं जा सके, जहाँ इस कंाग्रेस की चित्रावली दिखलाई गई थी। सुना, हम सब लोग उस चित्रावली में आए हैं।

शाम को संगीत भवन में कांग्रेस का अंतिम जलसा हुआ, जहाँ इसका उद्घाटन समारोह हुआ था। आज भी भवन में लोग खचाखच भरे हुए थे। आज सम्मेलन में आए कुछ विशिष्ट लोगों को ऊपर के मंच पर बिठलाया गया था—भारतीय प्रतिनिधिमंडल को भी वहीं बिठलाया गया था। मेरी बगल में ही जापानी लेखिका श्रीमती हीरावायाशी बैठी हुई थीं। बेचारी कुछ बातें करना चाहती थीं, किंतु भाषा का व्यवधान—रह-रहकर सिर्फ मुसकरा देतीं।

आज के वक्ताओं में ओडेन, फाकनर, रूजमों, मादरियागा और आंद्रे मालरौ थे। फाकनर ने ही प्रारंभ किया। नोबेल पुरस्कार विजेता के मुँह से हम अधिक सुनना चाहते थे; किंतु उन्होंने दस-पंद्रह वाक्यों में ही समाप्त कर दिया। ललाट पर बार-बार उलझ जाते हुए बालों को सम्हालते हुए ओडेन ने एक अच्छी वक्तृता दी। किंतु सबसे महत्त्वपूर्ण भाषण तो था आंद्रे मालरौ का। वह सुनने ही लायक नहीं, देखने लायक भी था। बार-बार तालियाँ पिटी जाती थीं। वह बड़े जोशोखरोस से बोल रहे थे। फ्रेंच भाषा में होने के कारण हम उनका भाषण समझ तो नहीं सकते थे, किंतु इधर-उधर से जो शब्द पकड़ जाते थे, उससे अनुभव कर रहे थे, वह क्या बोल रहे

हैं। जब वह बोल रहे थे, बीच में ही किसीने ऊपर की बालकनी से कुछ परचे नीचे गिराए। उन परचों ने मालरौ को और उत्तेजित किया, क्योंकि वह जानते थे, किन लोगों की यह शरारत हो सकती है। जोशोखरोस के साथ उनकी भावभंगिमा भी देखने लायक थी। हाथ उछल रहे थे, उँगलियाँ नाच रही थीं, स्वर में उतार-चढ़ाव, चेहरा बार-बार इधर-उधर होता, कभी-कभी उत्तेजना में वह कुरसी पर जोरों से हुमच जाते। उस दिन ग्विहेन्नो का भाषण सुना था, आज मालरौ का भाषण सुन रहे थे। फ्रांस के लोग प्राणपण से बोलते हैं—हमारे बंगाली भाइयों की तरह बार-बार कैमरे उनकी भिन्न-भिन्न भंगिमाओं को पकड़ने के लिए जैसे होड़ कर रहे हैं।

शाम को एक सज्जन के घर पर कॉकटेल पार्टी थी। जब से यहाँ आया, पार्टियों की भरमार है। मैं उन सब में शामिल नहीं हो सका; क्योंकि ऐसी पार्टियों में बहुत समय लग जाता है। पीजिए, गप्प कीजिए और तब तक नहीं लौटिए जब तक पैर डगमग नहीं करने लगें। मैं तो अपने समय का उपयोग मुख्यत: देखने-सुनने और पढ़ने-लिखने में ही करता रहा। पेरिस की कारपोरेशन के अध्यक्ष ने भी एक पार्टी दी थी; उनका शानदार निमंत्रण-पत्र अभी तक रखा है। किंतु वहाँ भी नहीं जा सका। किंतु सोचा, अब एक ही दिन रहना है, तो इस अंतिम पार्टी में चलना ही चाहिए।

खोजते-ढूँढ़ते उस सज्जन के घर पर पहुँचा। काफी शानदार पार्टी थी। पेरिस का सामाजिक जीवन बड़ा ही रंगीन है। बड़ी सहृदयता से मिलते हैं, बड़े ही खुलकर बातें करते हैं। घरों की सजावट में कला पर काफी ध्यान दिया जाता है। फ्रांस में कसीदे का काम कला के अंतिम छोर तक पहुँच गया हो जैसे। हर घर में ऐसे कुछ कसीदे लटकते हुए मिलेंगे। लड़कियाँ कहेंगी—यह मैंने तैयार किया है, यह अमुक कलाकार की अमुक कृति पर तैयार किया गया है। प्रौढ़ाएँ कहेंगी—जब मैं कुमारी थी, इसे तैयार किया था और यह तो मेरी सास की कृति है। अपने यहाँ भी काम का काम बहुत अच्छा होता था। बचपन में देखता था, मेरी फूआजी, बहनें कसीदे में लगी रहती थीं। अब तो उसे पुराना कहकर छोड़ दिया गया है और रंगीन तागों से बने थोड़े फूल और पत्तियों पर ही संतोष कर लिया जाता है।

कांग्रेस के जलसे से लौटकर जब अपने कमरे में लौटा हूँ—बार-बार सोचता हूँ—क्या इस कांग्रेस में शामिल होना फलदायक हुआ? जब चलने लगा था, आचार्य नरेंद्र देवजी ने एक पत्र लिखा था—देखिएगा, जरा होशियारी से वहाँ की गतिविधि समझने की कोशिश कीजिएगा। उनके पत्र ने मुझे और भी हिचकिचाहट में डाल दिया था। किंतु यहाँ आने पर जो कुछ देखा-सुना, मुझे प्रसन्नता ही है कि यहाँ आया। मानता हूँ, यहाँ कुछ ऐसे लोग भी हैं, जो ख्वामखाह कम्यूनिस्टों का

हौआ लिये फिरते हैं। वे इस संस्था को अपना राजनीतिक जामा पहनाना चाहते हैं, जिसका उद्देश्य ही है रूस के प्रति घृणा पैदा करना। किंतु मुझे यहाँ ऐसे लोग अधिक मिले, जो सांस्कृतिक स्वाधीनता के प्रति ईमानदारी से सोचते हैं और उसकी रक्षा में कला और संस्कृति की रक्षा, या यों कहिए तो मानवता की रक्षा समझते हैं। अमेरिका के लोगों की अधिकता रही इसमें, उस दिन श्रीमती हीरावायाशी ने भी इस ओर ध्यान आकृष्ट कराया था। किंतु मैंने देखा, उनमें से भी बहुत से लोग ऐसे हैं, जो स्वतंत्र चिंतक हैं। किसी देश का लेबुल लगाकर किसीको बदनाम करना— यह मुझे बहुत ही बुरा लगता है। यहाँ तो उसके प्रत्यक्ष प्रमाण भी मिले। हिंदी में रूस और चीन के लिए जितना प्रचार मैंने किया, शायद ही किसीने किया हो। 'लाल रूस' और 'लाल चीन'— मैंने दो पुस्तकें भी लिखीं और आज भी उन पुस्तकों के लिए मुझे पश्चात्ताप नहीं है। जो जिसका अधिकारी है, वह उसे दिया ही जाना चाहिए। किंतु वह एकांगी नहीं होना चाहिए। जहाँ बुराई दिखे, उसे नहीं कहना अच्छाई के साथ अन्याय करना है; यों ही, किसी बुराई के चलते अच्छाई को भी पी जाना अन्याय है!

आज संसार में ऐसी प्रवृत्तियाँ फैल रही हैं, जो कला के लिए, संस्कृति के लिए, सभ्यता के लिए, मानवता के लिए खतरनाक हैं। ऐसी प्रवृत्तियों के विरुद्ध आवाज उठाना और साथ ही एक स्वतंत्र, संपन्न, सुखी, आनंदित समाज की सृष्टि के लिए प्रयत्न करते जाना— यह सिर्फ साहित्यकार या कलाकार का ही कर्तव्य नहीं है, वरन् युग की पुकार भी यही है।

□

: २२ :

पेरिस, सलाम!

३१.५.'५२—पेरिस

आज पेरिस का अंतिम दिन है। बहुत देखा, बहुत सुना, बहुत पढ़ा, बहुत लिखा। 'अब तो चलाचली की वेला'!

भोर में एक अनोखा आयोजन था। सिनेमाघरों में दिखलाए जाने के लिए एक सवाक् चित्रावली तैयार करने के लिए एक साहित्यिक गोष्ठी एक स्टूडियो में आयोजित की गई थी। उसमें हम दो भारतीय थे—सुब्रह्मण्यम् और मैं। सवेरे ही हमें मोटर से उस स्टूडियो में ले जाया गया।

दो-दो आदमियों का एक-एक दल बनाया गया। मेरे साथ श्रीमती पोर्टर थीं—अमेरिका की सुप्रसिद्ध लेखिका। बहुत वृद्ध हो गई हैं, किंतु अब भी लिखे जा रही हैं। यहाँ की साहित्यिक मंडली में उनका बड़ा सम्मान देखा। बड़ी शांत स्वभाव की।

पहले उनके साथ स्टूडियो में प्रवेश करते समय की चित्रावली ली गई। हम दोनों कुछ बातें करते स्टूडियो में प्रवेश कर रहे हैं। बीच में अचानक मुझे हँसी आ गई। माना गया, यह बड़ा ही स्वाभाविक हुआ।

फिर हम टेबुल के चारों ओर बैठ गए। श्रीमती पोर्टर ने बातें शुरू कीं। साहित्य को राजनीति का पुछल्ला बनाने से उसकी गति रुक जाती है, राजनीति उसपर प्रभुत्व करने लगती है, वह मानवता से अपना नाता तोड़कर किसी पार्टी के पहिए में बँध जाता है, उसकी महत्ता नष्ट हो जाती है—वार्त्तालाप का प्रमुख सूत्र यही था। इसी विषय पर हमें बारी-बारी से अपने विचार रखने थे। अजीब अनुभव। मुँह के सामने माइक, सामने कैमरा। कभी एक सूत्र में भी गड़बड़ी हुई तो फिर से दुहराना पड़ता। मैंने बताया, हमारे देश में सदा सरस्वती के सपूतों की महत्ता राजनीतिज्ञों के ऊपर रही है। अकबर की अपेक्षा तुलसीदास का प्रभाव भारतीय

जीवन पर अधिक है। इस युग में भी रवींद्रनाथ का जैसा प्रभाव हमपर है, महान् नेहरू का वैसा नहीं है। नेहरू का नाम लेते समय मैंने जानबूझकर 'महान्' शब्द जोड़ा।

अंत में हमें उस स्टूडियो में लगे चित्रों को देखते हुए निकलना पड़ा—वही स्वाभाविक ढंग से, सिगरेट का धुआँ उड़ाते, किसी-किसी चित्र के निकट जरा ठहरते, इधर-उधर नजर दौड़ाते। यह चित्रावली यूरोप और अमेरिका में दिखलाई जाएगी; कहा गया, भारत में भी वे इसे भेजेंगे।

वहाँ से आकर जल्दी-जल्दी खा-पी लिया, फिर चले लाफेत गैलरी में चीजें खरीदने। सुना था, पेरिस में बहुत मोल-तोल होता है, इस दूकान में इसकी झंझट नहीं। प्रयोजन की सारी चीजें यहाँ एक ही जगह मिल जाती हैं, यह दूसरी सुविधा। पिछली बार भी यहीं सौदे खरीदे थे। इसीकी तरह की एक और दूकान भी है; किंतु परिचित स्थान में ही जाना उचित समझा। बच्चों के लिए कुछ रेशमी कपड़े और अन्य प्रियजनों के लिए कुछ रूमाल, टाई आदि। फिर यदि पेरिस में इत्र लेबेंडर आदि नहीं खरीदा तो सौदा ही क्या हुआ! एक-डेढ़ घंटे में ही दो-तीन सौ रुपए स्वाहा करके हँसते-हँसते लौटा।

शाम से ही जोरों से बूँदाबूँदी होने लगी। पिछले साल जिस दिन चलने लगा था, पेरिस ने यही रूप धारण किया था। क्या अपनी अंतिम झाँकी दिखाने से पेरिस लजाती है? या वह चाहती है, लोग कुछ अरमान दिल में लिये हुए जाएँ? या अपने प्रिय अतिथियों की विदाई की कल्पना ही उसकी आँखों में आँसू ला देती है?

हाँ, हम उसके प्रिय अतिथि हैं। इन बीस-इक्कीस दिनों में पेरिस से हमने प्रेम का नाता जोड़ लिया है। शीलाजी कह रही हैं, यदि काफी पैसे हों तो वह शाँ जलीजे में ही एक मकान लेकर जिंदगी गुजार दें। पेरिस कलाकारों की प्यारी भूमि रही है। यूरोप के बड़े-से-बड़े कलाकार ने अपनी कला की सार्थकता तब समझी जब पेरिस ने उसपर स्वीकृति की मुहर लगा दी। यहाँ का सारा वातावरण कलात्मक है। यदि कोई कला का अध्ययन ही करना चाहे तो अपनी पूरी जिंदगी यहाँ उसमें लगा सकता है। पुरानी कलाओं के मंडप के रूप में म्यूजियम आदि तो हैं ही, कला के नित नए प्रयोग यहाँ होते रहते हैं, जिनके नित नए रूप सामने आते रहते हैं। एक छोटा सा कलाकार तो मेरे हृदय में भी बैठा हुआ है; वह इस पुरी को प्रेम से क्यों नहीं देखे! उससे बिछुड़ने की कल्पना पर वह क्यों नहीं पसीज उठे!

पिछले साल सिर्फ तीन दिनों के लिए पेरिस रहा, इस बार तीन सप्ताह गुजरे। किंतु तृप्ति नहीं हुई। वर्षा की ये बूँदें कहती हैं, कितनी भी आँखें गीली करो, आँसुओं की झरी लगा दो, कामनाएँ कभी तृप्त नहीं हुईं—नहीं हुईं!

इस बूँदाबूँदी में भी मैं शाम को बाहर निकल ही पड़ा। आर्क द ब्रंफ के नीचे जाकर 'अज्ञात शहीद' के ताबूत पर जलती स्मृति-शिखा को सिर नवाया। इस ताबूत के निकट, इसकी इस सतत प्रज्वलित स्मृति-शिखा के निकट, किस-किसके सिर नहीं झुके हैं। इसी दिन, यूरोपीय सेना का अमेरिकन सेनापति इसनहावर जा रहा था तो उसने यहाँ आकर सलामी दी। परसों उसकी जगह रिजवे आया तो सबसे पहले यहीं आकर सिर झुकाया। पिछले महायुद्ध में जब कि गोले की मुक्ति-सेना ने पेरिस में प्रवेश किया, सबसे पहले वह यहीं आया और झुककर सलामी दी और जब पेरिस की मुक्ति के बाद चर्चिल पहली बार पेरिस पहुँचा तो उसने भी सबसे पहले यहीं आकर सिजदा किया! संयोग, जिस दिन हम लोग आए थे, सबसे पहले इसीको देखने का सौभाग्य प्राप्त किया था और आज अंतिम बार इसीको सलाम करके जा रहा हूँ।

अहा! इस बूँदाबूँदी की सुहानी फिजा में आर्क द ब्रंफ से कन्कर्द तक का समाँ कैसा सुहावना लग रहा था! लाल, हरी, उजली रोशनी से सारा पथ जगमग हो रहा था। कन्कर्द का वह मिस्री स्तूप बिजली की जगमगाहट और बूँदों की झड़ी के बीच कैसा दिव्य-भव्य लग रहा था। यह शहादत की भूमि, वह क्रांति की भूमि—बीच में शाँ जलीजे की रूमानी झलमल! पेरिस की सारी गरिमा यहाँ एकबारगी ही आँखों के सामने जगमग कर उठी! इस जगमग की स्मृति लिये पेरिस को इस बार की अंतिम सलामी देकर दो बजे रात को सोने जा रहा हूँ—सलाम पेरिस; कला की देवी, क्रांति की देवी, नमस्ते, नमस्ते!

□

: २३ :

इंग्लैंड की ओर

१.६.'५२—लंदन

पेरिस से लंदन—यह क्रम ही गलत है। पहले लंदन देखिए, फिर पेरिस पहुँचिए। लंदन में मानव का उद्योग, पराक्रम, नियमित जीवन आदि देख लीजिए; फिर पेरिस में जाकर सौंदर्य, राग-रंग और स्वच्छंद जीवन देखिए और उसकी मधुर स्मृति लिये अपने देश पहुँचिए। सौंदर्य देखनेवाली आँखें शौर्य पर तुरत नहीं टिकतीं, किंतु शौर्य के बाद सौंदर्य बहुत ही प्यारा लगता है न!

तभी तो आज शाम को लंदन पहुँचकर जब हम सांध्य भ्रमण को निकले, हमारे साथियों को लंदन सूना-ही-सूना, रूखा-ही-रूखा लगा। कहाँ शाँ जलीजे और कहाँ पिकेडली! पिकेडली लंदन का सबसे अधिक गुलजार चौक है। किंतु शाँ जलीजे के सामने यह क्या है! न वह रंग, न वह रूप। फ्रांस की बेटियों के रूप से इंग्लैंड की बेटियाँ कौन सा चेहरा लेकर मुकाबला करेंगी? यों सीधे भारत से जाइए तो उनके गोरे-गोरे चेहरे आपको मोहेंगे; किंतु जब पेरिस की परियों को देख लिया, फिर आपकी आँखों पर जल्द कोई रमणी टिक नहीं सकती।

पिकेडली से ट्राफलगर स्क्वायर, फिर ह्वाइट हॉल, टेन डाउनिंग स्ट्रीट, पार्लियामेंट भवन, पुल पर से टेम्स की झाँकी—किंतु, हमारे साथियों का मन कहीं नहीं रम सका।

यहाँ आज रात में जिस होटल में ठहरना पड़ा है, कहाँ यह और कहाँ फ्रैंकलिन द रूजवेल्ट! और तमाशा यह कि एक रात के लिए यहाँ हमें पेरिस के होटल की अपेक्षा दूने पैसे देने पड़े हैं। हमारे साथियों को ऐसा लगा कि हम स्वर्ग से पृथ्वी पर पटक दिए गए—नरक में नहीं गिरे, यही गनीमत।

आज भोर में ही पेरिस छोड़ दिया। छोड़ते समय मन कुछ भारी लग रहा था। खैर, छोड़ना था, छोड़ दिया। आखिर कहाँ-कहाँ घोंसला बनाया जाता!

रेल में जिस डब्बे में मैं बैठा, मेरे सामने की सीट पर एक छोटी सी बच्ची और उसकी माँ बैठी थीं। बच्ची कितनी खूबसूरत! सुनहरे बाल, चंपे की कली सी मुखाकृति, नीली आँखें, लाल होंठ, छींट का फ्राक— सचमुच देवकन्या-सी लगती थी। हाथ में एक गुड़िया लिये थी। उसकी माँ बच्ची के साथ इंग्लैंड जा रही थी। हाथ में फ्रेंच के माध्यम से अँगरेजी सीखने की एक किताब थी। वह बेचारी बड़े ध्यान से उसे पढ़ रही थी। अपनी बच्ची की ओर स्नेह से निहारता हुआ मुझे देखकर दो-चार शब्द कहे। अँगरेजी उच्चारण बहुत अजीब ढंग से करती थी।

रास्ते भर फ्रांस के देहात देखते आए। असल में हम जिसे गाँव कहते हैं, वैसे गाँव यूरोप भर में नहीं हैं। न कहीं फूस के घर, न गंदगी का समुद्र, न फटेहाली की हद। घर पर घर, जैसे अपने देश के गाँवों में होते हैं वैसी बस्ती भी नहीं। खेतों में, हरियालियों के बीच, जहाँ-तहाँ कुछ खपरैल मकान; काफी साफ, सुंदर। यही गाँव है। फ्रांस आर्थिक दृष्टि से यूरोप में बहुत ही गिरा हुआ देश है, तो भी उसके गाँवों को देखकर मन ललचा रहा था। यदि अपने देश के गाँवों में इसी तरह के ईंट और खपरैल के मकान बन जाएँ, मकानों के आसपास फलों और फूलों के पेड़ और पौधे हों, खेतों में हरियाली उमड़ रही हो, जहाँ-तहाँ पुष्ट गायें चर रही हों— यदि इतना भी हो जाय तो फिर क्या कहना!

फ्रांस की सीमा पर पहुँचकर हमने सामने समुद्र को उफनते हुए देखा। यहाँ से इंग्लैंड के बीच इक्कीस मील का समुद्र है। इस बंदरगाह का नाम डीएप है और यहाँ से चलकर हमारा जहाज इंग्लैंड के न्यूऐवन बंदरगाह पर लगेगा। पिछले महायुद्ध के सुप्रसिद्ध डनकर्क कांड की रंगस्थली यही जगह रही है, जब ऊपर से जर्मनों के बंबर गोले बरसा रहे थे और नीचे से अँगरेजी सेना जहाज पर, अगिनबोट पर, नाव पर भागी जा रही थी। जर्मनों के गोलों के निशान अब तक वहाँ बने हुए हैं— बंदरगाह पर, चट्टानों पर अब तक उस संहारलीला के दृश्य दृष्टिगोचर होते हैं। अँगरेजों की साढ़े सात लाख सेना यहाँ से भागी थी; किंतु इंग्लैंड के तटों पर पहुँचते-पहुँचते उनकी संख्या आधी हो गई थी।

हमारा जहाज छोटा था— पटना-पलेजा घाट तक चलनेवाले कई जहाज भी उससे बड़े हैं। हाँ, उसकी लंबाई अधिक थी और वह बड़ा खूबसूरत लगता था। बड़ी सफाई, बड़ी चकमक। बूँदाबूँदी होने लगी थी। ओवरकोट खो ही चुका था, भीगते-भागते जहाज पर पहुँचा। हमारा फर्स्ट क्लास का टिकट था। भीतर गद्देदार सीटें, सफाई और सुघराई का क्या कहना! थोड़ी देर तक वहाँ बैठकर अपने को गरमा लिया। जब मैं बैठा, पाया, मुझसे दूर बैठी हुई वह फ्रेंच बच्ची मेरी ओर

देखकर मुसकरा रही है। मैंने हाथ के इशारे से अपनी ओर बुलाया। उसने माँ की ओर देखा। माँ मेरी ओर देखकर मुसकराई, फिर उसे इजाजत दे दी। रास्ते भर वह बच्ची मेरे निकट आती रही। वह मस्ती में रह-रहकर नाचने लगती।

ज्यों ही जहाज बंदरगाह से बाहर हुआ, मैं ऊपर चला आया। कितना सुंदर दृश्य! नीला-नीला समुद्र, उसमें छोटी-छोटी तरंगें उठ रहीं। तरंगों के टकराने से उजली-उजली बूँदें यहाँ-वहाँ रह-रहकर झलमला उठतीं। इस नीले समुद्र को जब हमारा जहाज तीव्र वेग से चीरता हुआ बढ़ने लगा, तब का दृश्य कितना मनोरम! जहाज के अगल-बगल और खासकर पीछे उजले-उजले फेन उफना रहे, कोटि-कोटि बूँदें बन रहीं, उछल रहीं। नीले पानी पर वे ऐसी लगतीं कि नीलम के थाल में किसीने पारे की महीन बूँदियाँ बिखरा दी हों। बहुत से लोग तृषित नेत्रों से इस दृश्य को देख रहे थे। ऊपर बादल उमड़ रहा था, रह-रहकर बूँदाबूँदी हो जाती थी, नीचे से पानी के फुहारे भी ऊपर आ जाते थे।

जब जाड़ा कलेजे को कँपाने लगा, फिर जहाज के केबिन में चला गया। जब अपने में गरमी लाने को कुछ चाय-काफी पीने के लिए रेस्तोराँ में गया, देखा, लोग फ्रेंच फ्रैंक को अँगरेजी शिलिंग पाउंड में बदल रहे हैं। यादगार के लिए कुछ रखकर सारे फ्रेंच सिक्कों को बदल लिया।

इस इक्कीस मील की दूरी को यह जहाज तीन-साढ़े तीन घंटों में पार करता है। जहाज बीच समुद्र में गया, कुछ उबकाई सी आने लगी। बेचारी शीला तो इससे और परीशान थीं। आँख मूँदकर सोने की चेष्टा की, झपकी आई और लीजिए, यह अँगरेजी बंदरगाह सामने है।

बंदरगाह पर काफी भीड़। समुद्र के पानी को काबू में रखने के लिए जो बाँध बाँधे गए हैं, उनपर खड़े और बैठे बहुत से लोग बंसी से मछलियाँ पकड़ रहे हैं। कुछ लोग किनारे पर बैठे समुद्री हवा का आनंद ले रहे। कुछ मनचले समुद्र में तैर भी रहे—तरंगों के झूलों पर कभी ऊपर जाते, कभी नीचे आते। आज रविवार है, छुट्टी का दिन है। काम के दिन में अँगरेज काम-ही-काम करता है और छुट्टियों के दिन में छुट्टियाँ-ही-छुट्टियाँ मनाता है। इसमें जरा भी व्यवधान नहीं होता।

हम जहाज से उतरे, कस्टम आफिस में गए। कोई भी झंझट नहीं हुई। व्यापार का कोई सामान तो नहीं, हमसे पूछा गया। हमने 'जी नहीं' भर कह दी और छुट्टी पाई। किंतु यह भी देखा, जिनपर संदेह होता, उनके सामानों की बड़ी कड़ी जाँच होती।

रेलगाड़ी लगी थी। हम उसपर बैठे और लीजिए, यह इंग्लैंड का देहात

सामने आ गया। शिवाजी, शीला, देशपांडे और मैं—हम चार साथी। ऐसे साथी सबको मिलें।

थोड़ी दूर जाने पर ही अँगरेजों के उद्योग और पराक्रम की झाँकी मिलने लगी। चारों ओर खेत लहरा रहे हैं। तलहटी से जोतना शुरू किया है तो पहाड़ियों के सिर तक जोत डाला है। कितने खेतों में अभी पीले-पीले अंकुर ही निकल रहे हैं। जहाँ-तहाँ फलों और फूलों के बगीचे—सबके सब रंग-बिरंगे पत्तों और फूलों-फलों से लदे। जहाँ घासें हैं, उनमें भी फूल निकल आए हैं—नीले, पीले वे फूल आँखों को तृप्त कर रहे हैं। चरागाहों में पुष्ट गायें और कहीं-कहीं भेड़ें। एकाध घोड़े भी। गाँवों के वे सुंदर, छोटे-छोटे मकान। जहाँ-तहाँ जो मर्द, औरत, बच्चे दिखाई पड़ते हैं। वे भी हृष्ट-पुष्ट, आनंद से भरे हुए।

शाम के पहले ही हम लंदन पहुँच गए। लंदन स्टेशन का वही बूढ़ा रूप! क्यों नहीं जरा इसे सँवार-सुधार दिया जाता है? पोर्टर द्वारा सामान स्टेशन से बाहर लाकर टैक्सी कर ली और चले अपने निश्चित अड्डे की ओर।

पहले ही से एक होटलवाले को हमने सूचना दे दी थी; किंतु हम एक शाम पहले पहुँच गए। होटल से मालूम हुआ, हमारे लिए कल से जगहें रिक्त हैं। अब रात कैसे काटी जाय? बगल के ही एक होटल से बातें कीं। उसने पैसे कसकर लिये, जगह भी अच्छी नहीं दी; किंतु हमारे लिए चारा क्या था? फुटपाथ पर सामान रखे, हम उस होटल में बंदोबस्त कर रहे थे कि एक सज्जन ने आकर नमस्कार किया और लगे पटना का हाल-चाल पूछने। उनके कारण बड़ी सहूलियत हुई। शाम को खाने के लिए वह भारतीय विद्यार्थियों के एक होस्टल में ले गए। वहाँ पूड़ी और गोश्त बड़े प्रेम से खाया। तीन सप्ताह के बाद पूड़ी, तरकारी और गोश्त—सब भारतीय ढंग से बनाए गए थे। खूब खाया। वहाँ कई भारतीय विद्यार्थियों से भेंट हुई। आधे दर्जन तो बिहारी विद्यार्थी थे।

यह मेरा सौभाग्य रहा है कि जहाँ जाता हूँ, कोई-न-कोई ऐसे मिल जाते हैं जो मेरी चीजें पढ़ चुके हों, या मेरा नाम सुन चुके हों। देशपांडे कहते थे—भाई विदेशों में ही देखा, तुम कितने जनप्रिय हो!

इन्हीं विद्यार्थियों से मिलकर हमने इंग्लैंड के लिए कार्यक्रम भी बना लिया।

भोजन करके हम सांध्य-भ्रमण को निकले—सबसे पहले पिकेडली लंदन की चौरंगी। किंतु वह आज हमें फीकी-ही-फीकी लगी। फिर ट्राफलगर स्क्वायर—ब्रिटिश सिंह की विशाल मूर्तियाँ, नेल्सन का स्तंभ, जल-जंतुओं के मुँहवाले झरने, कबूतरों के झुंड, उनका हाथों और कंधों पर बैठना—हमारे साथियों के मन को नहीं

लुभा सके। ह्वाइट हॉल—शहीदों की समाधि, टेन डाउनिंग स्ट्रीट—नहीं, कुछ नहीं। टेन डाउनिंग स्ट्रीट का कितना नाम, जहाँ ब्रिटिश साम्राज्य का सबसे बड़ा आदमी—प्रधानमंत्री रहता है; किंतु न वहाँ पुलिस की पलटन, न कोई चाकचिक्य। हाँ, यदि कोई इसकी खिड़की के निकट पहुँचकर भीतर झाँकना चाहता है तो पुलिस का कोई जवान बड़ी शिष्टता से उसे कहता है, भीतर जाने के लिए आज्ञा-पत्र की आवश्यकता होती है। वहाँ भीड़ नहीं हो, इसलिए पुलिस के कुछ जवान इधर-उधर घूमते रहते हैं।

पार्लियामेंट, उसकी विशाल घड़ी—बिग बेन, टेम्स का पुल, टेम्स के किनारे की अट्टालिकाएँ—हमारा मन कहीं नहीं रम रहा। शीला कहती हैं—कहाँ पेरिस, कहाँ लंदन! मैं भी कहता हूँ, पेरिस के बाद लंदन—यह क्रम ही गलत है।

□

: २४ :

गुलाब की दुनिया

२.६.'५२—लंदन

कल शाम को भारतीय विद्यार्थियों से बातें करते समय तय हो गया था, मि. ठाकुर हमें आज रिचमौंड और क्यू गार्डन दिखलाने को ले जाएँगे।

मि. ठाकुर गुजरात के हैं, यहाँ बैरिस्टरी पढ़ रहे हैं। बड़े अच्छे स्वभाव के, जैसेकि प्राय: गुजराती होते हैं। हिंदी भी सीख ली है। बड़े प्रेम से घुमाते, दिखलाते रहे। एक विचित्र आदत है इनमें; हर अच्छी चीज को 'साला' शब्द से संबोधित करेंगे। उनके मुँह से, अटपटी भाषा में, यह प्यारा शब्द और भी प्यारा लगता था।

रिचमौंड, लंदन से दूर टेम्स के किनारे, देहात में है। छुट्टी के दिनों में लंदन के लोग यहाँ झुंड-के-झुंड पहुँचते और आनंद मनाते हैं। हम लोग बस से वहाँ पहुँचे। ज्यों ही टेम्स के किनारे पहुँचे, चारों ओर रंगीनियाँ-ही-रंगीनियाँ दीख पड़ीं। किनारे पर कहीं कुंज, कहीं बगीचे, कहीं हरे-भरे मैदान। बीच-बीच में खाने-पीने के लिए रेस्तोराँ। फूलों की रंगीनियों और पौधों की हरियालियों के बीच बच्चे फुदक रहे, युवतियाँ किलक रहीं, युवक छाती ताने या प्रेयसी की कमर में हाथ डाले इधर-उधर घूम रहे। कुछ नदी में नावों पर सैर कर रहे—युवक नंगे बदन, पुष्ट बाँहों से डाँड़ चला रहे। उनके सामने उनकी प्रेयसी खिलखिला रहीं, या नाव को हिलाकर ऊधम मचा रहीं। कुछ लोग पानी में तैर भी रहे। कितना जाड़ा; किंतु जहाँ उमंग हो वहाँ शीत-घाम कहाँ! कहीं-कहीं मैदान में बच्चे गेंद उछाल रहे और वहीं कुछ युवक-युवतियाँ विभोर एक-दूसरे से लिपटे पड़े। बूढ़े-बूढ़ियों की आँखों में भी अनुराग की लाली दिखाई पड़ती।

बहुत देर तक घूमते और देखते रहे। फिर वहीं, नदी के किनारे पर रेस्तोराँ में जाकर भोजन किया। थोड़ी सी जगह को भी इस तरह सजाकर रखा है कि अधिक-से-अधिक लोग एक साथ खा सकें तो भी उन्हें भीड़भाड़ या हो-हल्ला का बोध न हो पाए। सफाई का क्या कहना!

रेस्तोराँ से ज्यों ही हम निकले, बूँदाबूँदी होने लगी। एक 'पब' में घुसकर वर्षा बिताई। छुट्टी, वर्षा, वसंत का मौसम— वहाँ खुलकर लोग पी रहे थे।

जब हम चले, बार-बार मैं सोचता, न तो हम काम करना जानते हैं, न छुट्टियाँ मनाना। काम के वक्त गप करेंगे, छुट्टी के दिन घर में सोए रहेंगे। नदियों का उपयोग हम क्या जानें! टेम्स नदी का क्या-क्या न उपयोग किया है इन्होंने! एक हम हैं, जो गंगा का उपयोग उसके किनारे शौच करने या उसके पानी में कुल्ली-खखार फेंककर उसीमें गोते लगाने में करते हैं। गंगा ऐसी नदी यदि इस पराक्रमी जाति को मिली होती!

रिचमौंड से हम 'क्यू गार्डन' में आए। लंदन से दूर यह विशाल बगीचा— संसार भर के पेड़ों को, पौधों को, फूलों को, लताओं को यहाँ लगा रखा गया है। विशाल-से-विशाल वृक्ष, जिनकी उम्र हजार साल से बड़ी। छोटे-से-छोटे पौधे, जिनके फूल जमीन से झाँकते हुए हँस रहे। गरम देश के पौधों के लिए एक 'गरम घर' बना दिया गया है, जहाँ का तापमान ७५ डिग्री से नीचे नहीं होने दिया जाता। जब बाहर बरफ गिरती होती है, हड्डी ठिठुरती होती है, इस घर के भीतर गरमी बनी रहती है। शीशे का यह घर है, जिसमें पौधों को धूप मिलती रहे।

हमने इसके भीतर जाकर देखा, अपने देश के सारे पेड़-पौधे लगाए गए हैं यहाँ। अफ्रीका, एशिया, अमेरिका के भी पेड़-पौधे यहाँ लगे हैं। वह देखिए, वह केले में घौद लटक रहा है, खजूर सिर हिला रहा है, कद्दू लतर रही है, गेंदा फूल रहा है। लेकिन, एक बात तो है। ये पौधे बोतल के दूध पर पले बच्चे ऐसे लगते हैं— किसीमें रौनक नहीं, स्थूलता भले ही हो।

वहाँ से निकलकर हम गुलाब की क्यारियों में आए। अँगरेजों को अपने गुलाब पर नाज है। 'इँगलिश रोज' एक प्रतिष्ठित फूल माना जाता है। किंतु, यहाँ तो तरह-तरह के गुलाब की क्यारियाँ नहीं, खेतियाँ देखीं। भिन्न-भिन्न रंग के, भिन्न-भिन्न आकार के। गुलाब का तो एक खास रंग है ही, हमने जिसे गुलाबी नाम दे दिया है। किंतु यहाँ तो पीला, उजला, लाल— फिर फीका और गाढ़ा आदि भेद से इन रंगों के भी अनेक सम्मिश्रण देखे। इतने बड़े-बड़े गुलाब कि उनके निकट कमल की क्या बात, सूरजमुखी भी मात खाए। फिर इन तरह-तरह के गुलाबों की क्यारियाँ लगाने में कैसी सुरुचि दिखलाई गई है— रंगों का ऐसा मेल रखा गया कि आँखों में जरा भी खटक न हो, वे जहाँ पड़ें वहीं गड़ें! इच्छा होती थी, इसी गुलाब की दुनिया में विचरण करता रह जाऊँ। मैं कहा करता हूँ, आज की दुनिया तो गेहूँ की दुनिया है, मैं इसके स्थान पर गुलाब की दुनिया बसाना चाहता हूँ। यह गुलाब की दुनिया कितनी रंगीन होगी, इसकी सही कल्पना आज ही कर सका।

.. और इस गुलाब की दुनिया के इर्द-गिर्द मँडराती हुई चलती-फिरती गुलाबों की दुनिया। चलती-फिरती, उछलती-कूदती! जिन्हें भगवान् ने गुलाब बनाकर इस धराधाम पर भेजा वे ही इस गुलाबों की दुनिया की कद्र कर सकेंगे, इसकी सार्थकता यहीं देखी। किसी उर्दू कवि ने कहा है — चेहरे के सामने चिराग लेकर वे कहते हैं, देखना है पतंगा इधर आता या उधर जाता है। लगता था, यही बात यहाँ भौंरों से कही जा रही थी— उसी शोखी और गरूर से— देखें, भौंरे अचल गुलाबों पर जाते हैं या इन चंचल गुलाबों की ओर टूटते हैं। छह पैरवाले भौंरों के असमंजस को कौन समझे; दो पैरवाले भौंरे तो कसमसाहट में पड़े थे, इसके प्रत्यक्ष प्रमाण हम पा रहे थे।

इन गुलाबों की दुनिया में खड़े होकर हमने कुछ तसवीरें खिंचवाईं और खींचीं भी। यह इंग्लैंड है, यहाँ ऐसी छोटी माँगों में 'ना' नहीं मिला करती।

ठाकुर चाहते थे, हमें इस बगीचे की सभी नायाब चीजें दिखला दी जाएँ— एक ही जगह हम जम जाएँ, यह उचित भी नहीं था। हम वहाँ से बढ़े फूलों और कुंजों की बहार लूटते, झीलों और तालाबों के किनारों के मजे लूटने लगे। फिर हमें बड़े-बड़े ऐतिहासिक वृक्षों की ओर चलने को प्रेरित किया गया। किंतु यह क्या? बूँदाबूँदी शुरू हो गई। दर्शकों की भीड़ों ने कुंजों की शरण ली। किंतु वर्षा झमाझम होने लगी। आहा! कभी, किसी एक कदंब के नीचे, किसी एक कृष्ण की कमली से किसी एक राधा ने वर्षा में अपनी साड़ी को भीगने से बचाया तो हमारे यहाँ कविता पर कविता लिख दी गईं। यहाँ तो हर वृक्ष के नीचे कितने ही जोड़े एक ही बरसाती लबादे से अपने तन को भीगने से बचा रहे हैं— किंतु मन को?

लेकिन सिर्फ बूँदें ही तो नहीं झमक रहीं। अरे! ये तो बनौरियाँ भी गिर रही हैं। कितनी ठंढक! हमारे पास बरसाती भी नहीं। जब चला था, धूप थी। अत: सोचा गया, अब लौट चलें। किंतु, ठाकुर ने चाहा, हम कम-से-हम यहाँ का म्यूजियम तो देख लें। तरह-तरह के बीज, तरह-तरह के फल, तरह-तरह के तने। बीज, फल और फूल का उपयोग किस-किस रूप में होता है, उसके भी नमूने। अपने आम को भी देखा, एक ताजा फल रखा था। लगता था, अभी डाल से तोड़कर लाया गया होगा। और, वहीं आम का एक ऐसा फल देखा जो आज से पचास साल पहले एक प्रदर्शनी में रखने के लिए भारत से मँगाया गया था और जिसे आज भी सुरक्षित रखा गया है। न वह सड़ा है, न सूखा है! हाँ, इसका पुराना रंग नहीं रह गया है।

प्रदर्शनी देख, भीगते-भागते घर की ओर चले। बस से गए थे, ट्रेन से लौटे। चढ़े थे जमीन के ऊपर, उतरे जमीन के नीचे के स्टेशन पर। रास्ते भर ठाकुर के 'साला' का मजा लेते रहे। जब अपने होटल में पहुँचे, होटल की लड़की ने एक

पुरजा दिया—इसी साहब ने आपको फोन किया था, इस नंबर से। सोचा, कपड़े बदलकर फोन करूँ; किंतु मैं अपने कमरे में ही था कि ओम् प्रकाश धमक पड़े। तुम्हें कैसे खबर हुई? आप भूल जाएँ, किंतु मुझे तो खोजना ही था। यही नहीं, पकड़कर अपने घर ले गए। वहाँ देखा, परिवार में एक इजाफा हुआ है। एक लक्ष्मी पधारी हैं। बच्ची को दुलराता, हलराता और उसकी माँ के हाथ की बढ़िया खिचड़ी के लिए भूरि-भूरि प्रशंसा करता हुआ जब घर लौटा तो निद्रा देवी जैसे सिरहाने बैठी थीं।

डायरी भी खतम नहीं कर पाया कि ···

□

: २५ :

संग्रहालयों के बीच

३.६.'५२—लंदन

ऐसी गाढ़ी नींद आई कि साढ़े आठ बजे टूटी। यह लंदन है, पेरिस नहीं। समय पर ही जलपान या भोजन मिल सकता है यहाँ; शराब पीने तक का समय बँधा हुआ है। पेरिस के होटलों में तो सिर्फ रहने तक का संबंध होता है, भोजन और जलपान आप जहाँ चाहें, करें। लंदन में होटल के साथ 'बेड एंड ब्रेकफास्ट'—शय्या और जलपान—दोनों संलग्न हैं। अतः जल्द-जल्द हाथ-मुँह धोकर जलपान कर लिया।

सिर के बाल बढ़ गए थे। एक सैलून में जाकर बाल बनवाए—छह शिलिंग लगे। बाल काटने से अधिक सावधानी रखी गई दाढ़ी बनाने में। फिर धोबी की दूकान पर जाकर अपने कपड़ों को धोने के लिए दिया। आज जैसे सफाई का दिन हो—स्नानघर में जाकर छोटे-छोटे कपड़ों—रुमाल, तौलिया, गंजी आदि—को साफ किया। खूब प्रेम से स्नान हुआ—मल-मलकर, टब में उभुक-चुभुक कर। 'एयर इंडिया' के आफिस में जाकर हमने यहाँ से रवाना होने के लिए सीट भी रिजर्व करवा ली। 'एयर इंडिया' के लंदन आफिस में भी देखा, हमारे साथ बहुत अच्छा बरताव हुआ।

आज एक अजीब बात हुई। देशपांडे के साथ जब मैं हजामत बनाने के लिए सैलून में गया, पहले उसने देशपांडे की हजामत बनाई। मैं प्रतीक्षा कर रहा था। हजामत बनाते हुए उसने देशपांडे से पूछा—क्या वह आपके बेटे हैं? क्या पढ़ रहे हैं? आप उन्हें देखने आए हैं? देशपांडे ने जब यह घटना कही, हम लोग खूब हँसे। मुश्किल से मुझसे एक-दो वर्ष बड़े होंगे; किंतु उनके बाल सफेद हो गए हैं, चेहरे पर झुर्रियों की भी कमी नहीं। और एक यह मेरी मिट्टी है कि उनका समवयस्क

होने पर भी मुझे उनका पुत्र अनुमान किया! आज दिन भर जब-तब मैं देशपांडे को 'माई डीयर फादर' कहकर हँसता-हँसाता रहा!

कल ही तय हुआ था, ओम् प्रकाश हमें ब्रिटिश म्यूजियम और साइंस म्यूजियम की सैर करा देंगे। ओम् प्रकाश साइंस के विद्यार्थी हैं। पटना विश्वविद्यालय से एम.एस.-सी. करके आए हैं। यहाँ कई वर्षों से हैं। पत्रकारिता का भी काम करते हैं। अत: लंदन के पूरे जानकार। खा-पीकर उन्हींके साथ हम पहले ब्रिटिश म्यूजियम की ओर चले।

पिछले साल भी ब्रिटिश म्यूजियम देख चुका था; किंतु इस विशाल संग्रहालय को तो जितनी ही बार देखिए उतना ही ज्ञान बढ़ेगा, आश्चर्य बढ़ेगा। अँगरेजों को अपने इस संग्रहालय की विशालता और विविधता पर गर्व है। रोमन, ग्रीक, मिस्री कला के उपादानों के साथ पुस्तकों और पांडुलिपियों का विशाल संग्रह है यहाँ। जिस विषय पर पुस्तकें चाहिए, आप पा सकते हैं। यदि कदाचित् कोई पुस्तक यहाँ नहीं मिले तो आप इन्हें सूचित कीजिए। किसी उपाय से ये मँगा देंगे। अँगरेजी के सभी सुप्रसिद्ध लेखकों की पांडुलिपियाँ और पत्र आदि संगृहीत हैं। उन सबको देखते और मन-ही-मन अफसोस करते कि वह दिन कब आएगा कि हम सरहपा से लेकर आज तक के हिंदी लेखकों और कवियों की रचनाओं को एक ही साथ देख सकेंगे। वहाँ से उसके पूर्वी विभाग में आया। इस बार उस सज्जन से मिला, जो हिंदी विभाग के अध्यक्ष हैं। बड़े बूढ़े। जब मैंने अपना नाम बताया, इस तरह बातें कीं जैसे मुझे पहले से जानते हों। अपने सहकारी को आदेश दिया कि मेरी लिखी पुस्तकों को वे ले आवें। दु:ख है, मेरी लिखी तीन ही पुस्तकें वहाँ हैं—'विद्यापति की पदावली', 'बिहारी सतसई' और 'लाल रूस'। उन्होंने मेरी शेष पुस्तकों के नाम और प्रकाशन संस्थाओं के पते पूछे। मैंने कहा, मैं स्वयं सभी पुस्तकें भेज दूँगा। उनका कहना था, यदि उन्हें हिंदी की अच्छी पुस्तकों की सूची प्राप्त हो तो वे स्वयं मँगा लेंगे। मैं जिन देशों में गया हूँ, सब जगह ऐसी सूची की माँग की गई है। क्यों नहीं आधुनिक साहित्य की सौ पुस्तकों की एक विवरणात्मक सूची तैयार की जाए और उसे देश-विदेश के सभी पुस्तकालयों को मुफ्त भेज दिया जाए। यह हिंदी की बहुत बड़ी सेवा होगी, इसमें संदेह नहीं। किंतु प्रश्न यह है कि इस आवश्यक काम को करे कौन? हिंदी साहित्य सम्मेलन ऐसी संस्था भी तो दलबंदी के दलदल में पड़ी हुई है। इस म्यूजियम में देशपांडे की भी मराठी की कई पुस्तकें थीं।

वहाँ से साइंस म्यूजियम। विज्ञान के संबंध में प्रत्यक्ष जानकारी के लिए ऐसे संग्रहालयों की कितनी आवश्यकता है, वह इसीसे सूचित है कि जब-जब मैं इस म्यूजियम में गया हूँ, हमेशा बच्चों के झुंडों को शिक्षक या अभिभावकों के साथ यहाँ एक-एक चीज को देखते-समझते पाया है। रेल, जहाज, मोटर, बिजली आदि के

अलग-अलग विभाग हैं, जहाँ उनके पूरे विकास को प्रत्यक्ष किया गया है। पहली रेलगाड़ी कहाँ बनी, कैसी थी, कैसे-कैसे उसमें उन्नति होती गई। इंजनों का ताँता है, जिन्हें चलाकर भी देखा जा सकता है। समय जानने के लिए पहले क्या-क्या प्रयत्न होते थे— धूप-घड़ी, जल-घड़ी आदि; फिर किस तरह आधुनिक घड़ी बनी और उसमें वृद्धि होती गई। यों ही हर विभाग में देखा जा सकता है। सिंचाई पहले किस तरह की जाती थी और आज पंप क्या कमाल कर रहे हैं? यही नहीं, पृथ्वी किस तरह चलती है? सौरमंडल में हर ग्रह की गति कैसी है? किस तरह ग्रहण लगते हैं? किस तरह चंद्रमा के खिंचाव से समुद्र में तरंगें उठती हैं?

इन्हें देखकर आश्चर्य होता है। पृथ्वी के तत्त्व क्या हैं, कितने हैं? अणु-परमाणु क्या हैं, वे कैसे टूटते हैं, बनते हैं? संक्षेप में कहिए तो इस संग्रहालय को अच्छी तरह देख लेना साइंस के हर पहलू से परिचित हो जाना है। बच्चे किस उत्सुकता से इन चीजों को देख रहे हैं। आनंद और आश्चर्य से उनकी आँखें चमक रही हैं। फिर किस तरह इधर-उधर वे दौड़-दौड़कर जा रहे, उछल रहे, स्वयं देख रहे और अपने मित्रों को दिखला रहे। जो इस तरह के वातावरण में पलेंगे, उनमें किसी दिन न्यूटन और फैरेडे तो पैदा होंगे ही।

यादगार के रूप में मैंने 'Science Since 1500' नाम की एक पुस्तक खरीदी, जो इस म्यूजियम से ही प्रकाशित है। विज्ञान के हर विभाग का साढ़े पाँच सौ वर्षों का इतिहास इसमें संकलित है। ज्यों ही पुस्तक खोली, पहला चित्र लियोनार्दो द विंची का देखा। लियोनार्दो, वह इतालवी चित्रकार जिसकी कृतियों को देखकर संसार की कोई भी चित्रशाला अपने को धन्य समझती है। वह यूरोप में विज्ञान का भी जन्मदाता माना जाता था। क्या यह हम कलाकारों के लिए गौरव की बात नहीं है?

ज्ञान-विज्ञान के बाद मनोरंजन हक ही हो जाता है। हम लोग पार्क पहुँचे। सबसे पहले झील में जाकर नौका-नयन की बहार लूटी। थोड़ी लूटी, बहुत देखी। झील में, मैदान में, किनारे पर, वृक्षों की छाया में— सब जगह रंगीनियाँ। तन उछल रहे हैं, मन उछल रहे हैं; कहीं भाग-दौड़, कहीं उठा-पटक। हा-हा, ही-ही; खिलखिल-खिलखिल! हर बगल में बगलगीर! संध्या का सुहाना समय। पंछी घोंसले में पहुँचे; मानव-पंछी घोंसले से बाहर चरने-चुगने को निकल पड़ा है। क्या उल्लू से कोई छूता-छाता नाता है इसका?

रात में पूरी मंडली के साथ ओम् प्रकाश के घर भोजन! वहाँ से लौटा हूँ तो दो दिनों की डायरी एक साथ लिखकर सोने के पहले घड़ी देख रहा हूँ, तो साढ़े बारह बज गए हैं— और कुछ चिट्ठियाँ लिखनी ही हैं।

□

: २६ :

खुला रंगमंच

४.६.'५२—लंदन

आज एक बड़ी अच्छी चीज देखी, जिसके देखने के लिए बहुत दिनों से लालायित था। जब बी. बी. सी. गया, वहाँ पता चला, आजकल रिजेंट पार्क में 'ओपन एयर थिएटर' चल रहा है। इधर लंदन में बी. बी. सी. का आफिस मेरा एक अड्डा बन गया है। वहाँ कितने ही हिंदीभाषी सज्जन रेडियो में काम कर रहे हैं। हिंदीभाषी प्रवासी भाइयों से भी वहाँ प्राय: मुलाकात हो जाती है। तुजा अभी हैं ही, कुमार सीरीं, सतीश, आलेहसन, देवहुति आदि परिचितों से गप्पें करने का मौका मिल जाता है।

एक तो रिजेंट पार्क का वातावरण। झीलों में बड़े-बड़े राजहंस तैर रहे। पार्कों में तरह-तरह के गुलाब खिल रहे। झाड़ी, कुंज, दूब—सब मनोहर। उतावली में हम कुछ पहले पहुँच चुके थे। टिकट कटाकर पार्क में इधर-उधर घूमते रहे। एक खुले रेस्तोराँ में बैठकर चाय भी पी। फिर, समय पर, थिएटर के हाते में घुसे।

रिजेंट पार्क में चारों ओर बालछड़ियों से घिरा यह खुला मंच है। बालछड़ियाँ सघन हैं, ऊँची हैं। उनमें एक तरफ कई फाटक बना दिए गए हैं। उन्हीं से प्रवेश करना होता है। भीतर पहुँचने पर पाया, एक ओर चंद्राकार रंगमंच है। रंगमंच के पीछे परदे की जगह झाड़ियाँ-ही-झाड़ियाँ हैं। हरे-हरे पत्तेवाले पेड़ों के बीच में लाल-पीले पत्तोंवाले पेड़-पौधे लगा दिए गए हैं, जिनसे झाड़ी बहुत खूबसूरत और रंगीन बन गई है। उन झाड़ियों में कई पगडंडियाँ-सी हैं, जिनसे होकर पात्र रंगमंच पर आते हैं। रंगमंच पर एक दरी या जाजिम तक नहीं—हरी-हरी दूब उगी हुई। दो पत्थर की चट्टानें दो जगहों पर पड़ी हैं, जब पात्रों को बैठकर बातें करनी हों तो इन पर बैठ जाएँ। एक तरफ एक छोटा सा झाड़ीदार पेड़ है—नेपथ्य से देखने या बात करने की रस्म इसीसे पूरी की जाती है। चंद्राकार रंगमंच के किनारे-किनारे जमीन

से सटी जरा सी ऊँची एक टट्‌टी-सी है; गेट से देखने पर बिजली की रोशनी का प्रबंध वहाँ है।

दर्शकों के बैठने की जगह ढालवीं है। बिना बाँहीं की, बिना गद्‌दे की कुरसियाँ रखी गई हैं। आगे-पीछे के हिसाब से उनके दरजे हैं। हमने फर्स्ट क्लास के टिकट लिये थे, सबसे अगली कतार में थे। कुछ लोग कुरसियों पर नहीं बैठकर तीन ओर की ऊँची सर जमीन पर बैठे हैं—सब्जे पर बैठकर सरसब्ज रंगीनी में मन को हरा करनेवाले अभिनय को बड़ी तन्मयता से देख रहे और जैसाकि हम लोग चिनिया बादाम फोड़-फोड़कर खाते हैं, उसी तरह कुछ चीजें फोड़कर चबा रहे थे। किंतु जो लोग मजे से खाना-पीना चाहें, उनके लिए भी प्रबंध है। बगल की झाड़ियों में दूकानें सजी हैं, जो चाहिए, खाइए-पीजिए।

आजकल वहाँ शेक्सपीयर का 'एज यू लाइक इट' चल रहा है। रॉबर्ट आटकिंस का निर्देशन था। ऑरलैंडो का पार्ट बैसिल हॉस्किस ने और रोजालिंद का पार्ट मेरी केरोज कर रही थीं। टचस्टोन का पार्ट थौर्नडाइक और ड्यूक का पार्ट ट्रिस्टन रॉबसन का था।

शेक्सपीयर के नाटकों का मजा तो रंगमंच पर देखकर ही पूरा लिया जा सकता है। फिर यह नाटक तो लगता है, जैसे खुले रंगमंच पर इन पेड़-पौधों के वातावरण में ही खेलने को बनाया गया था। वनवास में पड़े एक ड्यूक की कहानी है। जंगल में ही रोजालिंद और ऑरलैंडो में प्रेम होता है। उसके बहुत से पात्र भी जंगल निवासी हैं। अतः लगता था, शेक्सपीयर ने मानो इस नाटक की रचना इसी दिन के लिए की थी, जब उसके देश के भावी कलाकार उसे इसी तरह खुले आकाश के नीचे, खुली हवा में खेल सकेंगे।

परदे तो हैं नहीं, खेल के प्रारंभ की सूचना किस प्रकार दी जा सकेगी— मैं सोचता था। दो बार घंटी बज चुकी थी, अतः दर्शक इधर-उधर से सिमटकर अपनी सीटों पर बैठे उत्सुकता से मंच की ओर देख रहे थे। इतने ही में एक पगडंडी से एक आदमी ठेलागाड़ी खींचता हुआ आता दिखाई पड़ा। वह बड़ी तेजी से आ रहा था और उसके पीछे एक बूढ़ा दौड़ा आ रहा था— दोनों इस तरह कि लगता था, नौजवान शायद रंगमंच को बुहारने आ रहा है और बूढ़ा उसे समझा रहा है। रंगमंच के बीच में आकर नौजवान ने ठेलागाड़ी को खड़ा कर दिया और बूढ़े से बातें करने लगा। तब लगा, अरे, यह तो नाटक शुरू हो गया है। और इसी तरह बातें करते, ठेलागाड़ी को घसीटते वह नौजवान उस बूढ़े के साथ दूसरी पगडंडी से झाड़ी के भीतर चला गया तो मालूम हुआ, एक दृश्य समाप्त हो गया। एक तरफ की झाड़ी से कुछ पुकार हुई, दूसरी ओर से उत्तर की आवाज आई और फिर दो पात्र आकर बातें करने लगे;

कभी एक ही ओर से कई आदमी लड़ते-झगड़ते आए; इसी तरह पात्र आते रहे और फिर उसी नाटकीयता के साथ जाते रहे कि कहीं भी अस्वाभाविकता नहीं दिखाई पड़ती थी।

नाटक का पूरा अभिनय बहुत ही सुंदर था। रॉबसन के अभिनय में बड़ी ही गंभीरता और उच्च कुल की शान थी। ऑरलैंडो में यौवनजनित प्रेम और शौर्य का अच्छा प्रदर्शन हुआ था। थौर्नडाइक ने टचस्टोन का काम बड़ी सफलता से किया। मेरी केरोज सुप्रसिद्ध अभिनेत्री हैं। उनकी उम्र इतनी अधिक हो गई है कि सारे अभिनय-कौशल और मेकअप के बावजूद वह किशोरी, मुग्धा रोजालिंद के रूप में खप नहीं पाती थीं। जब कलकत्ता में मैंने शिशिर कुमार भादुड़ी को युवक मधुसूदन का पार्ट करते देखा था तो मुझे ऐसा ही लगा था। यूरोप के नाटकों में दो-चार बड़े अभिनेताओं के अभिनय पर ही सारी सफलता निर्भर नहीं करती। एक-एक पात्र छोटा-से-छोटा पार्ट इस खूबी से अदा करता है कि उनका सम्मिलित प्रभाव सारे नाटक को चमका देता है। यदि छोटे पात्रों के पार्ट को हटा दीजिए तो सारी चीजें सपाट लगें। इस दृष्टि से यहाँ एक-एक पात्र का अभिनय बहुत ही सुंदर रहा। रोजालिंद के अतिरिक्त सीलिया, फिवे, औड्रे और वह ग़ानेवाली लड़की—सबने कमाल दिखलाए। यों ही पुरुष पात्रों में दरबारियों से लेकर गड़ेरिए तक ने अपने छोटे-छोटे अभिनय के द्वारा ऐसे सम्मिलित प्रभाव की सृष्टि की कि नाटक में चार चाँद लग गए।

जब कुछ दिन था, तभी से नाटक शुरू हो गया था। ज्यों-ज्यों अंधकार होने लगा, धीरे-धीरे रंगमंच पर रोशनी बढ़ती गई; किंतु इस स्वाभाविक रूप में कि पता न चले कि कब रोशनी की गई। जब संध्या भीगी, बरफ के गोले गिरने लगे, हमारे बालों पर, कोटों पर वे किस तरह चमकते थे। कभी-कभी अधिक वर्षा गिरती है या झमाझम वर्षा हो जाती है। वैसे अवसरों के लिए इस रंगमंच की बगल में एक ढँपा हुआ रंगमंच तैयार रखा गया है—ऊपर से कन्वास का शामियाना-सा तना है।

आज दो खेल हुए थे, तो भी काफी लोगों की भीड़ थी। बहुत से भारतीय भी थे—फर्स्ट क्लास में अधिक भारतीय चेहरे ही दिखाई पड़े।

बी.बी.सी. में हुजा ने आग्रह किया कि दो चीजें दूँ। एक इस थिएटर पर, दूसरी पेरिस पर।

इटली के दूतावास में जाकर वहाँ के लिए वीजा लेने की कोशिश की। उफ, कितनी झंझट! दो-दो फोटो चाहिए, कसकर फीस चाहिए। उस दिन पेरिस में स्विट्जरलैंड का वीजा किस आसानी से मिल गया था।

मदाम तुसाओ की मोम की मूर्तियोंवाली प्रदर्शनी फिर देख आया। हमारे साथी देखकर आश्चर्यचकित रह गए। सचमुच चीज ही ऐसी है। हाँ, पिछली बार जहाँ ब्रिटिश मंत्रिमंडल में मजदूर सरकार के सदस्यों की मूर्तियाँ थीं, इस बार उनकी जगह चर्चिल आदि की मूर्तियाँ देखीं। इसे सब प्रकार नूतनतम बनाने की कैसी चेष्टा की जाती है!

□

: २७ :

कैंब्रिज : बच्चन

५.६.'५२—लंदन

पिछली बार ऑक्सफोर्ड देख आया था; सोचा, इस बार कैंब्रिज देख आऊँ। ये दोनों विश्वविद्यालय तो भारतीयों के लिए गुरुकुल रहे हैं न! हमारे बड़े-से-बड़े विद्वानों का गर्व यही रहा है कि वे इन विश्वविद्यालयों से गुरुमुख होकर आए हैं।

फिर एक आकर्षण और था। वहीं बच्चन थे। बच्चन से मेरी निकटता कैसे हुई, यह भी एक कहानी है। जब बच्चन ने 'मधुशाला' की पुकार दी, सारा हिंदी संसार उसमें बह चला। हममें अपने को 'पवित्रतम' समझनेवाले पं. बनारसीदास चतुर्वेदी तक उसके दौर में आ गए। एक मैं था, जो खड्गहस्त खड़ा था। मुझे चिढ़ एक प्रत्यक्ष अनुभव से हुई थी। एक बारात में गया था, देखा, कवि कहलानेवाले कुछ जंतु 'मधुशाला' की पंक्तियाँ गुनगुनाते हुए प्याले पर प्याले खाली कर रहे हैं—जैसे उन्हें गुनाह के लिए एक कुशान मिल गया हो।

एक दिन मैं अपने आफिस में बैठा था, एक अपरिचित व्यक्ति आया— भला-भला सा आदमी, घुँघराले बाल, हँसमुख चेहरा। आते ही उसने प्रणाम किया और कहा, 'कर कुठार आगे यह सीसा। मैं बच्चन हूँ!'

'अतिथि देवो भव' की परंपरा में पला मैं, भला घर में आए आदमी को कैसे दुत्कारूँ! बिठलाया, स्वागत-सत्कार किया। जब मालूम हुआ, उनकी पत्नी बीमार हैं। उन्हें दिखलाने को पटना अस्पताल में ले आए हैं, तब तो सारा क्रोध काफूर हो गया। करुणा जगी। जहाँ तक बन पड़ा, उनके लिए करता रहा। यही नहीं, धीरे-धीरे मैं बच्चन के सरल, भावुक व्यक्तित्व का प्रशंसक बन गया। उधर बच्चन ने भी धीरे-धीरे मधुशाला का जामा उतार फेंका; उनकी प्रतिभा प्रेम और विरह के अनमोल मोती उगलने लगी।

वही बच्चन कैंब्रिज में हैं, अत: उन्हें सूचना कर दी और चल पड़े कैंब्रिज

की ओर। किंतु यहाँ इटली के वीजा के चलते एक तो ट्रेन से ही हम देर से चले और वहाँ गए तो पता चला, वह कहीं बाहर चले गए हैं।

खैर, एक भारतीय विद्यार्थी मिल गए और उन्होंने ही कैंब्रिज दिखलाया। 'कैंब्रिज' नाम की उत्पत्ति 'कैम' नदी से हुई है, जिसके कितने पुल (ब्रिज) को कई बार हमें पार करना पड़ा। नदी छोटी है और इसीके किनारे-किनारे विश्वविद्यालय का विस्तार है। कुल मिलाकर इक्कीस कॉलेज हैं यहाँ। उनमें से कुछ प्रमुख कॉलेजों को देखा। ट्रिनिटी कॉलेज को भी देखा, जिसमें कभी पं. जवाहरलाल नेहरू पढ़ चुके हैं। मुझे ऐसा लगा, जैसी शानदार इमारतें ऑक्सफोर्ड में हैं वैसी कैंब्रिज में नहीं हैं; किंतु यहाँ सफाई का सिलसिला अधिक पाया। ऑक्सफोर्ड में मुझे धार्मिक वातावरण भी अधिक दिखाई पड़ा था।

जब हम पहुँचे, खुलकर धूप उगी थी। यह तो इंग्लैंड के लिए नियामत है। देखा, खेल के मैदानों में उस दुपहरिया में भी विद्यार्थियों की भीड़ है। खेल के समय भी नियमबद्धता अलग से ही स्पष्ट घोषित होती थी। जहाँ तक अपने देश के विश्वविद्यालयों की तुलना की बात है, यहाँ के विश्वविद्यालयों में एक खास अंतर तुरत दिखाई पड़ता है। अपने यहाँ विश्वविद्यालय रटंतू विद्यार्थियों का क्षेत्र मालूम होता है। खिंचे-मिंचे चेहरे या फिर लोफरों की जमात; जहाँ देखो, हुरदंग! लेकिन यहाँ ऐसा लगता है, मस्तिष्क के विकास के साथ व्यक्तित्व के विकास की ओर अधिक ध्यान दिया जाता है और साहसिकता के साथ अनुशासन की छाप हर चेहरे पर पड़ी दीखती है।

यहाँ की सुप्रसिद्ध लाइब्रेरी को हम देख आए। यह भी आशा थी कि बच्चन कहीं यहीं न पढ़ रहे हों। एक विद्यार्थी ने बतलाया था, उनका अधिक समय यहीं बीतता है। किंतु मेरे साथ जो विद्यार्थी थे उनके पास गाउन नहीं था, अत: लाइब्रेरी में उनका प्रवेश भी वर्जित था। संयोग से एक दूसरे भारतीय विद्यार्थी गाउन के साथ दिखाई पड़े और उन्हीं से लेकर हमारे विद्यार्थी ने हमारे लिए पास ला दिए। भीतर जाकर देखा, पुस्तकों का कैसा विपुल संग्रह है और उनमें से इच्छित पुस्तक पाने की कैसी सुविधापूर्ण व्यवस्था है। कोई भी पुस्तक चाहिए, पाँच मिनट के अंदर आपको उस विशाल संग्रहालय से निकालकर दे दी जा सकती है।

कुछ प्रयोगशालाएँ भी दिखलाई गईं। विज्ञान से अपरिचित होने के कारण मैं अधिक रस तो नहीं ले सका; हाँ, बड़े आश्चर्य से देखता रहा। पाया, प्रयोगशालाओं में तरह-तरह के प्रयोग चल रहे हैं।

डारविन ने देश-देश के जानवरों की जो हड्डियाँ और ठठरियाँ एकत्र कीं

उनका संग्रहालय देखने के लोभ को हम कैसे छोड़ सकते थे। उन्हें देख रहा था और सोच रहा था, कैसा था वह दिमाग, जिसने इन्हें इस तरह करीने से सजाकर जीवों के विकास का एक क्रमबद्ध इतिहास तैयार कर दिया? इन हड्डियों को पहले भी कितने लोगों ने देखा होगा; किंतु एक प्रतिभाशाली वैज्ञानिक की आँखों ने इनमें से एक इतना बड़ा तथ्य निकाल दिया कि सृष्टि के संबंध में लोगों की धारणा ही बदल गई।

कैंब्रिज से लौटते समय स्टेशन पर एन्यूरिन बिवान की पुस्तक 'इन प्लेस ऑफ फीयर' खरीदी। रास्ते में जहाँ तक पढ़ सका हूँ, उससे उसके विचारों की उग्रता का ही नहीं, मौलिकता का भी परिचय मिलता है। एक गरीब घर में पैदा हुआ क्रांतिकारी जब पार्लियामेंट का मेंबर चुना जाता है तो किस प्रकार उसपर भद्रता का भूत सवार होता जाता है। वह अपनी क्रांतिकारिता खो देता है और अंततः विरोधी दल का एक 'माननीय' सदस्य मात्र बन जाता है, इसका बिवान ने बड़ा अच्छा चित्र खींचा है। जनतांत्रिक समाजवाद का वह कट्टर पोषक है; किंतु उसमें पूरी क्रांतिकारिता भरी है—लेबर पार्टी का वह एक जाज्वल्यमान स्तंभ है और कुछ लोगों की दृष्टि में उसका भावी नेता भी।

हाँ, जिस समय हम लोग स्टेशन पर किताबें उलट-पुलट रहे थे, हमारे सामने लगी हमारी ट्रेन छूट गई। क्योंकि हम लोग सोच रहे थे, घंटियाँ बजेंगी, सीटी बजेगी, तब न गाड़ी खुलेगी। वहाँ तो समय हुआ और बिना घंटी और सीटी के ही गाड़ी खुली! जब खाली प्लेटफार्म देखा, हम भौंचक रह गए। किंतु थोड़ी देर बाद ही दूसरी गाड़ी आती थी, इसलिए अधिक कष्ट नहीं हुआ।

□

: २८ :

स्पेंडर के घर में

६.६.'५२—लंदन

आज की विशेष बात रही स्पेंडर के घर में दावत। स्टिफेन स्पेंडर इंग्लैंड की इस पुश्त के कवियों में अन्यतम माने जाते हैं। भारत में इनकी कविताओं को विशेष रुचि से पढ़ा जाता है और अँगरेजी की 'नई कविता' के यह प्रतीक माने जाते हैं। बड़ा ही सुंदर, सौम्य व्यक्तित्व। पेरिस में ही निमंत्रण दिया था, लंदन आने पर एक दिन हमारी दावत कबूल कीजिएगा। 'हमारी' से मतलब यह है कि उनकी पत्नी भी साथ थीं; वहाँ बिना गृहिणी की रजामंदी के आतिथ्य की बात भी नहीं सोची जा सकती। आज भोर में ही सांस्कृतिक स्वाधीनता संघ की लंदन शाखा के मंत्री उनकी ओर से बाजाप्ता निमंत्रण दे गए हैं।

'सपर' का निमंत्रण था। सपर का मतलब होता है, रात के भोजन के बाद का फल और पेय का निमंत्रण। पेरिस में ही मेरे एक मित्र ने जरा सी चर्चा कर दी थी शैंपेन की मर्मस्पर्शी सुगंध और गुलाबी नशा की। हम क्या जानते थे, कविजी उसे भूले नहीं हैं और इस दावत के बहाने वह शैंपेन की गंगा बहा देंगे!

स्पेंडर लंदन के ही एक अंचल में रहते हैं। छोटा सा दुमंजिला मकान है। बाहर से वह लंदन के मामूली मकान सा ही लगता है, किंतु भीतर पहुँचते ही लगा, निस्संदेह इसमें कोई विशिष्ट पुरुष रहता है। फर्श, छत, दीवार सबकी सजावट में एक खास किस्म की सादगी में सौंदर्य। दीवार पर एक भारतीय चित्र भी, जिसे स्पेंडर भारत से ले आए थे। जब मैंने खिड़की से नीचे आँगन की ओर झाँका, एक बगीचा-सा लगा। स्पेंडर की बीवी ने बताया, कविजी को फूलों का भी बहुत शौक है। इनके लालन-पालन में भी कवि का हाथ लगता है।

जब हम पहुँचे, कवि अपनी पत्नी के साथ स्वागत के लिए दरवाजे पर हाजिर थे। कवि-पत्नी अपने घर के वातावरण में और भी खूबसूरत लग रही थीं। हमने

दरयाफ्त किया, बच्चे कहाँ हैं? बताया गया, भोज में बच्चों को शामिल नहीं किया जाता। जब हम खा-पीकर लौटने लगे, हमारे आग्रह पर बच्चों की हमसे भेंट कराई गई। घर की दासी भी उसी समय हमारे सामने हुई; उसे बड़ी उत्सुकता थी शीलाजी की साड़ी देखने के लिए।

धीरे-धीरे लंदन की साहित्यिक मंडली के कुछ प्रमुख सदस्य वहाँ पहुँचने लगे। लुई मेकनिस आए, रोज मेकाले आईं; कोयस्लर की पत्नी आईं, उडरो वायट आए, चार-पाँच और लोग भी जिनसे हमारा परिचय कराया गया। श्रीमती रोज बहुत बूढ़ी हो चुकी हैं। कोयस्लर की बीवी इतनी छोटी और दुबली-पतली थीं कि कोई भी उन्हें उठाकर हवा में उछाल दे। उडरो वायट से पार साल भी भेंट हुई थी, जब वह लेबर सरकार के पार्लियामेंटरी सेक्रेटरी थे। उन्होंने फिर राजनीतिक चर्चा छेड़ी और कहा, नेहरू को चाहिए कि वह सोशलिस्ट पार्टी में शामिल हो जाएँ और उसके आधार को विस्तृत करें। तभी एशिया में कम्यूनिस्टों के बढ़ाव को रोका जा सकता है। कोयस्लर लंदन से बाहर थे, उनका प्रतिनिधित्व उनकी बीवी कर रही थीं।

अँगरेजी दावत से मैं ऊब जाता हूँ। ढाई-तीन घंटे तक प्राय: खड़े-खड़े खाते रहिए, पीते रहिए, बातें करते रहिए। स्त्रियों की संख्या बड़ी होती ही है। उनसे बातें करना तो लाजिमी होता ही है। बातें भी बहुत हलके किस्म की। किंतु आज की दावत में कहीं ऊब नहीं आई। चुने-चुनाए, साहित्यिक रुचि के लोग थे; फिर स्पेंडर और उनकी बीवी की आवभगत। स्पेंडर शैंपेन की बोतल लिये हर मेहमान के गिलास की ओर चौकस नजर रखते और जरा भी खाली देखा, जबरदस्ती भर देते। फल की तश्तरियों की ओर भी ध्यान—जरा इसे चखिए, जरा इसे भी तो देखिए। मैंने एक चर्चा चलाई। हमारे यहाँ जब हम कवि के घर पहुँचते हैं, यह आशा रखते हैं कि दावत के साथ उनकी कविता सुनने का भी सौभाग्य प्राप्त होगा। मेकसन ने इस सूत्र को पकड़ा और स्पेंडर को तंग किया; किंतु वहाँ तो इसका रिवाज भी नहीं।

स्पेंडर चाहते हैं कि भारत में चित्रों की एक प्रदर्शनी की जाय। एशियाई चित्रकारी की अंतरंग भावनाओं से वह बहुत ही प्रभावित थे। उनकी यह भी इच्छा देखी कि भारत में सांस्कृतिक स्वाधीनता संघ की शाखाओं का जाल बिछा दिया जाय। मैंने सुझाव दिया, आप एक बार चलिए और सभी प्रमुख नगरों का दौरा कीजिए। आपकी कविता के प्रशंसकों की हमारे देश में कमी नहीं। उन्होंने बताया, पिछली बार जब वह भारत गए थे, कम्यूनिस्टों ने शोर मचाया कि वह अमेरिका के एजेंट हैं। जब उन्होंने अपनी कुछ नई कविताएँ सुनाईं तब कहीं भ्रम दूर हुआ। मैंने कहा, सांस्कृतिक स्वाधीनता संघ का यही तो अभिशाप है कि कम्यूनिस्टों ने ऐसा

शोर मचा रखा है, मानो वह अमेरिकन संस्था है। यह भ्रम तभी दूर होगा जब स्पेंडर, सिलोने ऐसे लोग एशिया के देशों में दौरे करें।

आज दिन भर बूँदाबूँदी होती रही। बीच में बी.बी.सी. में जाकर 'पेरिस नहीं भूलती' का स्क्रिप्ट दे आया। जब मैं उधर गया था, इधर बच्चन आए और होटल में पुरजा रख गए कि तीन-चार बजे के बीच आ रहा हूँ। अतः बिछावन पर लेटे-लेटे उनकी प्रतीक्षा करता रहा।

प्रतीक्षा और वर्षा। वर्षा प्रतीक्षा को कितना मधुर बना देती है—नहि आए घनश्याम घिरि आई बदरी!' या विद्यापति का—'ईभर बादर माह भादर सून मंदिर मोर!' घुमड़ते आकाश और उमड़ते हृदय में बहुत दिनों की रिश्तेदारी है न! घन घमंड घन गरजत घोरा, प्रियाहीन डरपत मन मोरा!'

किंतु कहाँ मैं, कहाँ प्रिया। लंका और किष्किंधा की दूरी से कहीं बड़ी दूरी है लंदन और पटना के बीच। फिर, जब यहाँ वर्षा हो रही है, ठंडी हवा के झोंके ऊनी कपड़ों की तह को भी छेदकर कलेजे को कँपाना चाहते हैं। पटना में लू चलती होगी, लोग घरों में बंद होंगे, पंखे चल रहे होंगे, गरमी से हाय-हाय कर रहे होंगे। आज दुनिया बँटी हुई है; इंग्लैंड अँगरेजों का है, भारत हमारा है। किंतु कुछ दिनों में ये सारे प्रपंच दूर होंगे; एक दुनिया होगी, हम सब इसके समान नागरिक होंगे। यातायात के साधनों में बड़ी तरक्की होगी। तब जाड़े के दिनों में हम प्रतीक्षा में होंगे, ठंडे देशों के हमारे भाई-बहन कब हमारे अतिथि होते हैं। यों ही गरमियों में वे लोग हम लू वाले देशों के लोगों की प्रतीक्षा में आँखें बिछाए होंगे। वह शुभ दिन कब आएगा?

निश्चित समय पर बच्चन आए। किस प्रेम से मिले। जब हम कैंब्रिज गए थे, एक पुरजा उनके घर छोड़ आए थे। लेकिन यह लिखना भूल गए कि लंदन में हम कहाँ ठहरे हैं। उन्हें क्यों कष्ट दिया जाय, यह बात भी थी! किंतु पुरजा पाते वह आज लंदन आए और लगे हमें ढूँढ़ने। पहले दूतावास में पहुँचे, फिर यूनिवर्सिटी एरिया में आए कि भारतीय विद्यार्थियों से कुछ पता चले। उनका अंदाज सही निकला—जिस पहले भारतीय विद्यार्थी से भेंट हुई उसीने मेरा पता बता दिया।

साचे के नाटकों ने मन को मोह लिया है। राजनीतिक घटनाओं पर कितने अच्छे नाटक तैयार किए हैं उसने! अब तक मैं ऐतिहासिक नाटक लिखता रहा, क्यों न राजनीतिक नाटक लिखूँ—राजनीति में डूबा रहा हूँ। उसे बहुत ही निकट से देखा है, यदि कोशिश करूँ, शायद अच्छी चीजें दे पाऊँ!

□

: २९ :

कोहेनूर : रानी : आनंद वाटिका

७.६.'५२—लंदन

एक बजे दिन को निकला, सो साढ़े बारह बजे रात को लौटा हूँ। थकावट से चूर-चूर। किंतु कैसी अजीब आदत! बिना कुछ लिखे सोना मुश्किल। मित्रों को पत्र लिखकर अब डायरी लिखने बैठा हूँ।

आज सबसे पहले लंदन टावर देखने पहुँचा। यहीं कोहेनूर है। यह टावर पहले राजभवन था। प्राचीन राजभवनों की तरह इतिहास के कितने ही करुण पन्ने इसके साथ जुड़े हुए हैं। कितने ही सिर पर यहाँ ताज रखे गए, कितने ही सिर यहाँ गाजर-मूली की तरह कटकर गिरे। ताज और सिर का अजीब संबंध रहा है। दुनिया में कितने ही सिर ताज से आभूषित हुए हैं, कितने ही सिर ताज की वेदी पर बलि चढ़े हैं।

इंग्लैंड के ताज में वह भारत का कोहेनूर जगमगा रहा है। कितना बड़ा हीरा! कैसा चमचमाता हुआ हीरा! उस हीरे को देखकर शिवाजी का हृदय भावुकता में आ गया—क्यों न इसे भारत ले चला जाय। अपने देश में भी ऐसी चर्चा सुन रखी थी। किंतु मैं इसके खिलाफ हूँ—कोहेनूर गया नहीं कि किसीके सिर में इसके पहनने का शौक पैदा हुआ। इतिहास में पहली बार भारत ने प्रजातंत्र अपनाया है, अनियंत्रित राजसत्ता का यह प्रतीक हमसे सात समुद्र पार दूर रहे, यही अच्छा।

और, इंग्लैंड में इसका कोई खतरा नहीं, क्योंकि इंग्लैंडवाले जानते हैं, ताजवाले सिर की पूजा कैसे की जाती है। उसपर प्राण भी देंगे; किंतु उस सिर को काटने से भी नहीं हिचकेंगे।

यही परसों लंदन में क्या हुआ? 'ट्रूपिंग ऑफ कलर' की धुन थी। चार शताब्दियों के बाद इंग्लैंड की गद्दी पर एक रानी बैठी है। रानी का जन्मदिन था। उसकी सवारी निकली—घोड़े पर वह चढ़ी थी, बड़ी गंभीर मुद्रा में। एक लाख आदमी जय-जयकार कर रहे थे। एक तो रानी, फिर नवयुवती और सुंदरी। जब

सवारी राजमहल को लौटी, झरोखे पर जाकर उसने मुसकराते हुए लोगों का अभिवादन किया। फिर क्या था, जनता पागल-सी होकर उछलने लगी— लड़कियाँ, बूढ़े, जवान सब जैसे अपनी उम्र भूल गए हों!

और इसी जाति ने अपने एक राजा को फाँसी पर चढ़ा दिया था; उसकी सजा और फाँसी दोनों के सबूत को जुगो कर रखे हुई है।

टेम्स के किनारे हम जा रहे थे। पता चला, पार साल जो 'फेस्टिवल आफ ब्रिटेन' हुआ था, उसके मनोरंजन विभाग को 'आनंद वाटिका' के नाम से अब तक जीवित रखा गया है। उसके लिए टेम्स से अगिनबोट जाया करते हैं। जब हम बोट की प्रतीक्षा में थे, उसी समय अखबारों में लीड्स में होनेवाले भारत और इंग्लैंड के क्रिकेट मैच का नतीजा निकलने लगा था। एक नौजवान हमें देखकर चिल्ला उठा, हार रहे हो! शिवाजी ने कहा, हम जीतकर रहेंगे। उसने हाथ हिलाया, विशिंग यू गुडलक! खेलों के प्रति कैसी अनुरक्ति है इस जाति में! आज अखबारों के संस्करण पर संस्करण निकल रहे हैं और लोग लूट रहे हैं जैसे। सबके हाथ में अखबार— अपनी जीत पर कैसे खुश हैं वे! और, अपनी हार इस पर पुरी में कैसी खल रही है हमें!

अगिनबोट पर हम बैटरसी की ओर चले। टेम्स के बीच से उसके दोनों किनारों के लंदन के वैभव को देखते हम आनंद वाटिका पहुँचे।

काम को नहीं भूलो, मौज को नहीं भूलो। दस से पाँच तक खटो, मरो। फिर संध्या होते ही रंगीनियों में, राग-रंग में डूब जाओ। इस राग-रंग के लिए क्या-क्या न प्रबंध है! लंदन पार्कों की पुरी है। जिधर निकल जाइए उधर ही पार्क—फूलों से, झाड़ियों से, कुंजों से जगमग! लंदन शहर का जो रकबा है उसमें एक-तिहाई जमीन में पार्क हैं। पार साल जब सौ वर्षों के बाद उस महान् उत्सव की तैयारी हुई, राग-रंग के लिए इस आनंद वाटिका—प्लेजर गार्डन—का आयोजन हुआ। जब उत्सव समाप्त हुआ, चारों ओर से रोशनी, आनंद-विनोद की चीजें यहाँ और भी एकत्रित कर दी गई हैं। सारी वाटिका रंग-बिरंगी रोशनियों से जगमग। तरह-तरह के खेल, खिलौने। तरह-तरह के झूले। ऐसे-ऐसे बिजलियों से संचालित झूले कि देखते ही होश गायब! किस वेग से कभी आसमान में फेंक देते हैं, कभी पाताल में उतार देते हैं! किंतु साहसिक युवक-युवतियों के लिए इनमें भी मौज। कुछ झूलों में अजीब प्रकार के विनोद— एक ऐसा झूला, जिसपर दो-दो करके युवक-युवती बैठ जाते हैं। झूला तेजी से घूमने लगता है। घूमते-घूमते अचानक हर जोड़ी पर परदे गिर जाते हैं। अब परदे के भीतर झूला झूलते हुए जो चाहे, कीजिए!

तरह-तरह के फव्वारे। उन्हें रोशनियों से कैसा रंगीन और दिलचस्प बना दिया गया है! एक सीढ़ी है, जो बहुत दूर तक, पेड़ों की डाल-डाल चली गई है; भुक अँधेरे में उसपर टहलिए। एक स्वप्नपुरी है—टेढ़े-मेढ़े सुरंग से नीचे घुसते जाइए और वहाँ भले-बुरे सपनों को प्रत्यक्ष देखिए। बुरे सपने—भयानक चेहरे, धधकती आग, भीषण चीत्कार; भले सपने—परियाँ हैं, मस्त कुमारियाँ हैं, इंद्रधनुष हैं, रंगीन झरने हैं, सुमधुर गुंजार हैं।

आनंद वाटिका में सभी आनंद मना रहे थे। हमने भी दो घंटे वहाँ की रंग-रेलियों में हाथ बँटाया। फिर टेम्स से ही लौटे—अगिनबोट पर युवक-युवतियाँ आनंद-मग्न हो सम्मिलित स्वर में गीत गाते जाते थे।

□

: ३० :

सोशलिस्ट ग्रुप : लेबर पार्टी

९.६.'५२—लंदन

कल रविवार था; पूरा रविवार मनाया— सारा लंदन रविवार मनाता है न! दिन भर टिप-टिप वर्षा भी होती रही। लंदन अपने असली रूप में था।

बीच में इकबाल गाया से भेंट हो गई थी। वह सोशलिस्ट ग्रुप के सेक्रेटरी हैं। पार साल भारतीय विद्यार्थियों के इस ग्रुप के बहुत निकट आया था। ज्यों ही उन्हें खबर हुई, उन्होंने तय किया, आज वे लोग मुझसे कहीं मिलेंगे।

इकबाल गाया के घर पर ही बैठक हुई। विलायत में आने पर भी इन लोगों में अपने देश के लिए कितनी ममता है, अपने समाज के भविष्य की रूपरेखा के बारे में कैसी चिंता है! पिछले चुनाव में पार्टी को जो विफलता हुई, उससे वे लोग कुछ उदास जरूर थे, किंतु उन्होंने हिम्मत नहीं हारी है। उनका विश्वास है, हमारी हार के पीछे हमारी सैद्धांतिक कमजोरी नहीं रही है बल्कि साधन की कमी रही है। अगले चुनाव में हमारी बाजी जरूर रहेगी। इन लड़कों की हिम्मत देखकर मुझे बड़ी प्रसन्नता हुई।

शाम को उन्हींके साथ एक फ्रेंच सिनेमा देखने गया, जो इस साल का सर्वश्रेष्ठ फ्रेंच चलचित्र समझा जाता है। बड़ी मौलिकता पाई इस चित्र में। एक निर्माता आता है और जादू की छड़ी घुमाता हुआ एक पर एक दृश्य दिखाता जाता है—प्रेम के भिन्न-भिन्न रूपों का। सैनिक का प्रेम, व्यापारी का प्रेम, विद्यार्थी का प्रेम, वर्जित प्रेम, ग्राह्य प्रेम—ऐसे छोटे-छोटे प्लाट और इतना बढ़िया अभिनय कि शुरू से अंत तक उत्सुकता कायम रही। हमारे यहाँ के सिनेमा को कोढ़ लग गया है जैसे—बस पिटी-पिटाई लीक पर मिलन-विरह, आह-ऊह, दुर्घटना और उससे बचना, फिर विवाह, शहनाई—कभी गधे पर चढ़ना, कभी नायिका को कंधे पर चढ़ाना, कभी बंदर सा मुँह चिढ़ाना, उफ! ये लोग कुछ दिनों तक अपना सारा कारोबार बंद क्यों नहीं कर देते?

कल भोर में ही हमें लंदन छोड़ देना है। एयर इंडिया से बातें तय हो चुकी हैं। जो कुछ करना-धरना था, आज कर लिया। शिवाजी और शीला देहात देखना चाहते थे; किंतु समयाभाव के कारण इस विचार को त्याग देना पड़ा।

सबसे पहले बाजार जाकर एक ओवरकोट खरीदा। इधर कई दिनों से बूँदाबूँदी हो रही थी। फिर स्विट्जरलैंड की 'जुंग फ्राउ' चोटी पर तो इस बार जाना ही है। बिना ओवरकोट के वहाँ काम कैसे चलेगा।

कल ही ग्रुप के लड़कों ने तय किया कि मैं लेबर पार्टी के आफिस में भी जरूर जाऊँ। उन्हीं लोगों ने पहले से तय कर रखा था। मिश्रा को लेकर जाना था। इंडिया हाउस से उन्हें लिया। वहीं डॉ. कौमुदी से भेंट हुई, जो 'नई धारा' में सदा लिखा करती थीं। आजकल इंडिया हाउस के प्रचार विभाग में हैं। जलपान का निमंत्रण दिया; किंतु अब समय कहाँ रह गया है, उनसे क्षमा माँग ली। लेबर पार्टी के आफिस 'ट्रांसपोर्ट हाउस' में वही कार्य-व्यस्तता, उसकी वही शान, यद्यपि अब पार्टी की सरकार नहीं रह गई है। विदेश विभाग के सेक्रेटरी से मिले; देखते ही पहचान लिया उन्होंने। पिछले चुनाव के बारे में बातें हुईं। उनका कहना था, पहले चुनाव की दृष्टि से यह कोई बुरा नतीजा नहीं था। अब बातें निर्भर करेंगी कि जो लोग भी तुम्हारे गए हैं वे वहाँ कैसा और क्या करते हैं। एक बात से वह चिंतित थे। हमने जमीन के बँटवारे का जो नारा दिया, उसका महत्त्व वह नहीं समझ सके थे। कहने लगे—इससे तो जमीन आदि भी टुकड़ों में बँट जाएगी, जिससे उत्पादन में कमी आ जाएगी। हमने उन्हें समझाया, यह खतरा नहीं है। जमीन तो आज भी टुकड़ों में बँटी है। ये टुकड़े भी उनके हाथों में नहीं हैं, जो उसपर पैदावार करते हैं। इसलिए पैदावार दिन पर दिन कम होती जाती है। हम चाहते हैं कि इन टुकड़ों पर उनकी मिल्कीयत हो जो, यथार्थत: उनके हकदार हैं। जमीन पर स्वामित्व का भाव उनमें मेहनत करने और अधिक पैदा करने की प्रेरणा भरेगा। फिर नए बँटवारे के समय हम इसपर भी तो ध्यान रखेंगे ही कि जिन किसानों को जमीन मिले, एक साथ, एक जगह मिले। अत: जमीन टुकड़ों में नहीं बँटकर ठीक इसके विपरीत तब कम टुकड़ों में बँटी होगी। तभी हम उनपर वैज्ञानिक खेती कर सकेंगे। उत्पादन तभी बढ़ेगा।

हमने उनसे आग्रह किया कि एक बार आपमें से कोई भारत चले और हम लोगों के कार्यक्रम को समझ आवे। इतनी दूर पर सिर्फ कागजात के जरिए सारी चीजें समझी भी नहीं जा सकतीं। तब उन्होंने पैसों के अभाव की बात पेश की। आपकी पार्टी को भी पैसे का अभाव? गरीबों की पार्टी है न। जो पैसे आते हैं, यहाँ के खर्च

से ही नहीं बच पाते। गरीबों की पार्टी—चाहे वह भारत की सोशलिस्ट पार्टी हो या इंग्लैंड की लेबर पार्टी—सदा पैसों के अभाव में ही बढ़ेगी, ऐसा मुझे लगा।

वहाँ से रॉयल एकेडमी में आया—लियोनार्दो द विंची के चित्रों की प्रदर्शनी देखने। द विंची की मृत्यु की तीन सौ पचासवीं वर्षगाँठ मनाई जा रही है। द विंची इटालियन चित्रकार था—और लंदन में यह प्रदर्शनी! कलाकारों के प्रति ऐसा सम्मान यूरोप में ही देखा। प्रदर्शनी में लियोनार्दो का वह सुप्रसिद्ध चित्र देखा—'लास्ट सपर'—जिसमें ईसा अपने शिष्यों को रात के भोजन के टेबुल पर बताते हैं, यह उनका अंतिम भोजन है। कल उन्हींमें से एक की गद्दारी से वह गिरफ्तार किए जाएँगे! कहते हैं, इस चित्र के 'ईसा' और 'जुडा' के मॉडेल के लिए चित्रकार को वर्षों परीशान रहना पड़ा। अंत में एक यहूदी युवक से 'ईसा' की प्रतिकृति ली। 'जुडा' के लिए वह फाँसी की सजा पाए हुए अभियुक्तों को देखता फिरा। 'जुडा' ने ही ईसा के साथ गद्दारी की थी।

कितना बड़ा चित्र—ईसा के मुँह पर कैसी शांति, जुडा के मुँह पर अपराध की स्पष्ट रेखा। द विंची अद्भुत प्रतिभाशाली था। बिना पाये के पुल का, हवाई जहाज का, टैंक का, इसी तरह कई आनेवाले आविष्कारों का नमूना उसने तैयार किया था। उन्हें भी वहाँ रखा गया था। फिर उसकी वह स्केच बुक, जिसमें उसने मनुष्य, जानवर, पंछी आदि के भिन्न-भिन्न रूपों और मनोभावों का चित्रण किया है। मुरदे की चमड़ी उधेड़कर उसने मांसपेशियों और अँतड़ियों का अध्ययन किया था। सबके स्केच उस बही में मूल रूप में दर्ज हैं। स्केच बुक की एक छोटी प्रति छपकर बिक रही थी, मैंने उसे खरीद लिया।

वहाँ से जाकर बी.बी.सी. में 'पेरिस नहीं भूलती' नाम की वार्त्ता रेकार्ड कराई। एक वार्त्ता शिवाजी की भी रेकार्ड की गई। फुरसत नहीं हुई कि दूसरी वार्त्ता रेकार्ड करवा सकूँ। यों इस काम में पैसे भी काफी मिलते हैं—हर मिनट एक गिन्नी, जो पौंड से कुछ अधिक ही होती है।

दु:ख है, लाख चेष्टा करने पर भी हिंदी केंद्र के लोगों से भेंट नहीं कर सका। मैं तो पिछली यात्रा में ओम् प्रकाशजी को मंत्री बना आया था और डॉ. कमल कुलश्रेष्ठ को उसका सभापति। किंतु ओम् प्रकाशजी से पता चला, बीच में झगड़े शुरू हुए और उन्होंने अपने को हटा लिया। अब जिन लोगों के हाथ में वह है, उनसे मैं नहीं मिल पाया। हाँ, हुजा ने बताया, उससे जो जागृति फैली उसके चलते कई हिंदी संस्थाएँ लंदन में बन गई हैं, जो अपने-अपने दायरे में अच्छा काम कर रही हैं। यदि समय होता तो फिर एक बार चेष्टा करता कि इन संस्थाओं को संबद्ध करके

'हिंदी केंद्र' को सुचारु रूप से चलाने का प्रबंध कर जाऊँ। सेठ गोविंद दास और श्री पुरुषोत्तम दास टंडनजी से इसके संबंध में बातें हुई थीं।

रात में युगोस्लाविया सरकार द्वारा संयोजित एक बैले पार्टी के नृत्य एक थिएटर भवन में देखे। कई मित्रों ने सलाह दी, इसे देखना मत चूकिए। सचमुच वहाँ पहुँचकर उसे देखकर निहाल हो उठा! सभी नृत्यों की पृष्ठभूमि देहात थी। देहाती पोशाक, देहाती बाजे, देहाती गीत, देहाती नृत्य। उन नृत्यों में, पोशाकों में, सुरों में बहुत कुछ भारतीयता पाई। अपने ही देश के ऐसे ताशे थे, वंशी भी अपनी ही थी, एक नृत्य में घुँघरू भी अपना ही था। पोशाक में भी अपने देश के ही ढंग के घाघरे, ओढ़नी, सुथने और जूते भी। कभी-कभी ऐसा लगता था, अपने आदिवासी भाई-बहनों के नृत्य देख रहा होऊँ। हाँ, उनके चेहरे बिलकुल नेपाली ढंग के थे और नेपाली ढंग की ही गोल टोपियाँ, घुंडीदार बंडियाँ, कमरबंद और चुस्त पाजामे। नृत्य और संगीत का कुछ ऐसा समाँ था कि इच्छा होती थी, कल भारत जाना बंद करके युगोस्लाविया का ही टिकट कटा लूँ। कई नृत्यों में वीर रस का बड़ा पुट—गोरिल्ला युद्ध, तलवार युद्ध को नृत्य में ही साकार करते। लड़कियाँ छोटे कद की, हलके बदन की; नाचतीं तो लगता, तितलियाँ उड़ रही हैं। कहीं जरा अश्लीलता की गंध नहीं। मर्दों के नृत्य भी बड़े प्रभावशाली। युगोस्लाविया की सरकार ने इस नृत्य मंडली को यूरोप के दौरे पर भेजकर बड़ी बुद्धिमानी का काम किया है। जो कम्यूनिस्ट युगोस्लाविया के नाम से ही चिढ़ते हैं, वे भी इसकी प्रशंसा कर रहे थे।

यह बड़ी अच्छी बात हुई कि लंदन की अंतिम रात में ऐसी अच्छी चीज देख ली। 'मधुरेण समापयेत' की कहावत पूरी तरह सार्थक हुई। आज माथुर साहब और कोयराला को इस नृत्य के बारे में पत्र भेजे और जितिन को लिख दिया, मैं २०. को बंबई पहुँच रहा हूँ।

□

: ३१ :

जिनेवा की सुहावनी संध्या

१०.६.'५२—लंदन से जिनेवा

आज भोर में लंदन छोड़ा। यों दूसरी बार लंदन से विदा ली। जब चला, मीठी धूप उग आई थी। लंदन अप्रत्याशित रूप से सुहावना लग रहा था। होटल से 'एयर इंडिया' के आफिस में, वहाँ से हवाई अड्डे की ओर। जब स्लाक एरिया पार कर रहा था, वहाँ के दृश्य से मुग्ध हो रहा। वे छोटे-छोटे खिलौने के ऐसे घर, हर घर के आगे फूल, पीछे बाड़ी। छोटे-छोटे सुंदर, रंगीन, सुहावने घर—प्रायः दो मंजिल के। ऊपर की मंजिल पर खपरैल। पीले मकान, लाल खपरैल, नीचे हरी घास, रंगीन फूल। इतने हलके लगते थे वे कि इच्छा होती थी, एक घर को उसके बाड़े के साथ हथेली पर उठाकर लेता चलूँ। इन घरों में यहाँ के मजदूर रहते हैं।

पचास मिनट की बस यात्रा के बाद लंदन का एयरपोर्ट आता है। पालम भी तो दिल्ली से काफी दूरी पर है।

एयरपोर्ट पर 'एयर इंडिया' नाम पढ़कर ही प्रसन्नता हुई। आखिर वह दिन भी आया कि हमारे वायुयान संसार के कोने-कोने में उड़ने लगे। अभी इन वायुयानों के कुछ पुरजे बाहर बनते हैं; किंतु प्रबंध तो पूरा अपना है और भीतर की साज-सज्जा भी अपनी है। भीतर चलिए, देखिए, सीट के सामने थैले में जो पंखा है, उसपर दो भारतीय लड़कियों के चित्र हैं—एक मृदंग बजा रही है, एक करताल लिये नाच रही है। रास्ते के जो चार्ट आदि हैं, सब पर भारतीयता की छाप। खाने के समय नेपकिन की जगह जो कागज का टुकड़ा दिया गया है उसपर एक भारतीय खानसामा किस अदा से सलाम कर रहा है!

उड़ना—यह मुझे कितना प्रिय है। उड़ने के पहले प्रायः लोग बीमा करा लेते हैं। बीमा, यानी खतरा। खतरे का भाव आया कि आनंद गया। मैंने कभी बीमा नहीं कराया, न कराऊँगा। मैं तो हवाई जहाज को सभी सवारियों में सबसे अधिक

आनंदप्रद मानता हूँ। जब मैं गति में होता हूँ, मेरा मस्तिष्क भी गति में होता है। हवाई जहाज की उड़ान मेरे मन-प्राण में उड़ान-ही-उड़ान भर देती है। और उन उड़ानों को कलमबंद करने की सुविधा तो हवाई जहाज पर ही होती है—उड़ते जाइए, सोचते जाइए, लिखते जाइए!

मैं उड़ा जा रहा हूँ। हमारा प्लेन अब बादलों के ऊपर है। यूरोप पर सदा बादल छाए रहते हैं। ये बादल उसे छाया देते हैं, सूरज की तीखी किरणों से उसे बचाते हैं, मीठी फुहार देते हैं। किंतु क्या बात है, इन बादलों की ही तरह सूरज पर सदा संकट के बादल मँडराया करते हैं। हमारे देखते-देखते दो महायुद्धों ने उसे तबाह किया है—तीसरे महायुद्ध की गड़गड़ाहट भी सुनाई पड़ रही है!

कभी-कभी बादलों के नीचे जमीन दिखाई पड़ती है। हरी-भरी जमीन, मेंड़ों और सड़कों ने जिन्हें अनेक टुकड़ों में बाँट रखा है। ये मेंड़ें न हों तो खेत में उपज न हो; ये सड़कें न हों तो आदमी का आदमी से संपर्क मुश्किल हो जाय। किंतु इन मेंड़ों ने, इन सड़कों ने आदमी-आदमी के बीच ऊँची-ऊँची दीवारें खड़ी कर दी हैं। हमने पृथ्वी को टुकड़ों-टुकड़ों में बाँटा, प्रकृति हमसे नाराज हुई। उसीका अभिशाप यह युद्ध है, महायुद्ध है। लड़ो, मरो। 'संसार एक हो' की पुकार है; किंतु जब तक ये मेंड़ें, ये दीवारें बनी हैं, क्या पृथ्वी एक हो सकती है? मेंड़ों को तोड़ो, दीवारों को ढहाओ।

नीचे गौर से देखता हूँ। लगता है, यह फ्रांस की भूमि है। मैं फ्रांस का प्रशंसक हो गया हूँ। उसकी कला ने, उसके सुंदर लोगों ने मुझे मोहित किया है। किंतु बेचारा फ्रांस—बार-बार तबाह होता रहा है। युद्ध का दानव जहाँ भी नृत्य शुरू करे, उसका ताल टूटता है इस फ्रांस पर ही। क्या बात है? क्यों यह बात है?

फ्रांसीसियों का स्वभाव अजीब है। जैसे भगवान् ने सिर्फ दिल-ही-दिल दिया हो। हृदय और मस्तिष्क में संतुलन हुआ ही नहीं—अपने बंगाल की तरह। भावना में बहे जा रहे हैं। फ्रांस में हर दो महीने पर सरकार बदलती रहती है। हर 'वाद' के लिए वह उर्वरा भूमि है! कम्यूनिस्टों का भी जोर है यहाँ। अभी पत्रों में पढ़ा है, वहाँ की पुलिस ने कुछ ऐसे गुप्त कागजात पकड़े हैं, जिनसे सिद्ध होता है कि युद्ध छिड़ने पर यहाँ के कम्यूनिस्ट अपने देश को रूस के सुपुर्द कर देते। न जाने इन कम्यूनिस्टों को अपने देश से क्या दुश्मनी है। मसानी कहा करते थे, भारतीय कम्यूनिस्ट अच्छे रूसी देशभक्त होते हैं! हर देश की यही हालत है, सिवा रूस के, जहाँ के कम्यूनिस्ट—जिनमें स्टालिन भी शामिल था—अपने देश पर संकट आने पर कम्यूनिस्टों की अंतरराष्ट्रीय संस्था को तोड़ने और मजदूरों के अंतरराष्ट्रीय गीत को छोड़ने से भी नहीं हिचके।

रात का जागरण! अभी-अभी झपकी आ गई थी। आँखें खुली हैं तो देखता हूँ, अब हम स्विट्जरलैंड में हैं। झीलें, पहाड़ियाँ, बगीचे, खेत। लगता है, प्रकृति ने यहाँ चित्रकारी की है। हाँ, ऊपर से देखने पर ये सारे दृश्य सचमुच सुंदर लैंडस्केप-से लगते हैं। बादल छँट चुका है, सुनहली धूप खिल आई है। चारों ओर सौंदर्य का झलमल!

जिनेवा का हवाई अड्डा। उतरकर प्रतीक्षालय में बैठा हूँ। सामान पीछे से लाए जा रहे हैं। अरे, यह क्या? मेरा एक बैग नहीं है! घबराता हूँ, खबर देता हूँ। एक अफसर दौड़कर एरोप्लेन में जाता है; मेरे बैग से लेबुल टूट गया था, इसीसे यह गड़बड़ी हुई। सामानों के साथ होटल में, जो पहले से तय कर लिया गया था। उसमें हमारे लिए जगहें सुरक्षित थीं।

मुँह-हाथ धोकर बाजार चला। कुछ चीजें खरीदनी थीं—घड़ियाँ, कैमरे। लंदन में कर्नल नाथ से भेंट हुई थी। कर्नल नाथ कभी हजारीबाग जेल में हमारे सुपरिंटेंडेंट थे। आजकल बिहार सरकार के स्वास्थ्य विभाग के डायरेक्टर जनरल हैं। उन्होंने बताया था, राष्ट्र संघ के स्वास्थ्य विभाग में उनके एक दोस्त हैं। हम उनसे मिलें तो वे चीजें सस्ती खरीदवा देंगे। सोने की घड़ियों में काफी मोल-तोल होता है। हम लोग राष्ट्र संघ के दफ्तर में गए। अमेरिकी राष्ट्रपति विल्सन का यह भव्य स्मारक! झील के किनारे एक नई बस्ती ही बस गई है। संसार की सभी अंतरराष्ट्रीय संस्थाओं का स्थायी आवास है। कितनी खूबसूरत जगह; कितनी सुंदर इमारतें! ऊपर देश-देश के झंडे लहरा रहे हैं, नीचे रंग-रंग के फूल खिल रहे हैं।

उन सज्जन से भेंट हुई तो उन्होंने अपनी व्यस्तता बतलाई; हाँ, एक दूकान का पता दे दिया। हम उस दूकान पर पहुँचे। घड़ियों के मोल-तोल होने लगे—जिसका दाम एक सौ चालीस फ्रैंक बताया था उसे पंचानबे फ्रैंक में देने को तैयार हो गया! सोचा था, पहले देख आऊँ, फिर पैसे ले जाकर खरीद लाऊँगा। किंतु पता चला, यहाँ दूकानें आठ बजे भोर में खुलतीं और शाम को सात बजे बंद हो जाती हैं। यों ही आफिस भोर में आठ बजे खुलते और बारह बजे बंद होते हैं। फिर दो बजे से पाँच बजे तक खुलते हैं। मन में एक बात उठी, क्यों न अपने देश में भी यही प्रबंध हो। अँगरेजों के देश में दस से पाँच बजे तक आफिस होते हैं। क्यों हम उन्हींका अनुकरण करते हैं; जबकि दुपहरिया में सबकी आँखें झपकती होती हैं—साहब, बाबू, चपरासी—सब ऊँघते होते हैं! प्रोफेसर, शिक्षक, विद्यार्थी—सबकी यही हालत रहती है!

वहाँ से ट्राम पकड़कर अकेले चला; किंतु पीछे याद आया, जहाँ से चला हूँ उस स्थान का नाम तो मुझे मालूम नहीं। मैं बगल के लोगों से पूछने लगा। किंतु वहाँ

अँगरेजी भाषा कम ही लोग समझ पाते हैं। सब मेरा मुँह ताकने लगे। दूर एक लड़की बैठी थी; वह निकट आई और मुझसे टूटी-फूटी अँगरेजी में बातें कीं। वह भली लड़की! उसने मुझे होटल पहुँचा दिया, फिर वहीं खड़ी रही। जब मैं होटल से चेक बुक लेकर लौटा, उस ओर जानेवाली ट्राम पर चढ़ा दिया और एक सज्जन से कह दिया कि मुझे कहाँ उतारना है। कहाँ वह लड़की, कहाँ अपने देश की तितलियाँ! और क्या ये उस लड़की से ज्यादा खूबसूरत होती हैं? उसके स्वस्थ गुलाबी गाल, भरा-कसा बदन, सुनहले उड़ते बाल— क्या शीघ्र भुलाए जा सकेंगे?

इन झंझटों से निवृत्त होकर हम जिनेवा झील के किनारे चहलकदमी करने लगे। यह झील, इसके टापू, इसमें तैरते हुए राजहंस, पाल उड़ाती हुई नावें, पृष्ठभूमि में हरी-भरी पहाड़ियाँ, किनारे-किनारे सुंदर रंगीन अट्टालिकाएँ, सजी-सजाई दूकानें, रंगीन छतरियाँ, फूलों की क्यारियाँ— संसार के सुंदरतम स्थानों में इनकी गिनती की जाती है।

झील का पानी कितना साफ! जहाँ हम किनारे पर खड़े हैं, एक राजहंस तैरता हुआ उसके निकट आया और बार-बार अपनी गरदन ऊँची करके फिर पानी में डुबोने लगा। क्या हमसे कुछ भेंट माँग रहा है? यहाँ लोग इनके खाने की कुछ चीजें लाते और पानी में डाल देते हैं। हम कुछ ला नहीं सके थे—देखिए, वह बेचारा हताश लौटा जा रहा है!

संध्या गहरी हुई और रोशनी चमचमा उठी। झील के किनारे-किनारे बिजली-बत्तियों की सघन माला। उन बत्तियों का प्रतिबिंब पानी में पड़ा और झील भी जगमग कर उठी। लगा जैसे पानी का हर कण बिजली-बत्ती बन गया हो। किनारे की बत्तियों की इस माला के नीचे-ऊपर मकानों और दूकानों की रंगीन रोशनी। थोड़ी ही देर में सारा दृश्य इंद्रजाल-सा लगने लगा।

इस इंद्रजाल से भाव-मुग्ध हम निकट के एक रेस्तोराँ में जा बैठे, जहाँ से इस अनुपम दृश्य को भी देखते रहें। किंतु रेस्तोराँ का दृश्य भी क्या कम मनमोहक है। छोटे-छोटे काठ के ऐसे घेरे बना दिए गए हैं जहाँ आप निश्चिंत होकर खा-पी सकें। घेरे के चारों ओर काठ के बक्सों में फूलों के पौधे हैं। चारों कोनों पर चार छोटे-छोटे स्तंभ, जिनपर फूलों के पौधे, फूलों से लदे। उनके नीचे बत्ती लगा दी गई है, बत्ती जल रही है, फूल हँस रहे हैं। बीच में खूबसूरत टेबुल और चार कुरसियाँ! यहाँ खाइए, पीजिए, मजे लीजिए। हर घेरे में लोग बैठे हैं, गिलास खनक रहे हैं, छुरी-काँटे झनक रहे हैं! बगल में मधुर बैंड बज रहा है। उधर फव्वारे से झर-झर पानी झड़ रहा है, जिसपर पड़नेवाली रोशनी उसे सतरंगी बना रही है। पेड़ों पर चिड़ियाँ

चह-चह कर रही हैं। स्वर और सौंदर्य का यह संगम मन-प्राण को तृप्त कर रहा है।

देशपांडे कहते हैं, जिनेवा ने पेरिस को भी मात कर दिया। यहाँ प्रकृति और पुरुष का जो समन्वय हुआ है वह पेरिस में कहाँ! किंतु शीला रानी कहती हैं, शाँ जलीजे फिर भी सुंदरतम है!

बहुत रात बीते हम होटल में लौटे—रास्ते में दूकानों की झाँकियाँ लेते। दूकानें बंद हैं, किंतु शीशे की खिड़कियों से उनका वैभव झाँक रहा और ग्राहकों को निमंत्रण दे रहा—कल फिर आना! स्विट्जरलैंड घड़ियों के लिए मशहूर है—ये घड़ियाँ देखिए! खिलौना और काठ की नफीस चीजों के लिए भी स्विट्जरलैंड की ख्याति है। जरा इनकी रंगीनियाँ देखिए! दूध की मिठाइयों के लिए भी इस देश की प्रसिद्धि है। तरह-तरह के चाकलेट, रंग के भले, स्वाद के रँगे! रंगीन कपड़ों के थान जो लटक रहे हैं, क्या इनकी छपाई स्विट्जरलैंड में ही हुई है?

स्विट्जरलैंड अपने गृह-उद्योग के लिए प्रसिद्ध है। वे वहाँ के किसान हैं, कारीगर हैं, जो अपने हाथ के बल और कौशल से अपने देश को सुखी-संपन्न बनाए हुए हैं और उसके राजनीतिज्ञों ने भी सदा यह बुद्धिमानी दिखलाई कि अपने देश को युद्ध से परे रखा!

□

: ३२ :

सामने 'जुंग फ्राउ' है!

११.६.'५२—इंटरलाकेन

वह सामने 'जुंग फ्राउ' है और मैं अपने होटल के बरामदे में बैठा यह लिख रहा हूँ।

जिस समय यहाँ पहुँचा था, यहाँ धूप-ही-धूप थी। उस उजली धूप में जैसे 'जुंग फ्राउ' खो गई थी। विद्यापति ने क्या खूब कहा है—

'आज पुनिम तिथि जानि मोंयें अयलौं उचित तोहर अभिसार!'

गोरी देह की कामिनी पूर्णिमा की चाँदनी में खो गई। जुंग फ्राउ की उजली चोटी धूप में खो गई थी।

किंतु अब जब सूरज देवता डूबने जा रहे हैं, जुंग फ्राउ का रूप-रंग निखरता जा रहा है। एक हलका, बहुत ही हलका नारंगी रंग उसे रँगता जा रहा है। हरी धरती और नीले आसमान के बीच एक धीमी सुनहरी चोटी जैसे उठ रही हो, खिलती जा रही हो।

ज्यों-ज्यों देखता हूँ, रंग गाढ़ा हो रहा है। राख उड़ती जा रही हो, अंगारा चमकता जा रहा हो!

उसके ऊपर बादलों के कुछ टुकड़े मँडरा रहे हैं। उसके दोनों ओर दो धूसर पहाड़ियाँ दिखाई पड़ती हैं। बीच में, जुंग फ्राउ के ठीक नीचे, वह हरी-भरी पहाड़ी टेकड़ी है, जहाँ से घूम-फिरकर अभी-अभी लौटा हूँ।

बगल की ये दो पहाड़ियाँ लगती हैं, जुंग फ्राउ की सहचरियाँ हों। या बीच में महारानी; दोनों बगल में दो चमरधारिणी! हाँ, चमरधारिणी कहना ज्यादा सार्थक होगा। देखिए न, उनकी चोटियों पर उजली-उजली बरफ चमक रही है!

हमारे यहाँ नदी की कल्पना स्त्री रूप में और पहाड़ की कल्पना पुरुष रूप में

होती आई है। फिर न जाने क्यों, इस पहाड़ का नाम 'जुंग फ्राउ' रखा गया, जिसका अर्थ होता है 'नई दुलहन'।

लेकिन नहीं, मैंने गलती की। यह तो पहाड़ नहीं, आल्प्स पहाड़ की एक चोटी है। जिन्होंने हमारे हिमालय पहाड़ की एक चोटी का नाम 'कंचनजंघा' रखा, क्या उन्होंने कोई गलती की थी?

पहाड़ की चोटियाँ—'सोने की जाँघवाली' या 'नई दुलहन'—क्या सूझ है!

किंतु इस 'नई दुलहन' पर तो कल लिखना है। कल भोर में उसकी चोटी पर जा रहा हूँ। अभी तो दो-चार शब्द इसलिए लिखना पड़ा कि इस बरामदे पर बैठा नहीं कि वह नजर के सामने आ गई।

अरे, थोड़ी देर में ही वह क्या बन गई है! अब तो वह तपे सोने-सी, कुंदन-सी चमक रही है, चमचमा रही है। कुंदन की एक विशाल ऊर्ध्वगामी स्तूप-सी वह लग रही है अब! क्या किया जाय—उसे देखते रहा जाय या लिखा जाय? दोनों काम एक साथ हों, यह तो दुःसाध्य ही लगता है।

किंतु, लिखना तो छोड़ा नहीं जा सकता। इसके लिए मुश्किल से तो समय निकाल पाता हूँ। जहाँ थोड़ी फुरसत मिली, लिखने लगता। अन्य लोगों की क्या बात, अपने साथी भी मेरी इस खब्त से हैरत में रहते हैं।

देशपांडे उस दिन कह रहे थे, यह अद्भुत साधना साध ली है आपने कि जब चाहा, लिख लिया।

हाँ, साधना ही तो है—पैंतीस वर्षों की साधना!

जब आज भोर में जिनेवा से इंटरलाकेन के लिए चला, लगा, स्वर्ग के एक अंचल से दूसरे अंचल की ओर जा रहा हूँ।

सामने वह झील—लेक लेमन! उसके परे वह पहाड़ी, जिसपर बादलों की आँखमिचौनी चलती है। झील के किनारे बगीचे—फल लटक रहे, फूल खिल रहे। वह एक सघन पेड़, लाल फल—क्या वह हमारी लीची है? नहीं, स्ट्राबेरी है। कैसी खट-मीठी लगती है वह! पीनेवालों के लिए अमृत!

तरह-तरह के पेड़—फलों से लदे। बीच-बीच में खेतियाँ। देखिए, गेहूँ पक गया है। हाँ, जून में यहाँ गेहूँ पक चुका है। और वह क्या है? क्या सरसों? पीले-पीले फूलों से सारा खेत लहरा रहा है। बैसाख में यहाँ माघ का मेला लगा है! कुछ नीले फूल भी—किंतु यह तीसी हो नहीं सकती। आलू की धारियाँ—ऊपर की लतियाँ कहती हैं, नीचे के कंद पुष्ट हो चुके होंगे।

फिर ऊपर ध्यान जाता है—अब 'जुंग फ्राउ' लाल बन चुकी है। लगता है,

नवविवाहिता वधू ने लाल चूनर पहन ली हो! इस लाल चूनर ने उसे भीतर-बाहर लाल-लाल कर रखा है। क्या वह अंत:पुर में जाने की तैयारी कर रही है?

सामने जो मकान है वह कितना खूबसूरत है! तीन मंजिल का यह मकान, ऊपर खपरैल है। ऊपर की दोनों मंजिल पर पतले बरामदे और उनपर पंक्तियों से फूल के गमले सजाकर रखे गए हैं। सुचित्रित गमले, सुसिंचित फूल। लाल-लाल फूल—और लीजिए, खिड़की से दो लाल फूल झाँक उठे! किस-किस फूल को देखोगे! कहाँ तक देखोगे!

लूजान तक झील का साथ रहा। पिछली यात्रा की याद आई, एक मस्त दुपहरिया यहाँ गँवाई थी। फिर बर्न पहुँचे। इतना समय नहीं कि बर्न में ठहरा जाय—टैक्सी की और सारे शहर की एक परिक्रमा कर ली। आरे के पुल पर खड़ा होकर इधर-उधर देखने का मजा लेता रहा। नदी को कितना स्वच्छ-सुंदर बना रखा गया है!

पार्लियामेंट भवन; बड़ा गिरजाघर, मुख्य बाजार। यहीं एक होटल में बैठकर खाना खाया।

फिर रेल का सफर शुरू हुआ। इंटरलाकेन झील के किनारे-किनारे रेल जा रही है। झील में स्टीमर चल रहे हैं। कितना अच्छा हुआ होता, यदि हम स्टीमर से आए होते! किंतु समय कम, देखना अधिक। रेल भागी जा रही है। अगल-बगल अंगूर की खेतियाँ हैं। अंगूर की लताएँ थोड़ी-थोड़ी दूर पर पंक्तियों में लगाई जाती हैं। कमाचियों पर उन्हें चढ़ाया जाता है। यहाँ देखिए, कुछ लड़कियाँ यह शुभ कर्म किस कौशल से कर रही हैं—नाजुक लताएँ कहीं टूट न जाएँ! इन्हें नाजुक उँगलियाँ ही सम्हाल सकती हैं। अंगूर की लताओं के बीच अंगूर की बेटियाँ—इन्हें देखते ही आपको नशा नहीं चढ़ जाय तो बाजी रख लीजिए!

इंटरलाकेन—इसी नाम की झील पर बसा यह शहर। यहीं से 'जुंग फ्राउ' के लिए रेल जाती है। इसीलिए इसकी बड़ी प्रसिद्धि है।

आज तिपहरिया में यहाँ पहुँचा हूँ। दूसरे साथी होटल में ही रह गए थे। मैं झटपट बाहर निकला।

सबसे पहले उस बगीचे में गया जहाँ फूलों की घड़ी है। यह घड़ी संसार में एक अनोखी चीज है। सब्जियों के बीच घड़ी की बड़ी आकृति है। घंटों और मिनटों के चिह्न फूलों पर अंकित हैं। घंटे और मिनट की दोनों सुइयों पर भी फूल हैं। दोनों सुइयाँ घूम रही हैं। ज्यों ही घंटा बीतता है त्यों ही एक आदमी की मूर्ति आप-ही-आप घड़ियाल पर चोट करने लगती है। जितने बजे हैं उतनी बार चोट करती है, उतनी बार घड़ियाल घनघनाता है।

फिर मैं उस पहाड़ी के निकट गया जहाँ की झाड़ियों में विलियम हेलका 'सेब' नामक नाटक अब तक खेला जाता है बड़े धूमधाम से। अपने देश की स्वाधीनता के लिए अपने बेटे की जान पर खेलने को प्रस्तुत वह तीरंदाज! उसकी वही भावना है, जो इस छोटे से देश को आज तक स्वतंत्र रखे हुए है।

घूम-घामकर, थक-थकाकर यहाँ आया और डायरी लिखने बैठा हूँ।

अरे! नई दुलहन अब सचमुच अंत:पुर की ओर जा रही है। अँधेरा छाया हुआ है। अँधेरे में भी क्या कलम घसीटे जा रहे हो! जाड़ा भी तो लग रहा है। चलो तुम भी अंत:पुर में और उस नई दुलहन का सपना देखते सो जाओ— ऐसी सेज फिर कब मिलेगी तुम्हें!

□

: ३३ :

जुंग फ्राउ : नई दुलहन

१२.६.'५२—इंटरलाकेन

भारत का स्वर्ग कश्मीर है, यूरोप का स्वर्ग स्विट्जरलैंड है। कश्मीर हिमालय की गोद में है, किंतु हिमालय की सबसे ऊँची चोटी इससे दूर है। आल्प्स यूरोप का हिमालय है; उसकी सबसे ऊँची चोटी ही नहीं, सबसे खूबसूरत चोटी भी स्विट्जरलैंड में ही है। इसलिए स्विट्जरलैंड की महिमा और भी बढ़ जाती है।

जैसी वह खूबसूरत चोटी वैसा ही मोहक उसका नाम। जुंग फ्राउ—नई दुलहन! किंतु इस नाम पर आश्चर्यचकित होने की आवश्यकता नहीं। हमारे हिमालय की एक चोटी 'कंचनजंघा' है।—यानी जिसकी जाँघ सोने की हो!

यूरोप यात्रा में यदि आपने जुंग फ्राउ नहीं देखा तो समझिए, यात्रा अधूरी ही रही।

जब पिछले साल आया था, चारों ओर बादल-ही-बादल छाए हुए थे। बर्न (स्विट्जरलैंड की राजधानी) में भाई सत्यनारायण के साथ कई दिनों ठहरे; किंतु आकाश साफ नहीं हुआ। उनकी मोटर से यून तक आए, इंटरलाकेन की झील की शुरुआत देखी। वहीं से पहाड़ी चोटियों की झाँकियाँ लीं और लौट गए।

क्या इस बार बिना जुंग फ्राउ देखे लौट सकते थे? कल उसकी अलग से झाँकी ली, आज उसका प्रगाढ़ालिंगन करके लौटा हूँ। अभी तक सारे शरीर में रोमांच है। भोर में इंटरलाकेन से हमारी गाड़ी चली। ज्यों ही गाड़ी पहाड़ियों के बीच पहुँची, मन-प्राण तृप्त होने लगे।

ये झुरमुटें, ये चकमक फूल, ये उछलते नाले, ये लंबे-लंबे पेड़, ये गगनचुंबी चोटियाँ! हाँ-हाँ, गगनचुंबी चोटियाँ। अरे! वहाँ देखिए, उस चोटी पर से वह धुआँ-धुआँ क्या झड़ रहा है? धुआँ का स्वभाव है ऊपर उठना, यह नीचे क्यों झड़ा

जा रहा है? समझे! यह धुआँ नहीं है। वहाँ से एक झरना झड़ रहा है। उसका पानी छोटे-छोटे कणों में विभक्त हो यहाँ से धुआँ-धुआँ सा दीख रहा है।

और, वह भी झरना ही है, जिसे आप उस पहाड़ी से चाँदी की चमचम लकीर-सी नीचे की ओर आती देख रहे हैं। लगता है, गली हुई चाँदी नीचे बही आ रही हो!

नीचे ये फूल—कितने रंग के, कितने आकार के! किसीने इन्हें रोपा है? किसीने इन्हें सींचा है? ठेठ प्रकृति की देन हैं ये। उसीके आँचल से इनके बीज झड़े, उसीकी नमी ने इन्हें पहाड़ फोड़कर जमने को बाध्य किया, उसीकी कृपा-दृष्टि ने इन्हें सींचा, बढ़ाया। जो तुरत बीज-कण थे, वे सुंदर पुष्प के रूप में प्रस्फुटित हुए। आप इनके रंग गिन सकेंगे? गिनिए—लाल, बैंगनी, नीला, पीला, गुलाबी, बसंती—कहाँ तक गिनिएगा! अधिक-से-अधिक दस रंगों का आप नाम दे सकते हैं। किंतु रंग क्या इतने ही हैं—वे फूल ठठाकर आपकी भाषा की असमर्थता पर हँस रहे हैं।

रंगों की क्या बात—क्या आप सभी फूलों को ही नाम दे पाए हैं?

यह लीजिए, यह गाड़ी एक स्टेशन पर रुकी। यह स्टेशन है या खिलौनाघर! काठ का बना है ये, किंतु कई रंग के काठ लगाकर इसकी शोभा कैसी अद्‌भुत कर दी गई है। पीले काठ का घर, लाल काठ की खिड़कियाँ! घर के चारों ओर फूलों के गमले! खिड़कियों पर भी फूलों के गमले।

एक बड़ा पहाड़ी नाला है। दूध-सा सफेद पानी उछलता हुआ बह रहा है। फेन की तरह झाग उबल रहे हैं। हमारी रेलगाड़ी इसी नाले का अनुसरण कर रही है। कभी नाला छिप जाता है, कभी प्रगट भी होता है, कभी बाएँ पड़ जाता है, कभी दाहिने हो जाता है। इंजीनियर चतुर था—प्रकृति के बनाए रास्तों का सदुपयोग क्यों न करे!

गाड़ी धीरे-धीरे जा रही है, ऊपर चढ़ रही है न! लेकिन अपने दाहिने तो देखिए। वह भी तो गाड़ी ही है—अरे, ऊपर से नीचे इस तरह जा रही है जैसे केंचुआ ससर रहा हो। कहीं इंजिन फेल कर गई! धड़ाक गिर पड़ेगी—कहाँ गिर पड़ेगी? इस खड्‌ड में क्या उसका नामोनिशान भी ढूँढ़ा जा सकेगा?

किंतु आप चिंता न कीजिए। इंजिन फेल होने पर भी यह गिर नहीं सकेगी। वह इंजीनियर आपसे भी होशियार था, जिसने यह असाध्य साधन किया।

दूसरा स्टेशन, तीसरा स्टेशन! यहाँ गाड़ी अधिक रुकेगी। कुछ लोग उतर रहे हैं और उस होटल की ओर बढ़ रहे हैं। होटल के बगल में वह क्या लिखा है? आँखें तो धोखा नहीं दे रहीं। लिखा है—'बाजार'। भारत का बाजार इस स्विट्‌जरलैंड

में? इस पहाड़ी में, इस जंगल में हमारा 'बाजार'? यह शब्द यहाँ आया— कौन लाया?

अपने पर अभिमान हो रहा है, अपनी भाषा पर अभिमान हो रहा है। बाजार का अर्थ यहाँ है वह दूकान, जहाँ सब तरह की आनंद-प्रसाधन की चीजें प्राप्त हो जाएँ।

गाड़ी चली और अब लीजिए, आँखों के सामने बरफ-ही-बरफ! उजली बरफ, चमकती बरफ! क्या खाली आँखों से आप उसे देख सकते हैं? यदि सूरज की रोशनी उसपर पड़ती हो?—ज्यों ही उस चमकती बरफ की राशि पर नजर पड़ती है, आपसे आप आँखें मुँद जाती हैं। इसीलिए तो कल ही रंगीन चश्मा खरीद लिया। गाढ़े नीले चश्मे के बावजूद बरफ कैसी चमकती दिखाई पड़ती है!

लीजिए, यह सुरंग शुरू हुई। अब बरफ और सुरंग—सुरंग और बरफ न! कैसी आँखमिचौनी!

और, यह स्टेशन और यह आखिरी सुरंग! यह सुरंग—इंजीनियरिंग का एक अद्‌भुत कौशल। स्विस इंजीनियरों ने इसका निर्माण कर संसार में अपना रोब जमाया है।

जुंग फ्राउ की अपूर्व शोभा की चर्चा सारे यूरोप में थी। कुछ साहसी पर्वतारोही वहाँ पहुँच भी सके थे। किंतु वह शोभा सर्व-साधारण के लिए सुलभ हो सकती है, इसकी कल्पना भी नहीं की जाती थी।

१८९३ में जुरिख का प्रसिद्ध स्विस इंजीनियर अदाल्फ ग्वेयर जेलर इस ओर अपनी बेटी के साथ गरमियाँ बिताने आया था। एक दिन वह घाटियों के बीच टहल रहा था कि उसकी दृष्टि जुंग फ्राउ पर पड़ी और वह विस्मय-विमुग्ध होकर उसे देखता रह गया। उसी समय उसने मन-ही-मन निर्णय कर लिया, वह ऐसे रेलपथ का निर्माण करेगा, जिससे जुंग फ्राउ के दामन तक मानव आसानी से पहुँच सके। २६ अगस्त की भोर में उसने ऐसा निश्चय किया और उसी रात में इसके लिए उसने पथ का एक खाका भी बना लिया।

उन्नीस वर्षों तक वह लगातार काम करता रहा। रास्ते ढूँढ़े, सड़कें बनाईं, पुल बनाए, सुरंगें बनाईं और १ अगस्त, १९१२ को जुंग फ्राउ तक रेल ले जाने में वह समर्थ हो सका।

जुंग फ्राउ का यह अंतिम स्टेशन ११.३४० फीट की ऊँचाई पर है। यह स्टेशन पहाड़ के नीचे है। उसके ऊपर तो बरफ की अनंत राशि पड़ी हुई है। स्टेशन से लिफ्ट के द्वारा ऊपर पहुँचा जाता है।

यह गाड़ी बिजली द्वारा चलाई जाती है। जुंग फ्राउ के निकट के दो झरनों से ही बिजली पैदा की जाती है। रेल नीचे से ऊपर की ओर ससरती है। जब कभी बिजली फेल हो जाय तो भी गाड़ी नीचे की ओर नहीं खिसक सके, वहीं-की-वहीं खड़ी रहे, इसके लिए इंजिन में ऐसी तरकीबें लगा दी गई हैं कि वहाँ भी बिजली बनती रहे। गाड़ी के पहियों में इस प्रकार के ब्रेक भी लगे हैं कि वह जहाँ-की-तहाँ रुकी रहे।

स्टेशनों पर पहुँचते ही यात्रियों की उमंग का क्या कहना! लड़कियों की क्या बात, बुढ़ियाँ तक नाचने और गाने लगीं। हम लोग बच्चों की उमंग से स्टेशन में घुसे। पहाड़ के भीतर यह स्टेशन है। किंतु बिजली द्वारा रोशनी और हवा का ऐसा प्रबंध है कि लगता है जैसेकि यह साधारण स्टेशन है।

स्टेशन के छोर पर एक बरामदा है, जिसपर खड़े होकर आप जुंग फ्राउ को देख सकते हैं। हम तेजी से वहाँ पहुँचे और आँखों पर रंगीन चश्मे लगाकर देखने लगे। वहाँ कई बड़ी-बड़ी दूरबीनें भी हैं। हमने उनका भी प्रयोग किया।

किंतु, नीचे से दूरबीन लगाकर देखने पर वह मजा कहाँ! झट लिफ्ट से मैं ऊपर चला और लीजिए, मैं बरफ पर खड़ा हूँ।

हाँ, जिंदगी में पहली बार मैं बरफ पर खड़ा था। मैंने समझा था, जमी हुई बरफ होगी, पैर फिसलाते होंगे। किंतु वहाँ पाया, नहीं, बरफ के नन्हे टुकड़े हैं—बड़े मुलायम। उनपर पैर रखकर चलिए तो खूब घासवाली जमीन पर चलने का आनंद आता है। जिस तरह घासवाली जमीन में पगडंडी बनी होती है, वहाँ भी पगडंडियाँ थीं। मैं एक पगडंडी को पकड़कर दौड़ा। इच्छा होती थी, इधर-उधर दौड़ता रहूँ। किंतु एक अनुभवी व्यक्ति ने कहा—अरे, जरा सम्हलकर। बरफ के नीचे कहीं-कहीं पोपली जगहें हो सकती हैं। वहाँ पैर पड़े कि आप धँसे। कौन निकाल सकता है!

तो भी इच्छा होती थी, दौड़ता ही रहूँ। ऐसी शुभ्र, शीतल, सुंदर, बेदाग जगह कब्र पाना भी क्या कम सौभाग्य की बात हो सकती है! यह जानता ही था, बरफ में जो गड़ जाते हैं उनका शरीर कभी सड़ता नहीं। सैकड़ों-हजारों वर्ष बाद भी वह वैसे-का-वैसा बना रहता है। जहाँ सड़न है, बदबू है, पिल्लू है या आग है, लपट है, झुलस है—वैसी जगहों में मरने की अपेक्षा इस बरफ की राशि में अनंत समाधि पाना कहीं सुंदर है, सुरुचिपूर्ण है।

तो भी जीने की कैसी लालसा। सम्हलकर, पैर बचाकर आगे बढ़ा और वहाँ पहुँचा जहाँ एक ऊँची चबूतरानुमा जगह पर स्विट्जरलैंड का झंडा लहरा रहा था। वहाँ से आप चारों ओर का पूरा दृश्य देख सकते हैं।

झंडे के नीचे खड़ा हूँ। एक ओर जुंग फ्राउ है और दूसरी ओर मोंच। मोंच लगता है, ऊँचाई में बड़ा है। किंतु बात ऐसी नहीं है; जहाँ खड़ा हूँ वहाँ से मोंच निकट है, जुंग फ्राउ दूर। मोंच को भाई कहिए, जुंग फ्राउ को बहन। बहन बड़ी है (१३६७० फीट), भाई छोटा है (१३४६५ फीट) और यह बात भी है ही कि भाई से बहन कहीं अधिक खूबसूरत है। बहनें खूबसूरत होती ही हैं—आकर्षण की केंद्र, प्यार की केंद्र।

सामने मुँह करके एकटक जुंग फ्राउ—यूरोप की इस नवेली दुलहन को देख रहा हूँ। वह अपनी पूरी शान के साथ खड़ी है—शुभ्र, श्वेत! सूर्य की किरणों से उसका सारा शरीर चमचम कर रहा है। लगता है, वह अभी हँस पड़ेगी, अट्टहास कर उठेगी। उसके रोम-रोम खिलखिला रहे हैं, इतना तो अनुभव कर ही रहा हूँ।

बहुत दिन हुए, कलागुरु अवनींद्र नाथ ठाकुर का एक चित्र देखा था—एक ऐसी ही बरफ के स्तूप के सामने एक ऋषि खड़े हैं और उनके मुँह से अचानक निकल पड़ा है—'कस्मै देवाय हविषाविधेम्।'

हाँ, ऐसी जगहों में बुद्धि में यह संदेह पैदा हो जाता है कि पूजनीय, अर्चनीय क्या है? प्रकृति का यह शाश्वत सौंदर्य या पुरुष का वह पराक्रम, जो इस सौंदर्य को सुलभ बना देता है?

ऊपर वह जुंग फ्राउ है, नीचे वह स्टेशन—हमारी हविष का पात्र कौन है? पुरुष या प्रकृति?

किंतु, क्या यहाँ अधिक तर्क-वितर्क भी किया जा सकता है? अजी देखिए, देखिए, पुरुष का पराक्रम बार-बार देखने को मिलेगा, प्रकृति का ऐसा सौंदर्य तो विरल ही प्राप्त होता है।

इस झंडे के नीचे खड़े होकर एक ओर दृष्टि डालिए तो तेरह मील तक फैली वह ग्लेशियर हिमानी दीख पड़ेगी, जो यूरोप की सबसे बड़ी ग्लेशियर है। तेरह मीलों तक फैली बरफ की एक लंबी सुहानी चादर—दपदप, चमचम! दूसरी ओर कुछ दूर तक बरफ-बरफ, फिर एक भारी खड्ढ और उसके परे हरे-भरे जंगल। यदि आप सामने की बरफशाला पर चढ़ जाएँ तो वहाँ से दूरबीन द्वारा आप वह 'काला जंगल' (ब्लैक फॉरेस्ट) देख सकेंगे, जो जर्मनी तक फैला हुआ है और जहाँ १९१४ के युद्ध में जर्मन सेना को पराजय-पत्र पर हस्ताक्षर करना पड़ा था।

पाकेट से गाइड बुक निकालकर चारों ओर की चोटियों, ग्लेशियरों, घाटियों को पहचानना चाहता हूँ; किंतु इसमें जो समय लगता है वह सारे मजे को किरकिरा कर डालता है। क्या सौंदर्य के उपयोग के लिए यह आवश्यक है कि नाम-धाम की भी पूरी जानकारी कर ली जाए?

एक ओर जुंग फ्राउ, एक ओर मोंच; एक ओर यह ग्लेशियर, दूसरी ओर वह हरा जंगल—आसमान में बादल के गाले उड़ रहे हैं। वे कभी-कभी इन पहाड़ियों की चोटियाँ चूमते-से नजर आ रहे हैं—अरे, गाइड बुक जेब में रखिए, देखिए। आँखों को तृप्त कीजिए। फिर उछलिए, कूदिए, बरफ के टुकड़े उठाकर फेंकिए। देखिए, आपकी भुजा की ताकत की पहुँच कहाँ तक है। फिर, जाड़ा है तो क्या, बरफ के कुछ टुकड़े मुँह में रखिए, हँसिए, हँसाइए; चित्र खींचिए, खिंचाइए!

जाड़ा लग रहा है, आप ठिठुर रहे हैं। अपनी गरम पोशाक और ऊनी मोजे के अतिरिक्त आप नीचे से खास इसीके लिए बनाए लबादे और जूते पहन आए हैं, तो भी आप काँप रहे हैं। नीचे चलिए, कुछ पीजिए, कुछ खाइए, गरमाइए!

किंतु, उसके पहले जरा इस बरफ-महल को भी देख लीजिए। बरफ को काटकर यह बरफ-महल बनाया गया है। बरफ की ही छत, बरफ की ही गच, बरफ की गलियारी से बढ़े चलिए। यह बरफ की मोटरगाड़ी पोर्टिको में खड़ी है। बरफ की कुरसियाँ हैं, बरफ की मेज है, मेज पर बरफ की बोतलें हैं, बरफ के प्याले हैं। क्या बरफ की शराब पीजिएगा? और बरफ के इस नाचघर में नाचना कैसे छोड़ा जा सकता है! देखिए, कितनी जोड़ियाँ नाच रही हैं! नाचती हैं, फिसलती हैं, गिरती हैं, चिपकती हैं, उठती हैं, उठाती हैं, फिर नाचती हैं। आप नहीं नाचिए, तो भी आपकी धमनियों के रक्त-कण तो नाच ही रहे हैं। बोलिए, ईमान से बोलिए, बात यह है कि नहीं?

और, कुत्ते की गाड़ी पर नहीं चढ़िएगा? यदि यह शौक पूरा नहीं हुआ तो यात्रा अधूरी ही रहेगी। सुरंग के ही रास्ते बढ़ते चलिए। उसके मुँह पर आए नहीं कि फिर बरफ का सागर लहरा उठा। वह आगे बरफ की गाड़ी है, जिसमें कई कुत्ते जुते हैं। छोटे-छोटे कुत्ते—हाँफ रहे हैं। कुछ पैसे दीजिए, गाड़ीवान इस गाड़ी पर थोड़ी दूर तक सैर करा लाएगा। पैसे की क्या परवाह! किंतु डर जो लगता है, बगल में कैसा ढालुवाँ है! कहीं कुछ हो गया तो? बहुत से लोग देखकर ही लौट रहे हैं। किंतु मैं बढ़ा, देशपांडे ने साथ दिया। दोनों साथियों ने इस कुत्ता गाड़ी का भी मजा लिया। कुत्ते कितने बलिष्ठ, कितने सधे! निश्चित रास्ते पर ही ले गए और ले आए।

होटल में आकर भोजन किया। बड़ी थकावट थी। पहले कुछ पी लीजिए, यहाँ पीना गुनाह नहीं है। तौबा तोड़ने को इससे बढ़कर कौन जगह मिलेगी? यह स्वर्ग है, सामने वह उर्वशी है, यह अमृत-घट है—गटागट पीजिए, अमरता प्राप्त कीजिए! फिर जो रुचे, खाइए और जाइए!

हाँ, चलिए। यों तो कहा जाता है, यात्रियों को एक रात यहाँ विश्राम करना

चाहिए, जिसमें भोर में उगते हुए सूरज का सौंदर्य देखा जा सके; किंतु हमारी यात्रा का तो पूरा कार्यक्रम पहले से बँधा है। हमें लौटना ही है। हम लौटे।

ऐसा प्रबंध है कि लौटना दूसरे रास्ते से होता है। इससे यह सुविधा होती है कि यहाँ के पर्वतीय सौंदर्य को हम कई पहलुओं से देख पाते हैं।

चोटियों की बरफ से, घाटियों की हरियाली से नेत्रों को तृप्त करते हम लौट रहे हैं। रेल के आसपास जो झाड़ियाँ हैं उनमें तरह-तरह के फूल खिले हैं। तरह-तरह के पंछी उड़ रहे हैं, कलरव कर रहे हैं। रास्ते में नाले मिलते हैं, झरने मिलते हैं। कई बार छोटी-बड़ी सुरंगों को भी पार करना पड़ा है।

बीच में एक ऐसा स्टेशन आया, जहाँ लोग एक ट्रेन छोड़ देते हैं। यहाँ से ऐसा प्रबंध है कि बिजली से खींची जानेवाली लटकती कुरसियों पर बैठकर आप एक पहाड़ी की चोटी तक चले जाएँ और वहाँ से आल्प्स की सारी चोटियों को एक ही साथ देख लें। हम लोगों ने ट्रेन तो छोड़ दी, किंतु वर्षा होने लगी। यारों ने कहा, अब हम क्या देखेंगे? हम निराश ही हो रहे थे कि अचानक बादल छँट गए, धूप खिल उठी। हम उस लिफ्ट के स्टेशन पहुँचे। देखा, किस तरह कुरसियाँ हवा में झूलती हुई एक मोटे डोर के सहारे आगे बढ़ती जा रही हैं। अब क्या अपने को रोका जा सकता था! झट एक जुड़वाँ कुरसी पर मैं देशपांडे के साथ बैठ गया और देखिए, देखते-देखते यह छूमंतर।

आप क्रमशः ऊपर जा रहे हैं। ज्यों-ज्यों ऊपर पहुँचिए त्यों-त्यों पहाड़ियों के सौंदर्य से आँखें निहाल हो रही हैं। अभी वर्षा हुई थी, यह वरदान हो गया। प्रकृति जैसे अभी स्नान करके शृंगार कर रही हो! हाँ, संध्या भी होने जा रही है। बर्फीली चोटियों पर सोने का पानी फिर रहा जैसे।

अरे, यह क्या? उधर दाहिनी ओर देखिए—वे क्या हैं? ओहो! कई इंद्रधनुष एक साथ उग गए हैं। एक के ऊपर एक यों जोड़ा इंद्रधनुष मैंने कई बार एक साथ उगा देखा है। किंतु यहाँ तो कई इंद्रधनुष—कोई इधर, कोई उधर, कई—एक-दूसरे को काटते हुए। यह कैसे हुआ? क्यों हुआ? यह बादल और सूर्यकिरणों की आँख-मिचौनी का करिश्मा है, जो भिन्न-भिन्न घाटियों की पृष्ठभूमि में उन्हें भिन्न-भिन्न आकार ग्रहण करा रहा है—हाँ, सबके सब सतरंगी! कितना देखूँ—कितनी आँखों से देखूँ—सुंदर, अति सुंदर!

एक रस्से के सहारे हम ऊपर की ओर जा रहे हैं, दूसरे रस्से के सहारे कुछ लोग नीचे आ रहे हैं। आनेवाले जब हमारे निकट पहुँचते हैं, हाथ हिलाने लगते और 'चियर यू' कहने लगते। एक लड़की ने अभी कमाल ही किया है। बार-बार अपने

हाथ को होंठ पर ले जाती, फिर उसे हिलाती, यह क्या बात? देशपांडे पुराने खिलाड़ी ठहरे, उन्होंने वैसा ही किया—लड़की ठट्ठा मारकर हँस पड़ी। ओहो, दूर-दूर से यह चुंबन का कैसा आदान-प्रदान! दो बच्चे आ रहे हैं। वे तो ऐसे उछल रहे हैं कि लगता है, कुरसी पर से नीचे जा गिरेंगे।

पहाड़ की चोटी तक पहुँचने में तीन स्टेशन पड़ते हैं। स्टेशन पर पहुँचकर हमारी कुरसी एक छावनी के भीतर घुस जाती है। वहाँ टिकटें देखी जाती हैं, फिर एक झटके के साथ कुरसी आगे बढ़ती है।

लीजिए, यह अंतिम स्टेशन है और हम लोग आज के अंतिम यात्री भी हैं। सूरज डूबने जा रहा है। दिन भर का ही यह कारबार है। स्टेशन पर एक रेस्तोराँ है, यहाँ खाइए-पीजिए। इधर-उधर घूम-घामकर खुली आँखों से सब देखिए। फिर यह बड़ी दूरबीन लगी है। उसके चारों ओर निशान बने हैं कि कौन सी चोटी किधर है, कितनी दूर पर है, कितनी ऊँची है। यूरोप की सभी राजधानियों की दिशाएँ और दूरियाँ भी यहाँ निर्देशित हैं। कुछ पैसे देकर दूरबीन से भी देख लीजिए।

हम जब ऊपर जा रहे थे, नजर ऊपर थी चोटियों पर। अब नीचे जा रहे हैं तो नीचे देख रहे हैं। नीचे के पेड़-पौधे कितने सुहावने लगते हैं! इन पेड़ों को देखिए—लंबे-लंबे! पत्ते कितने छितनार! ज्यों-ज्यों पेड़ बढ़ते हैं, नीचे की टहनियाँ आपसे आप झड़ती जाती हैं। घाटी में तरह-तरह के फूल—लगता था, रंग-बिरंगी छींट की लंबी चादर किसीने बिछा दी हो। हमारे नीचे जो लोग जा रहे हैं, वे भी हमें देखकर हाथ हिलाते हैं। पगडंडी पर जाती हुई वह युवती किस उमंग से हाथ हिला रही है—ओहो, फूली हुई कदंब की डाली जैसे हवा के झोंके पर बेतहासा हिल रही है।

जब हम नीचे के स्टेशन पर पहुंचे, एक आदमी ने हाथ उठाया। हमने भी हांथ उठा दिया। जब नीचे आया, उसने कहा, मैंने आपका फोटो लिया है। यदि पाँच फ्रैंक दीजिए तो इसकी तीन-तीन कापियाँ हम आपके देश में भेज देंगे। कहीं ठग तो नहीं रहा? क्या हुआ, यदि पाँच सिक्के में इनकी ईमानदारी की जाँच हो गई। पैसे दे दिए।

और जब तक बंबई पहुँचे, हमारे फोटो पहुँच चुके थे।

फिर ट्रेन। गाड़ी नीचे की ओर जैसे फिसलती हुई जा रही हो। दोनों ओर पहाड़ियाँ। पहाड़ियों में छोटी-छोटी बस्तियाँ—छिटपुट। काठ के ही घर। घरों के आगे फूल की क्यारियाँ, पीछे साग-सब्जियाँ। गाड़ी के डब्बे में कुछ बच्चे चढ़े थे। इस सुहाने समाँ का प्रभाव उनपर भी पड़ा है क्या! वे किस तरह शोर मचा रहे हैं—गा रहे हैं, चिल्ला रहे हैं।

जुंग फ्राउ—कितना आकर्षण है इस नई दुलहन में। हमारे डब्बे में ब्राजील के, आस्ट्रिया के, जर्मनी के, स्पेन के लोग थे; जिनका पता हमें अनायास लगा। न जाने इसी ट्रेन से कितने देशों के लोग जा रहे होंगे। मर्द हैं, औरतें हैं, बच्चे हैं। वह ब्राजील की लड़की शीलाजी की साड़ी को किस प्रकार घूर रही है। वह जर्मन युवक अपनी टूटी-फूटी अँगरेजी में शिवाजी से बातें कर रहा है।

झुटपुटे के वक्त हम इंटरलाकेन पहुँचे। सोचा, एक बार उस फूल की घड़ी को फिर देख लूँ। उस बगीचे में पहुँचा। रोशनी का ऐसा सुंदर प्रबंध कि सारा बगीचा चकमक कर रहा। कुंजों में प्रेम का आदान-प्रदान चल रहा है। उस मकान से संगीत की मधुर धारा फूट रही है। फूल की घड़ी की फूल की सुइयाँ आठ पर आती हैं—घड़ी से संलग्न खिलौने का चपरासी घड़ियाल पर चोट देता है। गिनिए—एक…दो…तीन…चार…

□

: ३४ :

वेनिस की ओर : इटली की देहात

१३.६.'५२—इंटरलाकेन से वेनिस

आज भोर में ही हम इटली के लिए रवाना होने लगे। आठ बजे तक नहा-धोकर, जलपान करके हम अपने कमरे से होटल के नीचे चले आए। वहाँ पैसे चुकाए, कुछ तसवीरें खरीदीं और चल पड़े स्टेशन की ओर।

जितिन के लिए जो घड़ी खरीदी, कल पाया, वह अचानक बंद हो गई है। बड़ी घबराहट हुई। मैनेजर को दे दिया था, देखें कि कहीं मरम्मत हो जाय। तब तक दूकानें बंद हो चुकी थीं, अतः उसने वैसे ही लौटा दिया—हाँ, कहा कि यह मेरी घड़ी भी नई है, इसी कीमत की है, यदि आप चाहें तो इसे ले जाएँ, मैं यहाँ बनवा लूँगा। बेचारा नहीं चाहता होगा कि उसके देश की शिकायत हो; किंतु हम तो सोचने लगे, कहीं ठग तो नहीं रहा है?

(बंबई आते-आते घड़ी फिर ठीक से चलने लगी।)

आज थोड़ी धुंध-धुंध थी। बादल के टुकड़े सामने की पहाड़ियों पर उमड़-घुमड़ रहे थे। चलती बार जुंग फ्राउ की ओर देखा—लगा, उसने अपने चेहरे पर जैसे एक झीनी चादर डाल ली हो। क्या इसमें भी वह खूबसूरत नहीं लगती थी?

इंटरलाकेन में गाड़ी के जिस डब्बे में चढ़े उसमें जगह नहीं थी। हम खड़े थे। कंडक्टर गार्ड आया। उसने कहा, सेकेंड क्लास में जगह नहीं है तो चलिए, फर्स्ट क्लास में बैठिए। वहाँ खाली सीटें हैं। अपने देश का अनुभव था। सोचा, मुफ्त के अधिक पैसे लग जाएँगे। थोड़ी दूर खड़े-खड़े ही चलें। कहा, हमारे पास सामान हैं, इन्हें छोड़कर कहाँ जाएँ। उसने कहा, सामान की जिम्मेवारी तो मेरी है। तब खुलकर कह दिया, हम अधिक पैसे खर्च नहीं करना चाहते। वह मुसकराया। बोला, अधिक पैसे लगाने की बात कहाँ है! आपको हमने टिकटें काट दीं तो यह जिम्मेवारी हमारी है कि आपको जगह दें। सेकेंड क्लास में जगह नहीं दे पाए तो फर्स्ट क्लास के हकदार आप हो ही गए। फिर जहाँ सेकेंड क्लास में जगह खाली

होगी, आपको हम सूचना दे देंगे। हाँ, यह भी देखेंगे कि आप लोगों के लिए चार सीटें एक ही जगह मिल जाएँ।

गाड़ी जा रही है। हम लोग तृषित नेत्रों से चुपचाप जमीन को देख रहे हैं। वह झील है, वे पहाड़ियाँ हैं, वे बगीचे हैं, वे खेत हैं! नावें पाल उड़ा रही हैं, बादल चोटियों से लिपट रहे हैं, बगीचे फलों से लदे हैं, खेत फूलों और अनाजों से भरे हैं। इच्छा नहीं होती कि इस खूबसूरत देश को छोड़ें; किंतु छोड़ना ही पड़ रहा है। गाड़ी द्रुत वेग से भागी जा रही है।

हमारे डब्बे में एक झुंड भारतीय है। ये लोग गुजराती हैं—छह लड़कियाँ, दो नौजवान। वाह, क्या कहने! अपने देश में तीन यात्रियों में स्त्री-पुरुष का यही अनुपात रहता है। एक झुंड स्त्रियाँ निकलती हैं, बस दो-चार मर्द ले लिया! ये लोग पढ़े-लिखे हैं। झुंड का नायक व्यापारी है। लंदन में उसकी दूकान की शाखा है।

रास्ते में गाड़ी बदलनी पड़ी। पेरिस से मिलान तक एक थ्रू ट्रेन जाती है। हमने उसे पकड़ा।

गाड़ी भागी जा रही है, हम स्विट्जरलैंड को पीछे छोड़ते जा रहे हैं। स्विट्जरलैंड और इटली के बीच एक लंबा दर्रा है। इसीमें यूरोप की सबसे बड़ी सुरंग है। जब रेल सुरंग में घुसने जा रही थी, हमने स्विट्जरलैंड को भर आँखों देख लिया। क्योंकि यह सुरंग हमने पार की और हम इटली में पहुँच गए।

और, यह इटली का पहला स्टेशन है। अरे, थोड़ी ही देर लगा कि दूसरे लोक में आ गए। देशों की सीमाएँ कृत्रिम नही होतीं। मानता हूँ, अब होने लगी हैं; किंतु पहले ऐसी बात नहीं थी। अगल-बगल के दो देशों में भी कितना अंतर होता है। फ्रांस से ज्यों ही स्विट्जरलैंड में घुसिए, आप कह सकेंगे, यह दूसरा देश आ गया। स्विट्जरलैंड से इटली में घुसे और स्पष्ट लक्षित हुआ—हाँ, यह दूसरा देश है।

धूप तेज है, गरमी अधिक है। लोगों के चेहरे पर ललाई की जगह उजलापन (पीलापन कहिए) अधिक है। नाक काफी ऊँची है। फेरीवाले चिल्ला-चिल्लाकर चीजें बेचते हैं। फेरीवालों की तादाद भी अधिक है और वे एक-दूसरे से प्रतिद्वंद्विता करते से लगते हैं। लगता है, हमारा देश अब हमसे अधिक दूर नहीं है!

लंच का थैला मिल रहा है। सस्ता पड़ेगा—खरीद लीजिए। कागज का यह थैला—सबकुछ है इसमें। गोश्त है, रोटी है, पनीर है, सब्जी है, नमक है, दाँत खोदने की लकड़ी है और पीने के लिए यह लाल बोतल है। आपको प्यास लगी है, पानी चाहते हैं। अजी साहब, यहाँ की प्यास लाल पानी से ही बुझती है! और यह लाल पानी खास इटालियन है, जरा बोतल में मुँह तो लगाइए! या कागज का यह गिलास है, उसीमें ढालकर चखिए!

इटली में ज्यों-ज्यों घुसते गए, यह स्पष्ट होता गया कि यह देश मुख्यत: कृषिप्रधान है। गेहूँ की फसल पक रही है। जहाँ देखिए वहीं लाल-लाल बालियों से भरे खेत। फसल अच्छी लगती है, बालियाँ पुष्ट लगती हैं। कहीं-कहीं कटनी भी शुरू हो गई है। कटनी के कई तरीके— कहीं लोग हाथ से काट रहे हैं। किंतु अपने देश की तरह हँसिया लेकर, झुककर नहीं। एक डंडे के सिर पर हँसिया बँधी है। खड़े-खड़े इस डंडे के सहारे हँसिया को गेहूँ की जड़ में लगाते हैं और बेचारे गेहूँ के पौधे कटकर गिर पड़ते हैं। गिरते हैं बड़े सलीके से, एक सिरहाने। इधर-उधर नहीं बिखरते। कहीं-कहीं घोड़े जुती हुई मशीन से कटाई होती है, कहीं-कहीं विशुद्ध मशीन से भी।

खेतों में पूलियाँ पड़ी हुई हैं, बोझे पड़े हुए हैं। बोझे सिर पर नहीं ढोए जाते— घोड़ागाड़ी या बैलगाड़ी पर उन्हें ढोकर ले जाते हैं। यूरोप में यह पहली बार बैलगाड़ी देखने का अवसर मिला है। यही नहीं, वहाँ देखिए, बैलों से वहाँ जुताई भी की जा रही है। तभी तो कहता हूँ, अपना देश अब अधिक दूर नहीं जान पड़ता।

खेतों में मर्द काम कर रहे हैं, औरतें काम कर रही हैं, बच्चे भी काम कर रहे हैं। बच्चे काम करें, यह भी यहीं देखा। अभी तक बच्चे को खेलते या पढ़ते ही देखा था। लोगों के शरीर पर कपड़े भी कम हैं— मर्द प्राय: नंगे बदन हैं, बस कमर में पैंट मात्र। हाँ, सिर पर टोप हैं— धूप कड़ी है न! औरतों की चोली और घाघरा भी अपने देश की निकटता की सूचना देते हैं।

गेहूँ की कटनी हो रही है और मकई के पौधे लहरा रहे हैं। मकई के पौधे छोटे-छोटे भी कहीं-कहीं; किंतु ज्यादातर कमर भर के। कहीं-कहीं घन बाल भी निकल रहे हैं उनमें। इनके पौधे भी पुष्ट, गहरे हरे रंग के। हवा में मस्ती से झूल रहे हैं वे!

लगता है, गेहूँ और मकई यहाँ की प्रमुख फसलें हैं। यों दूसरे अनाजों के भी पौधे दिखाई पड़ रहे हैं। कई जगह धान उग रहा है। उसके खेत में पानी छल-छल बह रहा है। बीट की फसल भी काफी पैमाने पर देखी। मसूर की तरह के कुछ पौधे भी दिखाई पड़ते थे। न जाने वे क्या थे! घास की खेती भी हर जगह पाई— जब पशु पालते हैं तो उनके लिए खेत का कुछ अंश तो निकाल ही देना चाहिए।

खेत की मेंड़ों पर यहाँ प्राय: छोटे-छोटे पेड़ लगे देखे। कतार में वे पेड़, झुरमुर बाँधे, बड़े लुभावने लगते थे। जिन खेतों में कटनी हो गई है, इन पेड़ों के चलते, वे खेत भी सुहावने लगते हैं। ये तूत के पेड़ हैं। इनपर रेशम के कीड़े पाले जाते हैं। फल भी मिलता है।

बहुत से खेतों में, खासकर साग-सब्जी के खेतों की मेंड़ों पर अंगूर की लतियाँ भी प्राय: देखीं। कतार में पतली-पतली कमाचियाँ गाड़ दी गई हैं। अंगूर की लतियाँ उन्हींके आसरे बढ़कर ऊपर छितनार-सी बनी हैं। लगता है, वे हाथ बढ़ाकर एक-दूसरे से आलिंगन करने को व्याकुल हों।

साग-सब्जियों में आलू, गोभी, प्याज, लहसुन, टमाटर और सलाद की क्यारियाँ प्राय: दिखाई पड़ती थीं। अपने प्याज को पहली बार यूरोप में देखा— लंबी-लंबी उनकी डंठलें हैं तो नीचे गोल-गोल बैठे भी होंगे।

दूर-दूर पर गाँव। गाँव में प्राय: ही गिरजाघर के कलश दिखाई पड़ते। सिलोने ने कहा था न, मेरे देश में धर्म का इतना प्रभाव अब तक है कि वहाँ कम्यूनिज्म जड़ जमा नहीं सकता।

किसान मेहनती तो लगते थे, किंतु वे संपन्न नहीं मालूम होते। बदन पर न वैसा गोश्त, न चेहरे पर वैसा रंग। पोशाक भी अधिक नहीं; जो है, वह भी अच्छी नहीं। लड़कियों की पोशाक भी चमकीली-भड़कीली नहीं। स्विट्जरलैंड की तरह गुलथुल बच्चों का भी अभाव।

देहात की सड़कें भी पक्की और सुथरी। उनपर मोटरें, ट्रक, साइकिलें, मोटर साइकिलें प्राय: दौड़ती दिखतीं। देखिए, वह मोटरसाइकिल— पिछली सीट पर वह लाल घाघरेवाली लड़की उड़ती जा रही है।

क्या निकट में कोई शहर है?

हाँ! गाड़ी 'मिलान' पहुँची : पं. रामनरेश त्रिपाठी ने इसे 'मिलन' बना दिया था। किंतु यहाँ यह 'मिलानो' है।

इटली भी यहाँ 'इतालिया' है।

अँगरेजों के अनुकरण पर हम नामों का उच्चारण कर अपने को कितना धोखे में रखते हैं!

मिलानो में गाड़ी बदलती है, जिसमें दो घंटे लगते हैं। क्यों नहीं इस समय का उपयोग किया जाय!

सामान स्टेशन के सामान घर में जमा कराकर हम स्टेशन से बाहर आए। बाहर से स्टेशन की ओर नजर की तो उसकी भव्यता और विशालता का रोब छा गया। सामने जो सड़क है, कितनी साफ है! घासों और फूलों की ऐसी कारीगरी की गई है कि लगता है, शहर में नहीं जाकर इसीके आसपास चक्कर काटते रहें।

टैक्सी करके आगे बढ़े— मकान अच्छे, सड़कें अच्छी। बच्चे-बूढ़े, स्त्री-पुरुष सब भले, साफ-सुथरे और खूबसूरत लगे। युवतियों का सौंदर्य निस्संदेह

मुग्धकर—उनका रंग, उंनके चेहरे की काट, उनके बाल, उनके उभरे सीने, उनके कूल्हे, उनके पैर, उनकी चाल—सबमें सुघड़ाई! इटालियन चित्रकारों द्वारा चित्रित तसवीरें आँखों के सामने नाच उठीं।

यहाँ का ओपेरा हाउस यूरोप में विख्यात है—बाहर से ही उसकी झाँकी है। यहाँ का गिरजाघर भी यूरोप के पाँच बड़े गिरजाघरों में स्थान पा सका है। उसके आँगन में घूम-घाम लिया। भीतर गए, भीतर की मूर्तियों और चित्रों की शोभा का क्या कहना! ईसा की भव्य मूर्ति के सामने जाकर मैंने सिर झुकाया। वहाँ दीये जल रहे थे, अपने मंदिरों का वातावरण। आँगन में कबूतरों की भरमार और भरमार फोटोग्राफरों की, जो आपसे आग्रह करेंगे, इन कबूतरों के साथ फोटो खिंचवाइए।

मिलानो से वेनिस की ओर! देहात के पिछले दृश्य दुहर रहे हैं और लीजिए, यह वेनिस!

आपका Venice, किंतु यहाँवालों का Venozia।

□

: ३५ :

यह पानी पर का शहर

१४.६.'५२—वेनिस

कल कुछ रात बीते वेनिस पहुँचा था। दूर से ही पाया, यह शहर झील पर बसा है। रोशनी जगमग कर रही थी। उसका प्रतिबिंब पानी में झलमल कर रहा था। स्टेशन शानदार—ज्यों ही बाहर निकले, पाया, हमारे निश्चित होटल का प्रतिनिधि हमारे लिए प्रतीक्षा कर रहा है।

गोंदोलो, गोंदोलो! यह गोंदोलो नाव है। पतली डोंगी, सजी-सजाई। वेनिस का यह रथ है। वेनिस का यह समूचा गाँव एक झील पर बसा है; नीचे पानी, ऊपर नगर। सड़कों की जगह यहाँ नहीं है। गलियाँ भी पतली नहरें ही।

हम लोग गोंदोलो में सवार हुए। डोंगी हिल रही है। मेरे साथी घबड़ा रहे हैं। किंतु मैं तो जिंदगी भर नाव पर खेलता रहा—बेनीपुर में चार महीने तक तो इसी पर आना-जाना होता है। मुझे मजा आ रहा था।

जब गलियों से जा रहे थे, कई जगह देखा, नाच-गान हो रहा है। दो बार जब पुल के नीचे से जा रहा था, ऊपर से फ्लैश लाइट द्वारा हमारा फोटो खींच लिया गया और ऊपर से ही कार्ड गिरा दिया गया—लीजिए यह कार्ड। कल इस पते से अपना फोटो मँगवा लीजिएगा। वाह, कैसी सरस व्यवस्था है!

जो होटल हमारे लिए ठीक किया गया है, वह झील के किनारे एक शानदार होटल है। बीच झील में एक टापू है, जिसपर रोशनी चमचम कर रही है। दिन भर की रेल यात्रा से काफी थके; हम जल्दी ही सो गए।

भोर में उठे। यह वेनिस है—'मर्चेंट आफ वेनिस' का वेनिस—पोर्शिया का वेनिस, आंटोनियो का वेनिस, साइलौक का वेनिस। क्या पोर्शिया की बहनें जीवित हैं? क्या आंटोनियो का खानदान बचा है? क्या साइलौक का छुरा सदा के लिए भोथरा हो चुका है?

कहाँ से देखना प्रारंभ करूँ? सबसे पहले किसको खोजूँ?

ज्यों ही होटल के नीचे आए, उन लोगों ने बताया—अभी भोर में एक पानी-बस निकट के एक टापू में जाती है, जहाँ काँच के खूबसूरत काम होते हैं। उन्हें देख आइए। तो यहीं से शुरू हो! किंतु, आगा-पीछा करने में बस छूट चुकी है, एक मोटर-नाव करके चले।

हमारी मोटर-नाव ग्रैंड कनाल से जा रही है। यही सबसे बड़ी नहर है। इसी के किनारे प्रायः सभी ऐतिहासिक स्थान हैं। बड़े-बड़े भवन, गिरजाघर। लेकिन लगता है, सभी श्रीहीन। ऐसा क्यों लग रहा है? क्या हमारा मन ही खिन्न है? क्या मौसम अच्छा नहीं है?

ग्रैंड कनाल पार कर हम झील में पहुँचे और वहाँ से उस टापू की ओर चले। पानी गंदा है, कुछ सड़ाँध-सी गंध है। बात क्या है? सामने यह छोटा सा टापू है। टापू पर एक खूबसूरत गिरजाघर है। और उस ओर जो वह मोटर-नाव जा रही है, उसपर क्या है? अरे, फूलों से लदी एक अरथी है। जो मरा है, बड़ा आदमी मरा है। शानदार अरथी है। लोग काली पोशाक पहने हैं—पुरुष भी, स्त्रियाँ भी। इस टापू में श्मशान है। वहीं ले जा रहे हैं। यात्रा के समय अरथी देखना शुभ शकुन होता है—क्या हमारी आज की यात्रा अच्छी रहेगी? हम क्या पाएँगे? हम जो पाएँ, यह तो जा रहा है—

आए हैं सो जाएँगे, राजा, रंक, फकीर।

कबीर बाबा क्या कहते हैं आपके। आपके 'शबद' सदा हृदय छूते रहे हैं!

हम जिस टापू में जा रहे थे उसे 'मुरानो' कहते हैं। एक टापू 'बुरानो' भी है। अजीब-अजीब नाम हैं दुनिया में। इटली में 'आ' कारांत, 'ओ' कारांत और 'ई' कारांत नाम अधिक हैं।

मुरानो के निकट पहुँचकर देखा, कुछ बच्चे घुटने भर पानी में घुसकर पानी के नीचे हाथ से कुछ टटोल रहे हैं। शायद केकड़े की खोज में हों। समुद्री केकड़े बड़े स्वादिष्ट होते हैं। इन्हें देखकर अपने गाँव के मछुओं के बच्चों की याद आ गई। वे किस तरह बेखटके पानी में कूद जाते, मछली मारते, केकड़े पकड़ते हैं।

घाट पर हमारी प्रतीक्षा में उस कारखाने का एक युवक प्रतिनिधि मिला। वह हमें भीतर ले गया। छोटा सा कारखाना, जिसमें बत्तीस-पैंतीस आदमी काम करते हैं। जितने हमारे यहाँ किसी भी लुहारखाने या नाईखाने में काम करते हैं। भीतर एक बड़ा चूल्हा जल रहा है। चूल्हे के चारों ओर चार मुँह हैं। उन मुँहों से शीशे को भीतर पहुँचाते हैं। चूल्हे की धधकती उजली आग में शीशा तुरत ही मुलायम बन जाता है।

मोम-सा मुलायम। फिर उसे बाहर लाते हैं और उसे तरह-तरह के रूप देते हैं। रंग तो चूल्हे में ही दे देते हैं। हमने देखा, एक उजला शीशा चूल्हे के भीतर ले गए और वहीं कुछ ऐसी रासायनिक चीजें डालीं कि शीशा हरा हो गया। जब मुलायम शीशा चूल्हे से बाहर आता है कि फुरती और सफाई से उसे तरह-तरह के आकार दे देते हैं। जो शीशे का लोंदा लगता था, देखिए, वह तुरत फूल, पत्ता, पंछी, जानवर—क्या-क्या नहीं बन गया। बस उँगलियों के चार-पाँच मोड़ दिए कि देखिए, यह हंस तैयार हो गया।

हंस में पंख तो बाहर लगेंगे। चूल्हा-घर से बाहर एक कोठरी है, जहाँ इन चीजों पर बारीक कारीगरी की जाती है। चार लड़कियाँ और एक पुरुष यहाँ काम कर रहे हैं। हाँ, लड़कियाँ चार हैं। उन्हींकी पतली उँगलियाँ तो ऐसा बारीक काम कर सकती हैं! इन चीजों पर वे सोने-चाँदी का पानी चढ़ा रही हैं, उनपर तरह-तरह की चित्रकारियाँ कर रही हैं। कितनी जल्दी, कितनी सफाई से—कि देखकर आश्चर्य होता है। वह देखिए, वह लड़की हमारी इस आश्चर्य-मुद्रा को देखकर मुसकरा पड़ी। कितनी सुंदरी है यह—तो भी अपने हाथ की कारीगरी की रोटी खाना ही इसे पसंद है। गुलाब-सा चेहरा, मोम-सी उँगलियाँ! उँगलियाँ तब भी काम कर रही हैं जब वह हमारी ओर देखकर मुसकरा रही है।

कुल तीस-पैंतीस आदमी यहाँ काम करते हैं; किंतु जब इनके प्रदर्शन कक्ष में गया, देखकर दिमाग चकरा गया। कितनी तरह के, कितने आकार-प्रकार के, कितने रंग के—कितना सामान इकट्ठा कर रखा है यहाँ! शराब के, चाय-काफी के, जलपान के, भोजन के, कमरे सजाने के, शृंगार के, रोशनी करने के, खिलौने के ऐसे-ऐसे सेट कि देख-देखकर तबीयत लहालोट हो रही है। दाम भी कुछ अधिक नहीं—यदि पाँच सौ रुपए खर्च कर दीजिए तो आपका कमरा जगमगा उठे। किंतु सवाल है, काँच की चीजें लाई कैसे जाएँ? और यहाँ-वहाँ की 'ड्यूटी' तो अलग। एक-एक मटके, झारी, तश्तरी, प्याली, हंडे, फानूस आदि पर तृषित नेत्र डालते हम वहाँ से बाहर हुए।

पता चला, ये लोग अपनी चीजें संसार भर में भेजते हैं। भारत में कलकत्ता, बंबई आदि सब बड़े शहरों में इनके एजेंट हैं। इस तरह के कारखाने वेनिस में बहुत से हैं। जिस तरह स्विट्जरलैंड का घरेलू उद्योग घड़ी बनाना है उसी तरह वेनिस का घरेलू धंधा शीशे के ये सामान तैयार करना है। यहाँ से लौटकर जब हम वेनिस पहुँचे तो शाम को एक सज्जन आग्रहपूर्वक हमें अपने घर ले गए थे। वहाँ भी ऐसा ही कारखाना। दरियाफ्त किया तो पता चला, एक ही परिवार के लोग इस कारखाने को

चलाते हैं। अपना कारखाना दिखानेवाली उस लड़की ने मुसकराकर कहा— मेरे पिताजी छह भाई हैं। हर भाई के चार-पाँच-छह बच्चे हैं। अत: अपने ही परिवार के पच्चीस-तीस प्राणियों को लेकर हम इसे चला रहे हैं। भारत में इनका भी माल आता है।

बार-बार सोचने को बाध्य होना पड़ता है, क्या अपने देश में कुछ ऐसे उद्योग संघ नहीं चलाए जा सकते? अपने यहाँ तो गृह उद्योग का अर्थ सिर्फ चरखा, घानी या चटाई है— जबकि दिन-रात के व्यवहार की छोटी-छोटी चीजें भी हम बाहर से मँगाते हैं। वेनिस का वैभव उसके यात्रियों के आगमन पर निर्भर करता है। जब-जब लड़ाई छिड़ती है, यात्रियों का आना-जाना प्राय: बंद हो जाता है। उन दिनों इन गृह उद्योगों के बल पर ही वेनिस अपने को जिंदा रख पाता है।

अपने होटल में आकर भोजन किया। दिन में मैं कुछ सोना पसंद करता हूँ। किंतु कल भोर में ही चल देना है, अत: जितना अधिक देख लिया जाय, इस दृष्टि से हम खाना खाकर तुरत बाहर निकले।

लीडो की ओर— जिसके नाम पर पेरिस के शाँ जलीजे में इंदूसभा बसाई जाती है, भला उसीको नहीं देखा जाय! पानी-बस के अड्डे पर गया। हर दस मिनट पर ये पानी-बसें छूटती हैं। भाड़ा भी बहुत कम। ये सरकारी बसें हैं। हरे पानी को चीरती हमारी यह बस भागी जा रही है। कभी वेनिस के किनारों को, कभी टापुओं को देखते हम लीडो की ओर बढ़ते जा रहे हैं।

लीडो में प्रवेश करते ही उसके सौंदर्य पर मुग्ध हो जाना पड़ता है। पचास वर्ष पहले तक यह टापू मछुओं की बस्ती रहा है, आज यूरोप के सर्वोत्तम क्रीड़ा केंद्रों में परिणत हो गया है।

लीडो के बीचोबीच हम जिस सड़क से जा रहे हैं, जरा उसीकी शोभा देखिए। सड़क कितनी चौड़ी, कितनी चिकनी! उसके दोनों ओर पेड़ों की दो-दो पंक्तियाँ। दोनों पंक्तियों के पेड़ों के पत्ते दो प्रकार के। सड़क पर रोशनी के लिए जो खंभे गाड़े गए हैं, उनकी बनावट कैसी कलात्मक है। उनके ऊपर जो शीशे के हंडे हैं उनकी शकल भी देखने लायक। पेड़ों की दोनों पंक्तियों के बीच जो पतली पगडंडी है, उनके खंभे तो और भी सुंदर। दो-दो पतले खंभे एक साथ गड़े हैं, जिनके ऊपर जो हंडे हैं उनके नीचे तीन-तीन बत्तियों के गुच्छे हैं। भाई देशपांडे कहते हैं, संध्या होने पर जरा हम यह भी देख जाएँ कि रोशनी में यह सड़क कैसी खूबसूरत लगती है!

सड़क के किनारे जो दूकानें और रेस्तोराँ हैं उनकी शोभा भी कितनी आकर्षक

है ! फूलों की भरमार, लताओं की भरमार। एक रेस्तोराँ में तो लताओं का ही पूरा मंडप बना है। इटली के गुलाब बहुत खूबसूरत होते हैं, खासकर लता-गुलाब तो ऐसे खिलते हैं कि सिर्फ फूलों के गुच्छे-ही-गुच्छे दिखाई पड़ते हैं। इटली के गुलाब का रंग भी बहुत सुंदर होता है—और यहाँ के गुलाब में भीनी गंध भी है।

किंतु अपने को इन जड़ गुलाबों में ही मत उलझाइए। बढ़े चलिए, अब आप समुद्र किनारे आ गए और देखिए, यहाँ चलते-फिरते गुलाबों का कैसा मेला लगा है। पिछली यात्रा में लुजान में भी हमने स्नान-क्रीड़ा के दृश्य देखे थे; किंतु इसके आगे उसकी याद आ गई, यही गनीमत!

समुद्र के किनारे पंक्तियों में काठ के छोटे-छोटे अनेक घर बने हुए हैं। स्नानार्थी आते हैं, उनमें एक घर ले लेते हैं। घर में टेबुल है, दो कुरसियाँ हैं; बड़ा आईना है, कंघी है। नहाने के दो वस्त्र हैं। कपड़े खोल दीजिए, इन्हें पहन लीजिए। मर्द के लिए एक कोपीन काफी। औरतों के लिए छाती पर की एक कोपीन भी। ये देह से ऐसे चिपकी होती है कि नहाने, उछलने-कूदने में जरा दिक्कत न हो।

सामने समुद्र लहरा रहा है—हरा-भरा पानी, तरंगों पर तरंगें आ रही हैं, तटभूमि से टकरा रही हैं। तटभूमि पर हजारों आदमी नहा रहे हैं—युवक हैं, युवतियाँ हैं, बच्चे हैं, बूढ़े हैं। बच्चों के उत्साह का क्या कहना! छोटे-छोटे बच्चे—पानी में घुसते जा रहे हैं, पानी उछालते जा रहे हैं। जब तरंगें आती हैं, उनसे खेलते हैं, उनपर हाथ-पैर पटकते हैं। देखिए, यह बच्चा धीरे-धीरे कितने पानी में चला गया—और यहाँ हमारे शिवाजी हैं कि नाव पर चढ़ने से भी डरते हैं!

युवक-युवतियों का तो यह मेला ही है जैसे। सारे कपड़े उतारकर पुरुष सिर्फ कमर में और स्त्रियाँ कमर और छाती पर पतली कोपीन बाँधे समुद्र में कूद रहे हैं, तैर रहे हैं, नावें खे रहे हैं, एक-दूसरे पर पानी उछाल रहे हैं। उनकी हँसी, उनकी उमंग समुद्र की तरंगों से होड़ ले रही हैं। जब वे अपने को पानी में खूब थका लेते हैं तो तट पर आते और बालू पर लेट जाते हैं—जोड़े-जोड़े में, सट-सटकर! कोई चित, कोई पट; कोई इस करवट, कोई उस करवट। सबकी एक ही हालत—किसको शरमाने की फुरसत है, एक-दूसरे को देखने की फुरसत है। माताएँ अपने बच्चों को नहला रही हैं और उनके सामने ही अपने पतिदेवों से किलोलें कर रही हैं; जैसे ये सब क्रियाएँ परम स्वाभाविक हों।

इन कोपीनों में इन युवक-युवतियों का शरीर सौंदर्य किस प्रकार उभड़ आया है। खूबसूरती पेरिस में भी देखी थी, किंतु फ्रांस और इटली की खूबसूरती में एक खास अंतर है। इटली के प्राचीन चित्रों में मदर मेरी की तसवीरें प्राय: देखी थीं—एक हृष्ट-पुष्ट माता, जिसकी छाती मातृत्व के रस से लबालब। यहाँ उसके प्रत्यक्ष दर्शन

हो रहे हैं! उभरी-उमड़ी हुई छातियाँ, पतली कटि, पुष्ट नितंब, सघन जाँघें— मालूम हो रहा है जैसे माइकेल एंजेली या किसी अन्य इटालियन मूर्तिकार की बनाई संगमरमर की मूर्तियाँ यहाँ प्रत्यक्ष चल-फिर रही हैं। हमने पाया, यहाँ की स्त्रियों का कटि से ऊपर का भाग जितना हलका होता है, कटि से घुटने तक का भाग उतना ही पुष्ट। कालिदास के 'कुमारसंभव' में युवती पार्वती का वर्णन स्मरण हो रहा है और याद आ रही है अपने देश की आधुनिक युवतियों की, जो सिर्फ तेल, क्रीम, पाउडर से अपने को चमकाना चाहती हैं और इतना घी-मक्खन खाती हैं कि थोड़े दिनों में ही बदरूप बन जाती हैं। यहाँ यह भी देखा, मर्द बड़े तगड़े और उनकी पत्नियाँ, प्रेमिकाएँ शरीर की हलकी-फुलकी। हमारे यहाँ उलटा है, पतिदेव तो जैसे-के-तैसे दुबले रह गए और शादी होते ही लड़कियाँ फूलकर कुप्पा बन गईं!

समुद्रतट पर ही एक रेस्तोराँ है। हम वहीं खा रहे थे, ये दृश्य देख रहे थे। लौटकर फिर अपने होटल में आए और थोड़ा विश्राम कर फिर चले कला-प्रदर्शनी देखने।

वेनिस में हर दो वर्ष पर कला-संगम होता है। यह जोड़े वर्ष पर होता है। इस साल बावन है न! यह हमारा सौभाग्य है। हमारे पास जो गाइड बुक है उससे पता चलता है, १४ जून से १९ अक्टूबर तक अंतरराष्ट्रीय आधुनिक कला-प्रदर्शनी होगी, ८ अगस्त से १२ सितंबर तक अंतरराष्ट्रीय सिनेमा-प्रदर्शनी होगी, १० सितंबर से २२ सितंबर तक अंतरराष्ट्रीय आधुनिक संगीत-प्रदर्शनी होगी और २३ सितंबर से ५ अक्टूबर तक अंतरराष्ट्रीय नाटक-मेला लगेगा। यों जून से अक्टूबर तक वेनिस अंतरराष्ट्रीय कला का संगम-स्थल बनने जा रहा है।

आज १४ जून है न। कम-से-कम इसका प्रारंभ तो देख लें। जब हम लीडो जा रहे थे, रास्ते में किनारे पर झंडे-पताके, तोरण-बंदनवार आदि देखे थे। लोग उस ओर जल्दी-जल्दी बढ़ रहे थे। हम भी उनके साथ हो लिये।

कितनी विशाल प्रदर्शनी है। कितनी दूरी में फैली—हर देश के लिए अलग-अलग कमरे हैं। कई देशों के लिए तो पूरे-के-पूरे मकान हैं, जिनमें कमरों की भरमार है। इटली के लिए सबसे अधिक स्थान लिया गया है। इटली यूरोप में कलाभूमि रही भी है। आज भी, अपने दुर्दिन के दिनों में भी, इटली अपने उस प्राचीन कला-गौरव को नहीं भूली है। प्रदर्शनी में चित्रकला और मूर्तिकला दोनों के नमूने हैं। पेरिस में हमने जिसे छोटे पैमाने पर, गिने-चुने रूप में देखा था, उसीका यह वृहद् विशाल रूप है। मूर्तिकला के नाम पर संगमरमर के, काले पत्थर के, इस्पात के, ताँबे के बड़े-बड़े,

किंरूपकिमाकार ढोंके और चित्रकला के नाम पर रंगों और रेखाओं का वह गड्डमड्ड कि आप दिमाग खरोंचकर भी नहीं जान पाएँ कि यह क्या है। हाँ, कहीं-कहीं सूक्ष्मतर रेखाएँ और मनोहरतम रंगीनी भी और कहीं-कहीं मूर्तिकला की भी ऐसी खूबसूरत मूर्तियाँ कि मन मुग्ध हो जाय। यूरोप के सारे देशों की कलाएँ तो यहाँ थीं ही और एशिया के कई देशों की भी कलाएँ थीं। मुझे आश्चर्य हुआ। अपने देश से क्यों नहीं कला के कुछ उत्कृष्ट नमूने भेजे गए थे वहाँ! लोग क्या कीमत लगाते उनकी, उत्तर मैं नहीं दे सकता; किंतु आज हम लोग यहाँ पर अपने को गौरवान्वित तो अवश्य अनुभव करते—संसार की कला-प्रदर्शनी में हमारे लिए भी जगह है।

प्रदर्शनी को देखकर संध्या समय वेनिस देखने को चला। सोचा, संध्या की रूमानी फिजा में वेनिस हमें अवश्य मोहित करेगा; किंतु हमें निराशा-ही-निराशा मिली। असल में वेनिस एक उजड़ता सा शहर है। जब तक बड़े-बड़े जहाज नहीं बने थे, दूसरे मार्ग नहीं खुले थे, वेनिस यूरोप और अफ्रीका को जोड़नेवाला एक संपन्न, सुखी और शानदार शहर था। वेनिस के बाजारों में संसार के व्यापारी जुटते और अपनी-अपनी चीजों का आदान-प्रदान करते। वह उन दिनों संसार का एक प्रमुखतम गोदाम था, शराफा था। वहीं चीजें बदली जातीं, सिक्के बदले जाते; किंतु ज्यों-ज्यों व्यापार के दूसरे रास्ते खुलते गए, वेनिस की अवनति प्रारंभ हुई। वेनिस की इस अवनति में एक कारण इसकी विचित्र अवस्थिति भी है। समुद्र में गिरनेवाली दो नदियों के मुहानों पर एकत्र मिट्टी पर यह शहर बसाया गया था। ज्यों-ज्यों शहर की प्रमुखता बढ़ती गई, लोग आसपास की दलदली जमीन को भरकर उसपर मकान बनाते गए। ये मकान भी विचित्र कौशल से बने। रास्तों की जगह छोटी-बड़ी नहरें। ये नहरें नीचे से इमारतों को खोखली बनाती रहीं। किंतु जब तक शहर उन्नति पर था, इन सब संहारों से इमारतों को बचाने की व्यवस्था होती रही। पर अब जहाँ खाने-पीने में दिक्कत हो वहाँ अट्टालिकाओं की ओर कौन ध्यान दे? इटली की सरकार भी ऐसी संपन्न नहीं है, जो अपनी इस अद्‌भुत और ऐतिहासिक नगरी की रक्षा के लिए कुछ अधिक कर सके। देखा गया है, वेनिस का समूचा शहर पानी के अंदर धँस रहा है। कई ऐतिहासिक मकान टेढ़े-मेढ़े हो गए हैं। यदि कोई अच्छी व्यवस्था नहीं हुई तो यह समूचा शहर धँस जाएगा। अब भी यह हाल है कि बरसात में इतना पानी बढ़ जाता है कि इसके ऐतिहासिक सैरगाह सान मार्को पर भी पानी चढ़ जाता है।

प्रसिद्ध कवि वायरन ने वेनिस के बारे में कहा था—

She looks a sea Cybele, fresh from Ocean,
Rising with her tiara of proud towers.
At airy distance, with majestic motion,
A ruler of the waters and their powers.

अब भी वे अट्टालिकाएँ हैं, गिरजाघर हैं, वे ही गुंबदें और बुर्जियाँ हैं; किंतु लगता है जैसे सबकी श्री सदा के लिए समाप्त हो चुकी है। संध्या के सुनहले समाँ में उनकी श्रीहीनता और भी विह्वल बनाती है। इन भवनों में, इन गिरजाघरों में, इन राजप्रासादों में एक युग की कला-साधना भरी पड़ी है। अब भी उन्हें देखकर चित्त मुग्ध हुए बिना नहीं रहता। लेकिन जब कल्पना करते हैं, कुछ दिनों में यह शहर समुद्र के गर्भ में समा जाएगा, तो बड़ी उदासी छा जाती है। यदि अब भी इन इमारतों की थोड़ी मरम्मत कर दी जाय, इन्हें धो-पोंछ दिया जाय, जहाँ-जहाँ रंग उड़ गया है वहाँ पच्चीकारी कर दी जाय तो फिर वायरन की कविता की इस 'समुद्र की महासुंदरी' का हम प्रत्यक्ष दर्शन कर सकें।

जब बत्तियाँ जल उठीं, हम सान मार्को के पियाजा की सैर को निकले। यह वही जगह है जहाँ पहुँचकर नेपोलियन ने कहा था— यह तो यूरोप का श्रृंगार कक्ष है। सोचा था, यहाँ तो कुछ रंग होगा। कुछ रंग है। अब भी अलबेले-अलबेलियाँ यहाँ सैर कर रहे हैं। बीच में विस्तृत खुली अँगनाई है। तीन ओर दूकानें सजी हैं। एक ओर यह भव्य गिरजाघर है, जिसकी बगल में वह विशाल स्तंभ है, ऊपर वह घड़ी है जिसके घंटे की सूचना दो हबशी मूर्तियाँ डंके पीटकर देती हैं। होटल भी हैं, अँगनाई में गाना-बजाना भी हो रहा है; किंतु सारी चीजें उखड़ी-उखड़ी लगती हैं जैसे।

यह पियाजा बहुत ही पुराना है— ८०० ई. से इसकी चर्चा मिलती है। कितनी ही ऐतिहासिक घटनाएँ यहाँ घटी हैं— यहीं १३१० में विद्रोह हुआ, यहीं १७९७ में प्रजातंत्र के भाग्य का फैसला हुआ, यहीं १८४२ में वह क्रांति शुरू हुई जिसने इटली पर से आस्ट्रिया के आधिपत्य का अंत किया।

और, यह गिरजाघर भी कम महत्त्व नहीं रखता। ८३२ ई. में इसका निर्माण शुरू हुआ। तब से हर शताब्दी में इसमें कुछ-न-कुछ परिवर्तन और विकास होते रहे हैं। आज यह गिरजाघर ही नहीं रहा है, वेनिस की कला का सर्वश्रेष्ठ संग्रहालय भी है। इसकी वास्तुकला भी अति मनोरम है। उजले और लाल संगमरमर से बनी यह इमारत— इसके सोने के कलश संध्या को भी जगमग कर रहे हैं। इसके भीतर दीवारों पर की गई पच्चीकारी और सोने के काम मनमोहक हैं। यूरोप भर में इसकी बड़ी

प्रसिद्धि है। इसके अंदर एक खजाना है, जिसमें सोने और जवाहरात की तीन सौ ऐसी वस्तुएँ हैं, जिनकी कीमत नहीं कूती जा सकती। इस गिरजाघर में संत मार्को की लाश दफनाई गई है, जो वेनिस के अपने संत माने जाते हैं।

पियाजा से आगे बढ़िए तो आप एक ओर राजभवन देखेंगे और एक ओर यहाँ का सुप्रसिद्ध राष्ट्रीय पुस्तकालय। राजभवन में सुप्रसिद्ध कलाकारों द्वारा बनाए गए उत्तमोत्तम चित्र और मूर्तियाँ हैं। पुस्तकालय में पुरानी हस्तलिखित पुस्तकों का अनुपम संग्रह है। इन दोनों के बीच में वह स्तंभ है, जो तीन सौ फीट ऊँचा है। यह स्तंभ चार सौ वर्ष पुराना है। इसकी घड़ी की सुइयाँ विचित्र हैं।

आगे बढ़िए तो आप 'ब्रिज आफ साह'— इच्छाओं का पुल— देखेंगे। राजमहल से सटा हुआ जेलखाना है। राजमहल में, राजा द्वारा दंड पाकर, कैदी इसी रास्ते जेलखाने में भेज दिए जाते थे। उन दिनों का जेलखाना। जब वे यह पुल पार करने लगते, बेचारे अपने उच्छ्वासों को, आहों को, कराहों को कैसे रोक सके! हम कुछ देर तक खड़े रहकर उसे देखते रहे और फिर मन में एक घुमड़ती आह लिये अपने होटल में आए। काफी रात बीत चुकी थी, खाया, सो गए।

□

: ३६ :

दांते के नगर में

१५.६.'५२—फ्लोरेंस

जब हम वेनिस से फ्लोरेंस के लिए रवाना हुए, फिर वही हरी-भरी खेतियाँ नजर आने लगीं। गेहूँ की कटाई जोरों पर चल रही है—कहीं पूलियाँ, कहीं बोझे। कहीं-कहीं दँवाई भी हो रही है। कटाई ज्यादातर हाथों से ही; किंतु अपने यहाँ की तरह हँसिया लेकर, झुककर या बैठकर नहीं काटते। लाठी ऐसी चीज के निचले छोर पर हँसिया लगा है और उसके नीचे चलनी ऐसी चीज। हँसिया से काटकर डंठल उस चलनी में गिरते जाते हैं और उन्हें जगह-जगह रखते जाते हैं। फिर पूलियाँ या बोझे बनाते हैं। कहीं-कहीं बैलों से चलनेवाली मशीन से भी कटाई की जाती थी। कटनी के समय अपने यहाँ जिस तरह बच्चे खेतों में जाना पसंद करते हैं, वही हालत यहाँ भी देखी। बच्चे खेलकूद रहे थे या कटनी में मदद दे रहे थे। स्त्रियों को तो कटाई के समय खेतों में रहना ही चाहिए। अन्नपूर्णा के आँचल से अन्नपूर्णा के आँचल में—यही व्यवस्था तो उचित है।

कटे हुए खेत भी वीरान नहीं लगते, क्योंकि मेंड़ों पर शहतूत के पेड़ कतार में लगे रहते हैं। ये हरे-भरे छोटे-छोटे तंबू-से पेड़। इनपर रेशम के कीड़े पलते हैं। इटली का रेशम संसार में प्रसिद्ध है। दो पेड़ों के बीच कमानियाँ गाड़कर या कमानियाँ लगाकर उनपर अंगूर की लताएँ चढ़ा दी जाती हैं। इटली की मशहूर शराबें इन्हीं अंगूरों की बेटियाँ हैं न!

मकई की खेती लहरा रही है। कमर से लेकर छाती तक ऊँचे इनके ये लहलहाते पौदे। कहीं-कहीं ऊपर बालें फूट रही हैं। इन हरे-हरे खेतों में कहीं-कहीं रंगीन घाघरे दिखाई देते हैं—लड़कियाँ घूम रही हैं इन हरियाली के बाजार में। निचले खेतों में धान के पौदे—पानी पीकर कैसे पुष्ट बने हैं वे। इधर बीट की खेती भी खूब होती है, चुकंदर की चीनी के लिए भी इटली मशहूर है। कहीं-कहीं जूट

के से पौदे भी देखे। मैंने एक सज्जन से पूछा— जूट? उन्होंने सिर तो हिला दिया, किंतु मेरी भाषा समझी या नहीं, भगवान् जानें।

बोलोन में गाड़ी बदली। बोलोन का शहर बहुत सुंदर और हरा-भरा नजर आया। नए, रंगीन मकान, फुलवाड़ियाँ, बगीचे, बारियाँ। यहाँ से पहाड़ी-ही-पहाड़ी। पहाड़ पर भी खेती। इटली के लोग मौजी होते हैं, सुना था। उसके किसान उद्योगी होते हैं, देख रहा हूँ। पहाड़ी से जो छोटी-छोटी नालियाँ नीचे उतर रही हैं, उनमें बच्चे मछली मार रहे हैं। सड़कें, इस घोर देहात में भी, बड़ी अच्छी। उनपर मोटरें, साइकिलें, मोटर साइकिलें दौड़ रही हैं। मोटर साइकिलों की पिछली सीट पर प्राय: ही कोई सुंदरी।

लगभग पाँच बजे ही फ्लोरेंस पहुँचे। जिसे हम फ्लोरेंस कहते हैं उसे यहाँ के लोग 'फिरेंजे' कहते हैं। इटली भर में नामों की यह गड़बड़ी देखी। हम लोग अँगरेजों की दी हुई नामावली को ही अब तक दुहरा रहे हैं। इटली को उसके निवासी 'इटालिया' कहते हैं, वेनिस को 'वेनोजिया', मिलान को 'मिलानो', रोम को 'रोमा'। यही कहते और लिखते भी हैं। अब हम क्यों नहीं देशों और नगरों के नाम उस देश और निवासियों द्वारा दिए गए नामों से ही पुकारा करें!

फ्लोरेंस— छोटा सा शहर है यह, कुल साढ़े तीन लाख की आबादी। किंतु इस शहर का इतिहास कितना शानदार है! एक दांते का नगर होने से ही इतिहास इसको गौरव का स्थान देता— दांते, 'डिवाइन कॉमेडी' का वह अमर कवि, जिसका जोड़ा यूरोप अभी तक नहीं पैदा कर सका। उसका वह रूमानी जीवन, उसकी वह उदात्त कल्पना! फिर फ्लोरेंस माइकेल एंजेलो की भी जन्मभूमि है और यहीं लियोनार्दो द विंची और राफेल ऐसे कलाकारों ने अपनी कला के लिए शिक्षा और प्रेरणा पाई। माइकेल एंजेलो— यह कलाकार आज भी संसार में अद्वितीय है। यही नहीं, वांकासियो ऐसे कथाकार, शहीद-प्रवर सैवोनारोला, कूटराजनीति का आचार्य मैकियावेली और ज्योतिषाचार्य गैलेलियो की जन्मभूमि होने का गौरव भी इस नगर को प्राप्त है। यह तो महान् आचार्यों की नामावली है। सात सौ वर्षों से यह स्थान कला और साहित्य के क्षेत्र में कमाल दिखानेवाले असंख्य महापुरुषों की जन्मभूमि रही है।

फ्लोरेंस का नया स्टेशन उसके गौरव के अनुरूप ही है— साफ-सुथरा, खूबसूरत। स्टेशन के बगल में ही वह होटल था जिसमें पहले से हमारी जगह सुरक्षित थी। होटल में सामान रख, स्नान कर हम तुरत निकल पड़े शहर देखने। थोड़े समय में ही बहुत देखना— आराम या बरबाद करने के लिए हमारे पास समय कहाँ है!

फ्लोरेंस की 'पथ-प्रदर्शिका' बताती है— इस नगरी की जिंदगी में ऐसे क्षण

आते हैं कि वह वाटिका, प्रदर्शनी और रंगभूमि और भावभूमि का रूप धारण कर लेती है। जहाँ संध्या हुई कि नागरिक और नागरिकाएँ, सुंदरियाँ और उनके पिछलगुए, माताएँ और पत्नियाँ, बूढ़े दादा और छोटे नाती-पोते, विवाहित और कुँआरे—सब तरह-तरह के वस्त्रों से सुसज्जित होकर इसकी सड़कों और गलियों को गुलजार बनाते हैं। इसके क्लब, काफे, कला-प्रदर्शनी, संगीत भवन, सभागृह, पुस्तकालय और दूकानें सभी सदा भरी रहती हैं। फ्लोरेंस विश्व संस्कृति का केंद्र है। यहाँ के लोग स्वभावत: ही खुशमिजाज और खुले दिल के होते हैं—तुरत घुल-मिल जाना और बात-बात पर चुटकियाँ लेना इनके स्वभाव में शामिल हो गया है। यहाँ की स्त्रियाँ अपनी खूबसूरती के लिए ही नहीं, अपनी सुरुचि और कलाप्रेम के लिए भी प्रसिद्ध हैं। यहाँ का खाना और पीना—दोनों अपनी विशेषता रखते हैं। यहाँ के उत्सवों की अधिकता और आनंदमग्नता देखकर कोई भी चकित हो सकता है। यदि किसी गाँव के हाट या मेले में जाइए तो मालूम पड़े, वहाँ के साधारण लोगों के जीवन में भी कला किस तरह घुल गई है—संगीत-नृत्य की बहार के साथ रंग-बिरंगी सूरतें और पोशाकें आपकी आँखों में गड़कर रहेंगी।

ज्यों ही होटल से बाहर निकला, फ्लोरेंस का रोब दिल पर कब्जा करने लगा। सड़कें साफ, दूकानें चकमक, ट्राम, बस, मोटरों की भरमार। लोगों के चेहरे बड़े साफ, बड़े सुंदर। पेरिस ऐसी नजाकत तो नहीं, किंतु जवानों में मर्दानगी और युवतियों में भरे यौवन के चिह्न स्पष्ट दिखाई देते हैं। थके-माँदे थे, एक रेस्तोराँ में बैठकर अपने में ताजगी लाए। फिर लगे भटकने। मेरा ख्याल है, विदेश में पहले दिन अनिश्चित भ्रमण होना चाहिए, तभी उस शहर की खूबी मालूम हो सकती है। किंतु यह क्या? यह सामने कौन सी अट्टालिका खड़ी हो गई? इसकी बनावट तो मालूम नहीं। लगा जैसे यह कोई देव मंदिर हो। हाँ-हाँ, देव मंदिर ही तो। आगे यह संत जैन का चर्च है और पीछे वह सांता मारिया का कैथेड्रल।

संत जैन के चर्च की बनावट कुछ विचित्र है। इस चर्च का इतिहास भी इसी तरह विचित्र है। कहा जाता है, पहले यहाँ प्रकृतिपूजकों का मंदिर था। जब रोमनों के साथ वहाँ इसाई धर्म आ गया, यहाँ यह चर्च बना। इसके आकार-प्रकार पर रोमन कारीगरी की छाप है। किंतु इसे इस रूप में लाने का प्रयास तेरहवीं सदी में शुरू हुआ था। दो सदियों तक इसे सजाया और सँवारा गया। फिर इसे संत जैन के नाम पर उत्सर्ग किया गया। यही नहीं, तत्कालीन प्रजातंत्र सरकार ने यह व्यवस्था की कि प्रजातंत्र का कोई सदस्य, गिल्ड का कोई प्रधान, कचहरी का कोई हाकिम तब तक नियुक्त नहीं हो सकता जब तक इस चर्च में इसके लिए विशेष उपचार नहीं हो ले।

प्रजातंत्र ने ही इसमें तीन दरवाजे बनाने का निर्णय किया, जिसमें एक दरवाजा वेनिस के प्रसिद्ध कलाकार पिसानो ने बनाया। यह दरवाजा स्थापत्य कला के सर्वोत्तम नमूनों में समझा जाता है। बाकी दो दरवाजे फ्लोरेंस के युवक कलाकार गिलवती ने बनाए। पच्चीस वर्षों की मेहनत के बाद ये दरवाजे बन सके। गिलवती ने कुछ ऐसा कमाल दिखलाया कि माइकेल एंजेलो तक ने इसके तीसरे दरवाजे को 'स्वर्ग का द्वार' कहकर सराहा। आज तक यह इसी नाम से पुकारा जाता है। दांते ने बड़े गर्व के साथ उल्लेख किया है कि उसका जातकर्म इसी चर्च में हुआ था और आशा की थी कि इसी चर्च में कवि सम्राट् के रूप में उसका अभिषेक होगा।

जब हम चर्च के निकट पहुँचे, वह बंद हो चुका था। हाँ, स्वर्गद्वार के सामने लोगों की भीड़ थी, जो उसमें चित्रित 'आदमी की कथा' की चित्रावली को मुग्ध होकर देख रही थी।

किंतु सांता मारिया का कैथेड्रल अभी तक खुला था। हम उसमें घुसे। यह कैथेड्रल यूरोप के चार बड़े कैथेड्रलों में तीसरा स्थान रखता है। बड़ा ही भव्य, बड़ा ही दिव्य। जब हम भीतर पहुँचे, वहाँ पूजा हो रही थी। कई पादरी ईसा की मूर्ति के सामने मंत्र पढ़ रहे थे और उनके सामने भक्तों की भीड़ घुटने टेके मंत्रों को दुहरा रही थी। ध्वनि से कैथेड्रल का वातावरण गुंजित था। मंत्रों के साथ श्रुति-मधुर बाजे भी बज रहे थे। अपने देश के मंदिरों की याद आई— वही अपने यहाँ के घंटे-घड़ियाल, स्तोत्र, जय-जयकार। किंतु अपने यहाँ भक्ति-भावना कम, षोडशोपचार अधिक। यहाँ देखा, ऊपर से भक्ति की प्रचुरता दिखाई पड़ती थी, अंतर का हाल अंतर्यामी जानें!

इस कैथेड्रल के बनाने में बड़े-बड़े स्थापत्य विशारदों का हाथ रहा है। इसका गुंबद ब्रुनेलेशी ने बनवाया था— बिना किसी सहारे का यह गुंबद आकाश छूता था। इसका घंटाघर जिमेत्रो ने बनाना शुरू किया; किंतु उसकी मृत्यु के बाद पिसानो ने इसे पूरा किया। उसकी दीवारों पर जो चित्रावली और भित्ति-मूर्तियाँ हैं तथा जहाँ-तहाँ स्थापित जो मूर्तियाँ हैं, वे भी बड़े-बड़े कलाकारों की कूची और छेनी की करामात हैं। लुका डेला रोबिया की अनुपम कलाकृतियाँ और माइकेल एंजेलो की बनाई दो अनुपम मूर्तियाँ हैं। माइकेल एंजेलो द्वारा बनाई माता मेरी की गोद में शहीद ईसा की मूर्ति को देखकर कौन भाव-विभोर नहीं हो रहेगा! कहा जाता है, यह माइकेल एंजेलो की अंतिम मूर्ति है और बहुत अंशों में अधूरी है। शहीद ईशा के चेहरे और माता मेरी की करुण भावना की ऐसी प्रतिकृति यहाँ उतरी है कि हृदय बरबस द्रवित हो जाता है। कहा जाता है, माता मेरी के पीछे जोसेफ की जो मूर्ति है, वह माइकेल

एंजेलो की अपनी मूर्ति है— अस्सी साल का बूढ़ा, झुर्रियों से भरा चेहरा, सफेद दाढ़ी; किंतु आँखें जैसे आँसुओं में डूबकर भी बिजली-सी जल रही हों। कैथेड्रल में चित्रों की भी भरमार। मुझे वह चित्र बहुत भाया जिसमें दांते अपनी पुस्तक पढ़ते हुए उसमें वर्णित नरक की ओर उँगली से निर्देश कर रहे हैं।

कुछ आगे बढ़े तो इसके मुख्य बाजार में पहुँच गए। विशाल इमारतें, उनके शानदार बरामदों में दूकानें सजीं। हम उन्हें अतृप्त नयनों से देख रहे थे कि कानों में संगीत की मधुर मोहक ध्वनि पड़ी— उससे खिंचकर हम एक बड़ी अँगनाई में आ गए। एक रेस्तोराँ है— उसके सामने भीड़ है, भीड़ के आगे रंगीन छतरियों के नीचे बैठे लोग खा-पी रहे हैं। रेस्तोराँ की ओर से ही संगीत का यह आयोजन है। मंच पर खड़ी एक लड़की गा रही थी। बाजों में ढोलक ऐसी, खँजड़ी ऐसी, करताल ऐसी, सितार ऐसी और बाँसुरी ऐसी चीज— काठ के दो टुकड़ों को लेकर भी बजा रहे थे मजीरे की तरह की कोई चीज। इन बाजों से जो एक अजीब स्वर-लहरी निकलती उसपर तैरती-सी उस लड़की की स्वर माधुरी। वह देखने में सुंदर, छोटे कद की, कमसिन! कंठ का क्या कहना— लगता था, अमृत उड़ेल रही है। गाने की तर्ज ही नहीं, शब्दों का उच्चारण भी बहुत कुछ भारतीय ढंग का।

जब हम गाने सुनने में तल्लीन थे, एक नौजवान मेरे निकट आकर पूछने लगा— क्या आपको यह गाना पसंद आ रहा है? जब मैंने 'हाँ' कहा, वह बड़ा प्रसन्न हुआ। बात-ही-बात में वह कुछ ऐसा घुल-मिल गया कि वह स्वयं हमें अपने घर की चीजें दिखलाने ले गया। अभी विद्यार्थी ही है वह— अठारह-उन्नीस वर्ष का होगा। गोरा, खूबसूरत चेहरा, नाक उठी हुई, शरीर भरा-पूरा, कपड़े बड़े सलीके के। कालेज से ग्रेजुएट होकर गणित की ऊँची पढ़ाई के लिए 'स्कूल' में भरती हुआ है। कल उसकी परीक्षा है; किंतु वाह री भद्रता! हमारे साथ इस संध्या को घूम रहा है। अपने शहर के जर्रे-जर्रे से जैसे वह परिचित हो— इतिहास की, कला की, साहित्य की कैसी जानकारी है उसकी! विज्ञान का तो वह विद्यार्थी ही है। उस लड़के के शील, स्वभाव और ज्ञान को देखकर बार-बार अपने यहाँ के विद्यार्थियों की याद आती रही, जो नाक से आगे देख नहीं पाते और अभद्रता तो जिनकी जवानी की निशानी है।

यहाँ से हम उस स्थान को आए जिसे आप फ्लोरेंस का खुला म्यूजियम भी कह सकते हैं। इसका नाम है 'पियाजा सिनोरिया' या 'प्रजातंत्र का मैदान'। इस मैदान में साल में दो बार फुटबाल होता है, जिसमें तरह-तरह की पोशाक पहनकर खिलाड़ी उतरते और हाथ से भी गेंद को उछाल सकते हैं। यह फ्लोरेंस का सुप्रसिद्ध

राष्ट्रीय खेल है। मैदान के एक ओर प्रजातंत्र का भवन है, जिसमें अब म्यूनिसिपैलिटी का दफ्तर रहता है। भवन के सामने, खुले आकाश के नीचे, कुछ मूर्तियाँ हैं, जो कला की उत्तमोत्तम कृतियों में गिनी जाती हैं। यहीं माइकेल एंजेलो का 'डेविड' है। माना जाता है, मानव की ऐसी सुंदर स्वाभाविक मूर्ति संसार में दूसरी कोई नहीं। यहीं वृहस्पति का फव्वारा है। वृहस्पति की ऊँची विशाल मूर्ति के सामने यह फव्वारा दिन-रात पानी की बूँदें बरसाता रहता है। और सबसे बढ़कर यहीं एक वह सिंह-मूर्ति है, जो फ्लोरेंस का राज-चिह्न मानी जाती है। सिंह-मूर्ति के हृदय भाग में लिली फूल का चिह्न है—फ्लोरेंस 'लिली' का नगर भी कहा जाता है। लाल* ···नहीं किया। कहा, मेरे घर लोग इंतजार करते होंगे। उसकी भद्रता हमें मुग्ध किए जा रही थी। रेस्तोराँवालों ने बड़ा ही नेक व्यवहार किया। हमारे कहने पर तुरत भात बनाया; और सामान भी बड़े ही सुस्वादु थे और उनकी कीमत तो पेरिस से आधी से भी कम। फ्लोरेंसवालों को अच्छी रसोई बनाने पर भी नाज है और अपनी शराब के बारे में तो बड़े फख्र से कहते हैं, कितनी भी पीजिए, जीभ सूख नहीं सकती और उसकी सुगंध आपके दिमाग को बहुत देर तक मुअत्तर बनाए रहेगी। उनके यहाँ एक कहावत है—रोटी एक दिन की और शराब एक वर्ष की। उसकी शराबों में शियांती बहुत ही मशहूर है। सचमुच शियांती शांतिदायिनी है।

सोने के पहले एक बार फिर स्टेशन देख आए। रोशनी की रंगीनी में स्टेशन और भी खूबसूरत मालूम होता था और उनकी बगल के रेस्तोराँओं का तो कहना ही क्या! मस्ती और रंगीनी छलकी पड़ती थी। स्टेशन से लौटकर सो गया—फ्लोरेंस की गरिमा और रंगीनियों का स्वप्न देखता हुआ।

□

* मूल पांडुलिपि में दो पृष्ठ न होने के कारण यहाँ छूट है।

: ३७ :

यह दांते का घर है!

१६.६.'५२—फ्लोरेंस

आज बाजार में दांते और ब्रेटिश की जो सम्मिलित मूर्ति खरीदी है, उसे सामने रखकर आज की यह डायरी लिखने जा रहा हूँ।

जब-जब यह कल्पना करता हूँ, इस शहर में दांते और माइकेल एंजेलो का जन्म हुआ, तब कितनी मुग्धता आ जाती है। दांते और ब्रेटिश का वह स्वर्गिक प्रेम, जिसने डिवाइन कॉमेडी को जन्म दिया था और माइकेल एंजेलो की वह कला, जिसने पत्थर को भी सजीव बना डाला।

स्नान, जलपान से निवृत्त होकर आज दस बजे यूफीजी की गैलरी देखने गए। पता चला, सोमवार के कारण आज तीन बजे खुलेगी। मन में बड़ी खिन्नता आई। किंतु उसी भवन की दूसरी ओर राज्य के कागजात का म्यूजियम है, यह गाइड बुक में पढ़ चुका था। इसलिए इसके दरवाजे के भीतर घुसे। किंतु वहाँ पहुँचने पर जब बातें शुरू कीं तो कोई समझनेवाला नहीं। यूरोप में फ्रेंच ही एक भाषा है, जिससे किसी तरह काम चल सकता है। अँगरेजी कदम-कदम पर बेकार साबित हो जाती है।

किंतु संयोग से एक अमेरिकन विद्यार्थी आ गया, जो यहाँ अनुसंधान का काम कर रहा है। उसने बातें कीं और जब हमने अपनी इच्छा बताई तो वह म्यूजियम के सुपरिंटेंडेंट के पास गया। थोड़ी देर में ही वह अधिकारी खुद आ गए। बूढ़े से सज्जन, इतिहास के डाक्टर, बड़ी ही आवभगत की और स्वयं अपने साथ ले जाकर उस विद्यार्थी के माध्यम से कुछ चीजें दिखलाईं। किंतु कितना दिखलाते! सातवीं सदी से आज तक के सारे प्रमुख कागजात यहाँ सँवारकर रखे हुए हैं। इस विशाल भवन में तीन सौ बड़े-बड़े कमरे हैं। चार लाख मोटी-मोटी जिल्दों में ये कागजात रखे गए हैं, जिनकी संख्या एक करोड़ बीस लाख है। ताल-पत्र, काष्ठ-पत्र, भोज-

पत्र—सभी ढंग के कागजों पर ये लिखे गए हैं। जो सबसे पुराने कागजात हैं, वे ७२६ ई. के हैं। दूसरे देशों के कागजात भी हैं। उनमें दो भारतीय हस्तलिपियाँ हैं—एक बँगला की, दूसरी तमिल या तेलुगू की; यद्यपि वे समझते हैं, वह भी बँगला ही है। हमने उनका भ्रम दूर किया।

दांते संबंधी कागजात हमने देखना पसंद किया। हमने उन कागजों को देखा, जिनमें दांते पर चलाए गए मुकदमे की मिसिलें हैं। मुद्दालहों के कई नाम हैं, जिनमें दांते का नाम अंतिम हिस्से में है। दांते को देश-निष्कासन की सजा मिली थी। इधर-उधर भटकते अपनी जन्मभूमि से दूर ही मरे—१३२१ ई. में। इसके बाद वह कागज दिखाया गया जिसकी रजिस्ट्री ब्रेटिश के पिता ने वसीयत के रूप में कराई थी। वसीयत में दांते की भी चर्चा है। दांते की मृत्यु के दो सौ वर्ष के बाद सन् १५१९ में फ्लोरेंस के नागरिकों ने सरकार के पास दरखास्त दी कि उनकी हड्डियाँ लाकर फ्लोरेंस में दफनाने की आज्ञा दी जाय। कहना नहीं होगा कि यह दरखास्त मंजूर की गई। वे कागजात भी यहाँ सुरक्षित हैं। इसके बाद और भी कई कमरे दिखलाए गए। देख-देखकर हम मुग्ध होते रहे। बूढ़े डाक्टर की शराफत का क्या कहना! यह भवन फ्लोरेंस के ऊँचे-से-ऊँचे भवनों में है। अत: उन्होंने ऊपर ले जाकर सारे शहर का विस्तृत दृश्य दिखलाया और वहीं से कितने ऐतिहासिक स्थानों और भवनों का निर्देश किया।

वहीं हमें पता लगा कि दांते का घर इसके निकट ही है। शहर का नक्शा लेकर उन लोगों ने रास्ता भी समझा दिया। उन्हें भारतीय ढंग से नमस्कार करके चले। नीचे आए तो सामने ही वह भवन दिखाई पड़ता था, जो यहाँ का सबसे प्राचीन राजभवन है। उसे हम कल संध्या को अलग से ही देख चुके थे। इस समय भवन का द्वार खुला हुआ था। सोचा, जरा भीतर चलकर देखें। भीतर जाने पर पता चला, यहाँ चित्रों की प्रदर्शनी हो रही है। जब जर्मनों का पिछले महायुद्ध के समय यहाँ कब्जा हुआ तो वे यहाँ से बहुत से चित्र अपने देश उठाकर ले गए। हाल ही में वे चित्र वहाँ से मँगवा लिये गए हैं और कल से ही उनकी प्रदर्शनी हो रही थी। वह 'गिल्ड हॉल' कहलाता है। इसका दूसरा नाम 'पाँच सौ आदमियों का भवन' भी है। यहीं फ्लोरेंस की गिल्ड के पाँच सौ सदस्य बैठते और अपने नगर की व्यवस्था पर विचार-विमर्श करते। हॉल के चारों ओर मूर्तियाँ, चित्र, प्राचीर चित्र और कसीदे की चित्रावली। एक चित्रावली में बताया गया है कि एक ईसाई संत को कितना कष्ट दिया गया था। उसके अंग-अंग में काँटे चुभाए गए हैं। खून बह रहा है। किंतु उसका चेहरा वैसा ही धीर-गंभीर। इस चित्र को देखकर मुझे बड़ी करुणा आई—आह! हर समय हर देश में साधुओं को कष्ट-ही-कष्ट दिए गए।

जब हम प्रदर्शनी से निकल रहे थे, फिर उस युवक से भेंट हो गई। वह अपनी परीक्षा देकर आ गया था और हमें खोज रहा था। विदेशियों के प्रति यह स्नेहभाव हमारे युवकों में भी आ पाता! उसीके साथ हम अब दांते का घर देखने चले। रास्ते में एक घंटाघर दिखाई पड़ा। उस युवक ने बताया, यह घंटा तभी बजाया जाता है जब संसार में कहीं युद्ध शुरू हो। मैंने मन-ही-मन कामना की, यह फिर कभी न बजे। यूरोप में युद्ध के कारण जो विभीषिका हुई है उसे देखते हुए हर समझदार की यही कामना हो सकती है।

दांते का घर छोटा, बहुत ही छोटा है। घर के सामने दांते संबंधी चित्र, मूर्तियाँ, पुस्तकें आदि बिक रही थीं। घर के भीतर गया तो देखा, वहाँ एक आधुनिक इटालियन चित्रकार के चित्रों की प्रदर्शनी चल रही है। यह चित्रकार पिछले महायुद्ध में युद्धबंदी बनाकर भारत भेजा गया था। अत: उसने कई चित्र भारत के संबंध में बनाए हैं। कश्मीर घाटी, गाँव, पनघट आदि। उसके चित्र बहुत ही सुंदर थे। वे चित्र बिक भी रहे थे; किंतु इतने पैसे नहीं थे कि एक भी खरीद लेता।

दांते के घर से उस गिरजाघर की ओर चला, जो फ्लोरेंस का पैंथियन है। एक विशाल इमारत, जिसमें फ्लोरेंस के सुप्रसिद्ध सपूतों की अस्थियाँ सुंदर-सुंदर समाधियों के भीतर संगृहीत हैं। भवन के सामने एक बड़ा मैदान, जिसके बीच में एक ऊँचे स्तंभ पर दांते की एक बड़ी मूर्ति है—बड़ी ही सुंदर मूर्ति। किंतु युवक विद्यार्थी का कहना था, यह मूर्तिकला की दृष्टि से वैसी उत्तम नहीं है। उस विद्यार्थी ने ही बताया, उसकी बगल में जो इमारत है, वह कला की दृष्टि से बहुत ही महत्त्वपूर्ण है; क्योंकि उसकी दीवारों पर जिमोभानी ने जो भित्ति चित्र बनाए हैं, वे बहुत कलापूर्ण हैं। सबसे बढ़कर सत्ताईस दिनों के अंदर अपने बारह सहयोगियों को लेकर उसने पूरी चित्रावली बना डाली है।

समाधियोंवाला यह विशाल भवन 'शांताक्रोचे' के नाम से मशहूर है। यह भवन तेरहवीं सदी में एक गिरजाघर के रूप में बना था। यह तीन सौ फीट लंबा और डेढ़ सौ फीट चौड़ा है। इसका गुंबज दो सौ तेईस फीट ऊँचा है। इसके अंदर छिहत्तर समाधियाँ हैं। इसके भीतर माइकेल एंजेलो की समाधि है। पहली समाधि को बसारी और दूसरी समाधि को ऋषि नाम के कलाकार ने बनाया। मैकियावेली का स्मारक लार्ड कुफ्र ने बनवाया था। गैलेलियो की समाधि भी यहीं है। समूचे भवन में बड़े-बड़े कलाकारों द्वारा निर्मित मूर्तियाँ और समाधियाँ आँखों में चकाचौंध पैदा कर देती हैं। जियोत्तो की बहुत सी कलाकृतियाँ देखने लायक हैं। एक दु:खांत नाटककार की समाधि भी देखी, जिसके सामने एक नारी मूर्ति रो रही है। इस नाटककार की बड़ी

तारीफ वह युवक कर रहा था— धनी का लड़का, बड़ा व्यापारी, किंतु व्यापार से मन ऊब गया और वह दिन-रात लिखने-पढ़ने लगा। उसके घर के लोग नाराज; किंतु सरस्वती जब सिर पर सवार होती है तो लक्ष्मी की चिंता आदमी को कहाँ रह जाती है! धीरे-धीरे उसकी साहित्यिक कृतियाँ प्रसिद्धि पाने लगीं और अब वह फ्लोरेंस का सबसे बड़ा नाटककार समझा जाता है।

हम देख ही रहे थे कि भवन के बंद होने का समय हो गया— अब हम खाने चलें। युवक से फिर खाने का आग्रह किया; किंतु वह कहाँ मानने वाला! वादे के अनुसार वह फिर तीन बजे हमारे होटल में हाजिर हुआ। युवक के ही आग्रह पर हम सबसे पहले मेडिसी चैपेल देखने गए। फ्लोरेंस के इतिहास के साथ मेडिसी परिवार का नाम जुड़ा हुआ है। इस परिवार ने फ्लोरेंस की कला और कलाकारों के विकास में बहुत बड़ा प्रोत्साहन दिया। फ्लोरेंस का कोई हिस्सा नहीं जहाँ इस परिवार की कृतिकथा किसी रूप में अंकित न हो। इस चैपेल में मेडिस परिवार के सभी प्रसिद्ध पुरुष दफनाए गए हैं। यह यूरोप के सर्वोत्तम स्मारकों में गिना जाता है। संगमरमर, मोजाइक, सजावट से इसकी गरिमा चूई पड़ती थी। यहाँ माइकेल एंजेलो की कुछ सुप्रसिद्ध मूर्तियाँ हैं। उसकी बनाई उषा और संध्या तथा दिन-रात भी देखने लायक हैं। उषा और रात को स्त्री के रूप में मूर्तिमान किया गया है और दिन को पुरुष की मूर्ति में। उषा को कुमारी माना गया है और रात को माता। सात वर्षों तक इन मूर्तियों के बनाने में वह लगा रहा, किंतु पूरी नहीं कर पाया। कहा जाता है, मूर्तियाँ उसकी प्रारंभिक कृतियाँ हैं। तो भी कितनी सुंदर, कितनी जानदार!

वहाँ से हम सीधे यूफीजी आए। करीब चार बज रहे थे। समय कम था, इसलिए हम इस चित्रशाला को उतना समय न दे सके जितने की वह हकदार है। बरामदों पर मूर्तियाँ, घरों में चित्रावली। कुछ प्रसिद्ध मूर्तियाँ घरों में भी। यों तो लुब्र की महानता का कायल हूँ, किंतु मूर्तियों और चित्रों का संकलन और उसकी सजावट देखकर मैं इसे उससे भी खूबसूरत म्यूजियम मानूँगा ही। इसके कमरे इतने सुंदर हैं, चित्रों को इस तरह सजाकर रखा गया है, फिर चित्रों के फ्रेमों में ऐसी कारीगरी है कि इन चित्रों का प्रभाव हृदय पर लुब्र से भी अधिक पड़ता है।

इसका भवन सोलहवीं सदी में बसारी ने बनाया था। पहले सरकार ने मंत्रालय के रूप में बनाया था। नीचे के हिस्से में अब भी सरकारी कागजात हैं और ऊपर चित्रशाला है। बड़े-बड़े इकतीस हॉलों में कला की उत्तमोत्तम कृतियाँ संगृहीत हैं। सदियों के अनुसार क्रमशः हॉलों को सजाया गया है। कुछ हॉल विशेष कलाकारों के नाम पर भी हैं। 'वोनी शेली' नाम पर एक खास हॉल है। पंद्रहवीं सदी के हॉल में

लियोनार्दो द विंची के दो चित्र हैं। 'जातकर्म' नामक उसके उस सुप्रसिद्ध चित्र की मूल प्रति यहीं है। रैफेल और माइकेल एंजेलो के लिए जो विशेष हॉल है, उसमें रैफेल के चार सुप्रसिद्ध बड़े-बड़े चित्र हैं। माइकेल एंजेलो का सुप्रसिद्ध चित्र 'पवित्र परिवार' इसी हॉल को सुशोभित करता है। इसका फ्रेम भी उसने स्वयं बनाया था। प्रारंभ के सत्रह हॉलों में फ्लोरेंस के स्कूल तथा टस्कन, अंब्रियन, बोलोन, लुंबार्का और ऐलिलियन कालों के चित्र हैं। शेष हॉलों में यूरोप के बड़े-बड़े कलाकारों की मूर्तियाँ सजाई गई हैं। टीसियन, रूबेन, वानटाइक, हालबिन, बोरोसियो आदि की कलाकृतियाँ मन को मोह लेती हैं। बरामदों में ग्रीक मूर्तियों की भरमार है। यहीं वनैले सूअर की मूर्ति है, जिसकी काँसे की प्राप्त मूर्ति यहाँ के बाजार के बैठकखाने में है। कहा जाता है, जो इस सूअर के थुथने को मल देगा वह फिर फ्लोरेंस आवेगा। कल बाजार में इस काँसे के सूअर का थुथना खूब छू चुका था, आज यहाँ भी इसके थुथने को छू दिया। हाथी के दाँत की तसवीरें और कसीदे की चित्रकारियाँ भी देखने लायक हैं। ग्रीक मूर्तियों का ऐसा संकलन कम मिलेगा। मेडिस परिवार के प्राय: सभी प्रमुख पुरुषों की मूर्तियाँ यहाँ हैं। एक बरामदे में उन सभी चित्रकारों और मूर्तिकारों की तसवीरें हैं जिनकी कृतियाँ इस चित्रशाला को सुशोभित करती हैं। ये तसवीरें भी उस्तादों के हाथ की ही बनाई हुई हैं। बरामदों की छतों पर अलग-अलग चित्र समूहों में संसार के सुप्रसिद्ध चित्रकारों, संगीतकारों, ज्योतिषियों, राजनीतिज्ञों, वक्ताओं, कथाकारों आदि के चित्र अंकित किए गए हैं।

यूफीजी से ही संलग्न पित्ति पैलेस की चित्रशाला है। इसका इतिहास विचित्र है। उस युवक ने बताया, इस कला-संग्रह के निर्माण का इतिहास विचित्र है। मेडिसी परिवार को कला-संग्रह में पराजित करने के लिए चित्रशाला की आयोजना की गई; किंतु कालक्रम में यह चित्रशाला भी मेडिसी परिवार के ही हाथ में आ गई और यूफीजी का ही एक भाग बन गई। इसके विशाल भवन के निर्माण में बुलेनेसी और बसारी ऐसे स्थापत्य विशारदों का हाथ रहा है। भवन बहुत ही विशाल और शानदार है। बिलकुल राजमहल-सा लगता है। इसके नीचे के हिस्से में चीनी बरतन, हाथीदाँत के काम, जवाहरात, वस्त्र और गहनों का ऐसा अच्छा संग्रह है कि संसार में इसकी जोड़ नहीं। ऊपर चित्रशाला है।

इसके सभी हॉलों की छतों में बड़े-बड़े चित्रकारों द्वारा चित्रमालाएँ अंकित हैं और उन चित्रमालाओं के नाम पर उन हॉलों के नाम रखे गए हैं। जैसे वृहस्पति का हॉल, मंगल का हॉल, इलियद का हॉल, हरकुलीज का हॉल, कामदेव का हॉल, कला का हॉल आदि। सभी हॉलों में यूरोप के बड़े-बड़े चित्रकारों के चित्र जगमग

कर रहे हैं। इसके सबसे ऊपर के तले में आधुनिक इटालियन कला परिषद् का कला-संग्रह है, जिसमें उन्नीसवीं और बीसवीं सदी के चित्रकारों की कृतियाँ सजाकर रखी गई हैं। यूफीजी में ही इतना समय लग गया था कि इस अद्‌भुत कलाशाला को हम अच्छी तरह देख न सके। किंतु जितना देख लिया था, क्या वही कुछ कम था!

इन दो महान् चित्रशालाओं के अतिरिक्त भी फ्लोरेंस में चित्रशालाओं, संग्रहालयों, स्मारकों और संस्थाओं की भरमार है। इनमें चौबीस का प्रबंध सरकार की ओर से और सात का प्रबंध म्यूनिसिपैलिटी की ओर से होता है। दस व्यक्तिगत चित्रशालाएँ हैं और बारह संग्रहालय हैं। आठ बड़े-बड़े थिएटर घर हैं। इनमें जो घर म्यूनिसिपैलिटी द्वारा संचालित होता है, उसमें साढ़े चार हजार आदमी एक साथ बैठकर नाटक देख सकते हैं। सिनेमाघरों की भी भरमार है, जिनमें तीन सिनेमाघर तो ऐसे हैं जिनमें पहली बार ही किसी फिल्म का उद्‌घाटन होता है।

पित्ति महल से लौटते समय संध्या हो चली थी। लौटते समय हमने कुछ सौदे खरीदे। फ्लोरेंस में चमड़े और शीशे के काम बहुत अच्छे होते हैं। एक छोटा सा चमड़े का पर्स खरीदा, जिसपर फ्लोरेंस की लिली की छाप थी। कुछ छोटी-छोटी शीशे की प्यालियाँ लीं। कुछ मिठाइयाँ भी लीं। सौदे जितने सुंदर थे उन्हें बेचनेवाली लड़की उनसे भी सुंदर थी! गोरा-भभूका चेहरा, सुनहले बाल जिनपर खेलवाड़ कर रहे थे। जब वह बोलती तो लगता, सितार का तार छू गया। मैंने कहा—तुम बहुत खूबसूरत हो। उसने कहा—क्या सच! फिर पूछा—क्या भारत चलोगी? फिर उसी तरह मुसकराते कहा—मैं भारत को प्यार करती हूँ; किंतु मैं गरीब हूँ, पैसे कहाँ हैं? मैंने कहा—चलो हमारे साथ। अब वह खिलखिला पड़ी। ओहो, आप मजाक कर रहे हैं। मैं सच कहती हूँ, आपका देश मुझे बहुत ही प्रिय लगता है। चलते समय पूछा—तुम्हारा नाम? उसने कहा—कोज़ा।

कोजा की, उस युवक की जिसका नाम रोगाई मारशेली था और उस बूढ़े सुपरिंटेंडेंट की, जिनका नाम मैं पूछ न सका—इन तीन जीवित व्यक्तियों तथा फ्लोरेंस के उन मृत महापुरुषों की मधुर स्मृति लिये अब सोने की तैयारी कर रहा हूँ। कल ही रोम के लिए चल देना है। बार-बार उस वाराहदेव से मनाता हूँ, जिनके थूथने कल मल दिए थे कि—हे भगवान् के तीसरे अवतार! फिर कोई ऐसी लगी लगाना कि एक बार फिर दांते के इस नगर में आने का सुअवसर प्राप्त हो। दो-तीन महीने यहाँ रहकर अपने जीवन को और भी कलामय बना सकूँ!

□

: ३८ :

फ्लोरेंस से रोम

१७.६.'५२—रोम

फ्लोरेंस छोड़ते दुःख अनुभव हो रहा था। असल में ऐसी यात्राओं के लिए जो कार्यक्रम बनाया जाता है, वह प्रायः ऊटपटाँग ही कहा जा सकता है। किसीकी रुचि किसीमें, किसीकी रुचि किसीमें। यात्रा कंपनियाँ अपनी सूझ-बूझ से एक कार्यक्रम बना देती हैं। मिलान में हमें एक रात अवश्य रहना चाहिए था और मेरी रुचि देखिए, तो मैं दो दिन और फ्लोरेंस में रहना चाहता। कम-से-कम एक-एक पूरा दिन 'यूफीजी' और 'पित्ति' के संग्रहालयों के लिए तो देना ही था। 'पित्ति' की तो झलक भी नहीं पाई— बाहर से देखना कोई देखना हुआ!

जब गाड़ी चली और देहात में आई, फिर वही दृश्य। गेहूँ की कटनी जारी है और मकई के घनबाल फूटने-फूटने पर। कटनी का काम ज्यादातर बैलों या घोड़ों से लिया जा रहा है। एक ढंग की मशीन है, जिसे बैल या घोड़े खींचते हैं और गेहूँ कटकर उसपर सिमटते जाते— और जब पुलिए के बराबर हो जाते हैं तो आपसे आप खेत में गिर जाते। सारे खेत में पुलिए-पुलिए दिखाई पड़ते हैं।

मेंड़ों पर के पेड़ों की शोभा भी बढ़ती जा रही है। दो पेड़ों के बीच में रस्सियाँ तान दी गई हैं और उनपर लतियाँ लतर रही हैं। ये लतियाँ अंगूर की हैं, ये पेड़ तूत के हैं। जेल में हमारा एक खब्ती सुपरिंटेंडेंट था। वह कहा करता, सभ्यता का मानी है—रेशम और शराब। देखिए, दोनों की व्यवस्था हो गई!

रोम स्टेशन पर पहुँचकर सचमुच चकित हो गया। लंदन के, पेरिस के बड़े स्टेशन देख चुका था। लंदन का स्टेशन उजड़ा-उजड़ा सा लगता है; पेरिस का स्टेशन देखकर कौन कहेगा, यह संसार के सुंदरतम नगर का स्टेशन है! काला-कलूटा! किंतु रोम का स्टेशन! अरे, यह संगमरमर! ये शीशे! ये फूल! यह स्टेशन है या प्रदर्शनी गृह!

पिछली लड़ाई के बाद यह स्टेशन बनाया गया है। अच्छा घर नहीं बना पाते हो तो एक अच्छा बरामदा ही बना लो— गरीब इटली ने शायद यही सोचा। स्टेशन ही ऐसा बना दिया है कि खामख्वाह आप इस शहर की ओर आकृष्ट होंगे।

स्टेशन के निकट ही हमारा होटल है, वहाँ सामान पटक, हाथ-मुँह धो हम 'एयर इंडिया' के आफिस में गए और तय कर आए, १९.६ को हम यहाँ से रवाना हो जाएँगे। वहाँ से 'अमेरिकन एक्सप्रेस' के दफ्तर में गए, जिसने हमारी यात्रा का प्रबंध किया था। देशपांडे और शिवाजी के कुछ पत्र आए थे। इस बार मैंने एक अजीब बात की है— किसीको अपना पता ही नहीं दिया। हाँ, अपनी ओर से प्रतिदिन दो-चार पत्र जरूर भेज देता रहा।

जब हम सड़क से गुजर रहे थे, देखा, जगह-जगह हथियारबंद पुलिस तैनात है। कहीं-कहीं फौजी दस्ते भी घूम रहे हैं। बात क्या है? पता चला, जेनरल रेज़वे आज रोम आए हैं। उन्हींके खिलाफ कम्यूनिस्टों ने वहाँ प्रदर्शनी करने की सोची है। पेरिस में भी ऐसा ही किया गया था। किंतु पेरिस में तो कुछ कर भी सके, यहाँ तो टाँय-टाँय फिस्स! हाँ, सड़कों पर एक दहशत की छाया जरूर दिखाई पड़ती थी।

शहर की यह दशा देख हमने सोचा, शीलारानी होटल में ही रह जाएँ तो अच्छा। शिवाजी भी रह गए। मैं देशपांडे के साथ निकला शहर देखने।

सबसे पहले क्या देखें? रोम के इतिहास में जिस इमारत को सबसे अधिक प्रसिद्धि या निंदा प्राप्त हो गई है, हम उसी कोलोजियम की ओर चले। उस ओर जो ट्राम जा रही थी, बड़ी मुश्किल से पूछताछ कर उसपर चढ़ सका। यूरोप का सबसे बड़ा अभिशाप यह है कि कोई ऐसी भाषा नहीं जिसका सूत्र पकड़कर आप अपना काम आसानी से चला सकें। फ्रेंच शरीफों की भाषा है, अँगरेजी व्यापारियों की। जनता तो अपनी-अपनी भाषा के ही दायरे में चक्कर काटती है।

लंदन से रोम तक यात्रा करने के लिए आपको कम-से-कम चार भाषाएँ जाननी चाहिए— अँगरेजी, फ्रेंच, जर्मन (स्विट्जरलैंड के लिए) और इतालवी। हर देश के लिए वीजा चाहिए, हर देश में सिक्के बदलने चाहिए। यदि सैकड़े दस के हिसाब से भी भँजाई ली गई तो आपका रुपया आधा हो गया!

रोम में घुसिए और आपको वह प्रसिद्ध लोकोक्ति याद आने लगेगी— रोम एक दिन में नहीं बना। यह शहर संसार के प्राचीनतम नगरों से अपनी स्थिति और प्रसिद्धि के बारे में मुकाबला कर सकता है। अट्ठाईस सौ वर्षों का उसका इतिहास है, जब उसके संस्थापक 'रोमुलस' ने टाइबर के किनारे, सप्त पहाड़ियों पर, उसकी नींव डाली थी। समूचे यूरोप में ज्ञान-विज्ञान की किरण बिखेरने का सौभाग्य तो इसे प्राप्त ही हुआ, इसने ऐसे साम्राज्य स्थापित किए, जिसका सपना भी उन दिनों नहीं देखा

जा सकता था। और तमाशा यह कि संसार में साम्राज्य स्थापित करनेवाले इस शहर को अपने प्रजातंत्र का भी उतना ही घमंड था। सीजर ऐरो को अपने परम प्रतापी बेटे को भी प्रजातंत्र की बलिवेदी पर चढ़ा देने में झिझक नहीं हुई थी।

कला-कौशल का भी यह केंद्र रहा है। जब यूरोप में पुनर्जागरण का दौर हुआ, उसके कलापक्ष को पुष्ट करने का सौभाग्य भी रोम को प्राप्त हुआ। माइकेल एंजेलो, राफेल, बरनीनी ऐसे कलाकार उसने पैदा किए; जिन्होंने चित्रकला, मूर्तिकला और स्थापत्यकला में युगांतर उपस्थित कर दिया!

इन्हीं बातों पर मैं गौर करता ट्राम पर जा रहा था कि सामने कोलोजियम दिखाई पड़ा। उसके जो चित्र देखे थे, उससे पहचानने में दिक्कत नहीं हुई; किंतु स्पष्ट कहूँ, उसकी दीवारों के नीचे खड़ा होने पर लगा, अपने चित्रों से भी यह महान् है। यह इमारत गोल आकार की है, जिसका वृत्त पाँच सौ तिहत्तर गज है और जिसकी ऊँचाई एक सौ सत्तावन फीट है। यह चार महल का है! यह कोई घर नहीं बल्कि एक रंगमंच था, जिसकी दीर्घाओं में एक साथ पचास हजार आदमी बैठ सकते थे। यह ८० ई. पू. में तैयार हुई थी और इसके उद्घाटन के लिए सौ दिनों तक उत्सव होता रहा था, जिसमें पाँच हजार जंगली जानवर मारे गए थे। इस इमारत पर रोमनों को बड़ा अभिमान था। वे कहा करते— जब तक कोलोजियम है तब तक रोम भी रहेगा और जिस दिन रोम नहीं रहेगा, संसार नहीं रहेगा। किंतु समय के थपेड़ों ने कोलोजियम को तहस-नहस कर दिया— खासकर दो बड़े-बड़े भूकंपों ने। और क्या रोम भी तहस-नहस होने से बच सका? हाँ, संसार तब भी कायम ही है।

हम उसके आँगन (९४ × ५८ गज) में गए, जहाँ वे क्रूर कर्म होते थे, जब ईसाइयों को पकड़कर जंगली जानवरों के सामने डाल दिया जाता था। जंगली जानवर उन्हें नोचते-चीरते थे और ऊपर दीर्घाओं में बैठे दर्शक हँसते, तालियाँ पीटते और आनंद मनाते थे। आँगन में ही गुफाएँ बनी हैं, जिनमें वे जंगली जानवर रखे जाते थे। ऊपर जाने के लिए सीढ़ियाँ बनी हैं। हम उनके सहारे ऊपर पहुँचे। ऊपर पहुँचकर आप इसकी खिड़कियों से सारे रोम की एक झाँकी भी ले सकते हैं।

बहुत देर तक हम एक खिड़की पर बैठे कभी इसकी अँगनाई की ओर देखते और कभी बाहर रोम नगर पर नजर डालते। हम वहीं थे कि दो अँगरेज युवक वहाँ पहुँचे। क्या तमाशा है! इंग्लैंड में किसी भारतीय को देखकर जो अपनापा अनुभव किया था, यहाँ इन्हें देखकर वह अपनापा महसूस हुआ; क्योंकि हम लोग आपस में बातें कर सकते थे, एक साथ कुछ देर बैठकर सिगरेट पी सकते थे। समान भाषा भी एक बहुत बड़े मानवीय संबंध का सूत्र है।

वहाँ से जब नीचे उतरे और आगे बढ़े, सामने एक ऐसी इमारत देखी कि पेरिस के आर्क-द-ब्रंफ की याद आ गई। यह कांस्टेटाइन का बनाया हुआ विजय-तोरण है और इसीको देखकर नेपोलियन ने पेरिस में वह विजय-तोरण बनवाया था। यही नहीं, जब मैं प्राचीन रोम के खंडहरों में घूम रहा था तब यह स्पष्ट हुआ, नेपोलियन ने रोमन कानून को ही नहीं अपनाया था, पेरिस में जो कुछ शानदार चीजें उसने बनवाईं उन सब पर प्राचीन रोम की छाप है। उसका विजय-स्तंभ भी यहीं से लिया गया था और जिस गिरजाघर में उसकी अस्थि रखी गई है, वह तो सेंट पिटर के गिरजाघर के मुकाबले में ही बनाया गया था।

फिर उस भग्नावशेष पर पहुँचा, जहाँ नीरो का 'स्वर्ण प्रासाद' था। बस एक चबूतरा बाकी है, उसी पर थोड़ी देर के लिए बैठ लिया— उफ, कैसा था वह आदमी, जो समूची राजधानी को जलता हुआ देखते हुए भी सितार बजा रहा था? वह क्या था? कलाकार, सनकी या नर राक्षस? या तीनों का सम्मिश्रण?

चित्त उद्विग्न हो गया, आगे बढ़ा। चारों ओर ढूह-ढूह, खंडहर-खंडहर। संसार कितना क्षणिक है! मानव की कृतियों का यहाँ क्या मोल है? एक दिन वह मिट्टी में मिल जाएगा और उसकी मनोरम कृतियाँ इतना भयानक रूप धारण कर लेंगी। किंतु, आह रे मानव! जरा आँखें फाड़-फाड़कर देखिए, इन खंडहरों के एकांत कोने में भी जहाँ-तहाँ युवक-युवतियाँ बैठे हैं; एक-दूसरे की कमर में हाथ डालकर चंचु-सम्मिलन कर रहे हैं! क्या वे यह घोषणा कर रहे हैं, ये महल ध्वस्त-पस्त हो जाएँ, मानव सदा अमर है? वह जंगल में भी मंगल मनाता रहेगा, खंडहर में भी रास रचाता रहेगा?

कुछ आगे बढ़ने पर एक गिरजाघर देखा, भीतर गए। अरे, यह तो खिलौना-घर ऐसा लगता है। एक घर में खिलौनों में ही सारी सृष्टि रच दी गई है। नदी, पहाड़, जानवर, पंछी ही नहीं, चाँद, सूरज, तारे भी दिखलाए गए हैं। जब गिरजाघर से निकल रहा था, एक तंदुरुस्त बच्चे को अपनी ओर निहारते देखा। उसके निकट गया, जरा दुलरा दिया, चुमकार दिया; फिर उसे मेरी गोद में आने में जरा भी संकोच नहीं हुआ। हाँ, जब उसे गोद में लिये आगे बढ़ा तो लड़का कसमसाने लगा। गोद से उतारा नहीं कि भागकर दूर खड़ा हो गया। हाँ, वहाँ से मेरी ओर देखकर मुसकराता और हाथ हिलाता रहा। ये बच्चे— सब बच्चे एक हैं, चाहे पटना के बच्चे हों या रोम के।

अब हम उस जगह पहुँचे, जहाँ रोम साम्राज्य के प्राचीन ध्वंसावशेष हैं। उन्हें खोदा गया है। जमीन के नीचे से प्राचीन इमारतों के अवशेष निकले हैं— कहीं

चबूतरे हैं, कहीं खंभे हैं, कहीं सहन है। कभी वे भव्य रहे होंगे, विशाल रहे होंगे, हमें आज भी इसकी सूचना मिलती थी।

इसी जगह दीवार से लगे चार नक्शे देखे, जिनमें रोमन साम्राज्य के विकास को 'प्रदर्शित' किया गया है। पहला नक्शा, छोटा सा नगर-राज्य। दूसरा नक्शा, १४६ ई. पू.—साम्राज्य का विकास हो रहा है। १४ ई. पू.—साम्राज्य फैलता जा रहा है। ११७ ई.—साम्राज्य का चरम विकास; जब यूरोप में इंग्लैंड तक, अफ्रीका में मिस्र तक और एशिया में ईरान तक रोमन साम्राज्य का विकास हो चुका है। ये चार नक्शे और इसकी परिणति इस खंडहर के रूप में।

खंडहर के ऊपर वह रोमन साम्राज्य का चिर-प्रसिद्ध कैपितोल। सामने घोड़े की एक विशाल मूर्ति। दरवाजे पर आदमी की दो विशाल मूर्तियाँ। फिर नीचे की ओर सीढ़ियाँ। सीढ़ियों से उतरिए कि वह देखिए, आँखों को चकाचौंध में डालने वाला विक्टर एमुयल का शानदार स्मारक।

कितना ऊँचा, कितना विशाल, कितना सुंदर! ऊपर रथ में जुते घोड़ों की मूर्तियाँ। मालूम होता, वे अब भी हवा में उड़ जाने वाले हैं। फिर घोड़े पर सवार राजा की विशाल मूर्ति। काँसे के ऊपर किया गया सोने का पानी सौ साल के बाद भी चमचम कर रहा है। उसके नीचे अज्ञात सैनिकों की कब्र, जिसकी बगल में दो सैनिक सदा पहरा दिया करते हैं। हम सीढ़ियों से ऊपर चढ़ते गए। अज्ञात सैनिकों का अभिनंदन किया, निकट से राजा और उसके घोड़े की गरिमा को निहारा, फिर ऊपर के मंच पर जाकर सारे रोम की एक झलक ली।

काफी देर हो चुकी थी, हम अपने होटल की ओर चले। रास्ते में वह फव्वारा दिखाई पड़ा जिसके तीन ओर शानदार इमारतें हैं; गोलाई में। इस समय वहाँ बड़ी चहल-पहल थी। बिजली की रोशनी में फव्वारे की शोभा का क्या कहना! रेस्तोराँ में लोग खा-पी रहे, गप्पें मार रहे। कई जगह बाजे बज रहे। थके-माँदे थे, हम दोनों फव्वारे के निकट बैठकर सुस्ताने लगे, ठंडाने लगे। हाँ, रोम में काफी गरमी पड़ रही है। जहाँ हम बैठे थे, एक सज्जन आए—कहिए, आपका फोटो ले लूँ? यह भी सही।

फिर बैठे कि दो नौजवान आए, उनके साथ एक लड़की भी। उनमें से एक ने टूटी-फूटी अँगरेजी में पूछा, आप कहाँ से आए हैं? ज्यों ही 'इंडिया' कहा, 'इंदिया, इंदिया' कहकर वह उछलने लगा। तीनों में बाजी लगी थी कि हम कहाँ के हैं। उसी नौजवान की बाजी रही। फिर वह हमारे देश की तारीफ करने लगा—गांधीजी का नाम लिया। जब उसे मालूम हुआ, हम लोग गांधीजी के साथ काम कर चुके हैं,

गांधीजी मेरे गाँव में भी गए थे, तब तो उसके आनंद का ठिकाना नहीं रहा। फिर उसने पूछा— क्या आपकी यह पोशाक धार्मिक है? आप पादरी हैं? मैं काली शेरवानी पहने था, इसीसे उसने ऐसा पूछा। यहाँ के पादरी काली पोशाक पहनते हैं— शेरवानी की ही तरह घुटने तक की। हमने बताया— यह हमारी राष्ट्रीय पोशाक है, तो तुरत उसने 'मिस इंदिया' की चर्चा छेड़ दी। इधर यूरोप की पत्रिकाओं में मिस इंदिया— इंद्रानी रहमान— की तसवीरें बहुत छप रही हैं, कवर पर ही। साड़ी का आँचल सिर से लेकर बगल तक ले जाने में जो चेहरे के चारों ओर एक घेरा बन जाता है, वह उन्हें बहुत अच्छा लगा था। इशारे से बताने लगे— तो हमने उनके साथ की लड़की की ओर इशारा करके कहा— हमें भी 'मिस इतालिया' बहुत अच्छी लगती हैं। तीनों ठठाकर हँस पड़े।

इटली गरीब देश है। देखा, बहुत लोग नकली चीजें बेच रहे हैं। अजीब मोल-तोल। काबुलियों को भी मात कर दिया। लेकिन हर जगह भले-बुरे लोग हैं। अभी जब मैं एक दूकान पर चीजें खरीद रहा था, एक नौजवान ने मुझे कैसी मदद की और जब हमने उसकी थोड़ी खातिर करनी चाही, किस तरह धन्यवाद के साथ अस्वीकार किया।

□

: ३९ :

रोम की झाँकी

१८.६.'५२—रोम

हम लोग जो बहुधंधी हैं, विदेशों में जाकर अपनी कामनाओं को अतृप्त ही छोड़कर लौट आते हैं। रोम के लिए हमें कम-से-कम एक सप्ताह रखना चाहिए था। किंतु यहाँ तो टिकट कट चुकी है, सीट रिजर्व है, कल संध्या को चल ही देना है। अत: जो देखना हो, आज देख लीजिए।

कल रात में एक टैक्सीवाले से बातें हुई थीं। उसने कहा, दस हजार लीरा में वह रोम दिखला देगा—कुल छह घंटे लगेंगे। अब तो इस संक्षिप्त परिचय से ही संतुष्ट होना पड़ेगा। टैक्सी का ड्राइवर थोड़ी अँगरेजी जानता है। एक नक्शा लेकर उसने जो गंतव्य स्थानों की सूची बनाई, उससे लगा, एक झलक हम पा ही लेंगे।

दस हजार लीरा—घबराएँ नहीं आप। फ्रांस के फ्रैंक से भी गया-बीता है यह इटालियन सिक्का। अपने एक पैसे के बराबर भी इसकी कीमत नहीं है। यहाँ हजार-लाख में ही बातें होती हैं। जिसका अर्थ इकाई-दहाई से बढ़कर शायद ही सैकड़े तक जाता है।

कोलेजियम से ही आज भी शुरू किया गया। रोम सात पहाड़ियों पर बसा था। ड्राइवर ने सातों के नाम और उनके स्थान बताए। फिर विजय-तोरण और नीरो के स्वर्ण-भवन का भग्नावशेष देखते आगे बढ़े। कल खंडहर-खंडहर होकर गया था, आज राजपथ से चला, जो 'विया फोरी इंपीरियल' कहलाता है। इसी सड़क के किनारे सघन वृक्षों और लता-गुल्मों के बीच-बीच में रोमन सम्राटों की मूर्तियाँ हैं—त्राजन, सीजर, अगस्तस, नेरवा—कहाँ तक गिनिएगा। यहीं त्राजन का बाजार है, जहाँ कभी संसार के कोने-कोने से व्यापारी आते और अपने मालों का आदान-प्रदान करते थे। त्राजन के फोरम के सामने एक ऊँचा स्तंभ है, जिसपर त्राजन ने अपने विजय

अभियानों को सचित्र खुदवाया था। क्या इस स्तंभ को देखकर ही नेपोलियन ने अपना विजय स्तंभ खड़ा किया था?

फिर विक्टर इमानुएल के शानदार स्मारक को देखते, उसके शानदार घोड़े के निकट खड़े होकर फोटो खिंचवाकर हम कैपितोल गए। आजकल यहाँ रोम के मेयर का आफिस होता है। बीच की अँगनाई में कितनी ही मूर्तियाँ हैं। एक मूर्ति रोम की देवी की है, जिसके दोनों ओर दो झरने नील और टाइवर का प्रतिनिधित्व करते हैं। कहाँ नील नदी और कहाँ टाइवर— किंतु रोम को तो अपनी विजयों पर सदा अभिमान रहा है! दोनों तरफ दो भवन हैं, जिनके नक्शे माइकेल एंजेलो ने बनाए थे। एक भवन में 'म्यूजियो कैपितोलिना' है, जहाँ उत्तमोत्तम कलाकृतियाँ सुरक्षित रखी गई हैं। इसी संग्रहालय में 'मुमूर्षु गॉल' की वह मूर्ति है, जिसपर वायरन ने एक कविता लिखी थी। एक जीवंत मूर्ति और है वहाँ, जिसकी प्रायः चर्चा होती है— एक बच्चा अपने पैर से काँटा निकाल रहा है। बच्चे की मुखमुद्रा देखकर आँखें नहीं थकतीं।

कैपितोल की ऊँचाई से ही हमने फिर एक बार प्राचीन रोम के भग्नावशेष को देखा। दोनों ओर भवन थे, बीच में राजपथ था। राजपथ के दोनों छोर पर दो विजय तोरण— एक पार्थियनों पर विजय प्राप्त करने के उपलक्ष्य में, एक यहूदियों को पराजित करने के उपलक्ष्य में। हमारा पथ-प्रदर्शक उसी ऊँचाई से उँगली उठा-उठाकर बता रहा था— देखिए, वहाँ सिनेट था, जहाँ रोमनों की पार्लियामेंट बैठती थी; वहाँ वह रेस्तोराँ है, जहाँ से खड़े होकर वक्ता व्याख्यान देते थे; वहाँ रोमुलु की समाधि है, वहाँ शनिदेव का मंदिर है, वहाँ सीजर की हत्या की गई थी।

वहीं उसने उस राजपथ का चिह्न बताया, जिसपर रोमन वीरों के रथ विजय की आकांक्षा से बाहर जाते थे। रथ के पहियों के निशान देखकर राजगृह और वैशाली के राजपथों के निशान याद आ गए। पत्थर पर गहरी लकीरें खिंची थीं।

जब हम कैपितोल से लौट रहे थे, वह घर दिखाया गया, जिसके तहखाने में फाँसी देने के लिए सेंट पिटर और सेंट पॉल को रखा गया था। उस घर के दरवाजे पर इस बात का उल्लेख भी है। वह घर पहले जेल था। कहा जाता है, सेंट पिटर से प्रभावित होकर उसका जेलर ईसाई बन गया था।

विक्टर एमानुएल के स्मारक की ही बगल में पैलाजा विनित्सिया— वेनिस महल— है, जिसे रोम के प्राचीन महलों में सबसे सुंदर और सुरक्षित समझा जाता है। इसी महल में मुसोलिनी रहा करता था और इसीके झरोखे पर खड़ा होकर वह रोम निवासियों को अपने सिंह-गर्जन से उत्साहित किया करता था। इस महल के सामने

वह चौराहा है जहाँ एक लाख आदमी मजे से खड़े हो सकते हैं। मुसोलिनी के श्रोता यहीं खड़े-खड़े उसकी बिजली जैसी वाणी सुना करते थे।

अब हम वेटिकन की ओर चले। किंतु इसके पहले हमारा ड्राइवर हमें उस मंदिर में ले गया, जहाँ माइकेल एंजेलो की बनाई सर्वश्रेष्ठ मूर्ति—मूसा की मूर्ति—है। सफेद संगमरमर की यह मूर्ति आज भी वैसी ही जीवंत लगती है। बहुत लोगों का कहना है कि यह संसार की सर्वोत्तम मूर्ति है। शानदार सफेद दाढ़ीवाली यह मूर्ति अभी मुँह खोलकर हमसे कुशल-वार्त्ता पूछेगी, ऐसा लगता था। उस मूर्ति की एक प्रतिलिपि खरीदकर हम वहाँ से चले।

रास्ते में चांसलरी पड़ी—इटली की सेक्रेटेरियट। काफी लंबी-चौड़ी और शानदार इमारत है। यह पंद्रहवीं सदी में बनाई गई थी।

और, यह टाइवर नदी और उसके ऊपर यह खूबसूरत पुल। फ्रांस और इटली में जितने भी पुल देखे, सब कला के नायाब नमूने। अपने देश या इंग्लैंड की तरह वे सिर्फ लोहे या कंकरीट के ढाँचे मात्र नहीं हैं। टाइवर के इस पुल पर कितनी ही भव्य मूर्तियाँ हैं। यदि इस शानदार पुल को बाद कर दीजिए तो टाइवर कोई बड़ी नदी नहीं—यही, हमारी बागमती ऐसी। गरमी के दिन में सूखी-सूखी लग रही थी।

पुल पर आइए और लगेगा, आप किसी नए लोक में जा रहे हैं। वेटिकन को एक नए देश का गौरव तो प्राप्त है ही। बस, एक शहर का यह देश है, जिसका अपना शासन है, अपने दूतावास हैं। ईसाइयों के बड़े पादरी यहीं रहते हैं, जो पोप कहलाते हैं। एक दिन पोप का दबदबा सारे यूरोप पर था। अब वह सिमटकर एक शहर में आ गया है। किंतु यह शहर साधारण शहर नहीं है। यूरोप के राष्ट्रों ने समझौता कर रखा है कि चाहे जो कोई जिस किसीसे लड़े, वेटिकन पर कभी बमबारी नहीं की जाएगी। वेटिकन में ही सेंट पिटर का वह बड़ा गिरजाघर है, जो ईसाइयों के लिए सबसे प्रसिद्ध और पवित्र मंदिर है और वहाँ ऐसा कला-संग्रह है कि देखकर आश्चर्य होता है।

ड्राइवर ने बताया, इस पुल के आधे हिस्से से ही वेटिकन का राज्य प्रारंभ हो जाता है। पिछले युद्ध में इटली में घमासान लड़ाई हुई, किंतु इस शहर का बाल भी बाँका नहीं हुआ। अत: युद्ध की विभीषिकाओं से बचा हुआ यह नगर थोड़ी ही देर में हमारी आँखों को चकाचौंध में डालने लगा। जब हमारी गाड़ी सेंट पिटर के गिरजाघर की अँगनाई में रुकी, मुझे तो ऐसा लगा, किसी जादुई नगर में पहुँच गया होऊँ। दो सौ चौरासी बड़े-बड़े स्तंभ, अट्ठासी गुंबद और एक सौ चालीस मूर्तियों से घिरा यह आँगन संसार के सर्वसुंदर स्थानों में गिना जाता है। यह दो सौ साठ गज चौड़ा और दो सौ पंद्रह गज लंबा है। बीच में मिस्र का एक स्तंभ है, जो अस्सी फीट

ऊँचा है। स्तंभ के दोनों ओर दो फव्वारे हैं, जो पैंतालीस फीट ऊँचे हैं। फव्वारों से पानी की बूँदें झर-झर झर रही थीं। आँगन में इधर-उधर रंगीन कपड़ों में औरत-मर्द घूम रहे और आश्चर्यचकित हो कभी इन स्तंभों को, कभी मूर्तियों को और कभी सेंट पिटर के गगनचुंबी गुंबदों को देख रहे।

सेंट पिटर का यह विशाल गिरजाघर संसार के सभी गिरजाघरों से भव्य और विशाल है। लंबाई छह सौ आठ फीट, ऊँचाई एक सौ पैंतालीस फीट, चौड़ाई बानबे फीट और पूरा रकबा अड़तालीस हजार पाँच सौ वर्ग फीट है। यह कितना विशाल है, इसका अंदाज इससे लगाइए कि इंग्लैंड के सबसे बड़े गिरजाघर सेंट पॉल कैथेड्रल का रकबा सात हजार आठ सौ पचहत्तर वर्ग फीट है और पेरिस के विश्व विख्यात के नोत्रे-दाम का रकबा सिर्फ पाँच हजार नौ सौ पंचानबे वर्ग फीट।

इसके बनाने में बड़े-बड़े कलाचार्यों का हाथ रहा है। इसका नक्शा माइकेल एंजेलो ने बनाया था। राफेल ने भी एक नक्शा बनाया था; किंतु एंजेलो का ही नक्शा स्वीकार किया गया। इटली के दो दर्जन सर्वश्रेष्ठ कलाकारों ने इसे सजाया, रचाया—बरनीनी, मादर्नो, जियोत्तो, बुओंबिसिनो, फोंताना आदि। माइकेल एंजेलो और राफेल की सुंदरतम कलाकृतियाँ यहीं पाई जाती हैं।

आँगन से सीढ़ियों की ऊँचाई पार करते हुए मंदिर के निकट आइए तो आप वहाँ आज भी स्वीस गार्डों का पहरा पड़ता हुआ देखेंगे। नेपाली पहरेदारों की तरह इनके बारे में भी यह धारणा है कि जीते जी ये दुश्मनों को भीतर नहीं घुसने देंगे। प्राचीन काल में सभी दरबारों में स्वीस गार्ड रखे जाते थे। इन्हीं स्वीस गार्डों ने फ्रांस की क्रांति के समय राजा-रानी को बचाने के लिए अपने को बोटी-बोटी कटवा डाला था।

मंदिर में घुसिए और पाइएगा, सारे वातावरण पर एक गंभीरता, पवित्रता का रोब छाया हुआ है। ईसा के जीवन संबंधी अनेक-अनेक मूर्तियाँ हैं। भीतर की छत पर सोना-ही-सोना है। इन मूर्तियों की भव्यता, छत की चित्रकारी और खंभों की खुदाई देखकर आदमी दाँतों उँगली काटने लगता है। माइकेल एंजेलो के द्वारा बनी ईसा की शहादत की मूर्ति को देखकर क्या आँखें सजल हुए बिना रहती हैं! एंजेलो ने यह मूर्ति चौबीस वर्ष की उम्र में ही बनाई थी। ईसा की माँ अपने शहीद बेटे की लाश को गोद में लिये रो रही हैं—आपको लगेगा, उनकी आँखों से आज भी आँसू टपक रहे हैं।

सारा मंदिर धूप-दीप से महमह जगमग कर रहा था।

फिर हम उस प्रार्थना-घर में पहुँचे जिसकी छत को माइकेल एंजेलो ने चित्रकारियों से भर दिया है। इन चित्रकारियों में सारी सृष्टि कथा कह दी गई है।

आदम की तसवीर देखकर कोई भी कह सकता है, मनुष्य का आदि पुरुष ऐसा ही होगा। वह बलिष्ठ शरीर, पुट्ठे उभरे, नसें तनीं, लंबी शानदार दाढ़ी, चेहरे पर तेज और ओज—मानवता की इससे बढ़कर कोई तसवीर क्या बनाई जा सकती है! भरसाहे पर चित लेटा हुआ यह चित्रकार—दिनों, महीनों और सालों को तन्मयता से चित्रण करते हुए गुजार दिया था। प्रार्थना-घर की एक बेंच पर बैठकर ऊपर मुँह किए मैं भाव-मुग्ध इस विशाल चित्रावली को कब तक एकटक देखता रहा!

फिर संग्रहालय में जाइए—यूरोप के सभी चित्रकार अपनी सुंदरतम रचनाओं से इस देव मंदिर को सजाने में प्रतिद्वंद्विता करते रहे हैं। राफेल की तो सारी सुंदरतम कलाकृतियाँ यहीं हैं। इन कलाकृतियों के कारण यह स्थान उन दिनों भी तीर्थ बना रहेगा, जब कदाचित् सारा विश्व धर्म को भूल जाएगा।

लुव्र की तरह इस कला-संग्रह को देखकर भी इच्छा होती थी, यहीं कुछ दिनों रम रहा जाय। आदमी कूची लेकर कैसी रंगीन दुनिया तैयार कर दे सकता है, इसकी यह एक उत्कृष्ट बानगी है। मानव प्रतिभा को बार-बार सिर झुकाने की प्रवृत्ति यहाँ आपसे आप पैदा हो जाती है।

रोम के दो स्थान ऐसे हैं, जिन्हें लोग देख लेना आवश्यक समझते हैं। एक तो यहाँ के पुराने स्नान-घर। रोम में काफी गरमी पड़ती है। जून में हम सोच रहे थे, क्यों नहीं अपना महीन खादी का कुरता ले आए। इस गरमी और पसीने के कारण स्नान करने में मजा आना ही चाहिए। अत: विलासी रोमनों ने स्नान के लिए ऐसा शानदार प्रबंध कर रखा था कि उनका भग्नावशेष देखकर भी आश्चर्य होता है।

दूसरी चीज है ईसाइयों की समाधियाँ, जिन्हें 'काटाकंब' कहते हैं। रोम के जो सम्राट् थे, वे ईसाइयों को तरह-तरह से कष्ट देते थे। यदि उन्हें पता चल जाता था कि किसीने मुरदे को ईसाई ढंग से गाड़ा है तो उसे उखड़वाकर जला डालते थे। अपने मुरदों को इस बेइज्जती से बचाने के लिए ईसाइयों ने एक नवीन आविष्कार किया। जमीन के नीचे वे तह पर तह खोदते जाते थे और उन्हींमें अपने मुरदों को रखते जाते थे। हम जब एक ऐसे ही तहखाने में मुरदों की ठठरियाँ देख रहे थे, बार-बार रोमांच हो आता था!

वहीं हमने एक ईसाई संत की समाधि देखी, जिनके शरीर की चमड़ी उधेड़ ली गई थी। उफ, इन संतों की यह साधना ही है कि अब तक ईसाई धर्म, अनेक दूषणों के आ जाने पर भी, जीवित है।

'काटाकंब' देखने को जा रहे थे। रोम की दीवार के यह बाहर है। हम जिस सड़क से जा रहे थे उसकी बगल में एक छोटा सा मंदिर है। 'क्वा वैदिस' हमने सुन

रखा था; किंतु जब उसके स्थान पर पहुँचा तो भावना में बह गया। कह सकता हूँ, रोम में मुझे जितना प्रभावित इस स्थान ने किया उतना किसी भी स्थान, मंदिर या दर्शनीय पदार्थ ने नहीं।

सेंट पिटर रोम में ईसाई धर्म का प्रचार कर रहे थे। राजा से मनाही थी, अत: चुपचाप काम करना पड़ता था। किंतु ज्यों-ज्यों इनका प्रभाव बढ़ा, राजा ने सख्ती बढ़ाई। तब पिटर के शिष्यों ने कहा—आप यहाँ से भाग जाएँ। आप बचे रहेंगे तो धर्म का काम होता रहेगा। पिटर चले, रोमन दीवार पार कर गए। खतरा टल गया कि इतने ही में उनके कानों में आवाज आई—'दोमिने, क्वा वैदिस?' साधु, यह क्या कर रहे हो? पिटर चकित हुए। इधर-उधर देखा, कोई नहीं। फिर आगे बढ़े तो वही आवाज। ओह! उन्होंने अनुमान किया, यह वाणी किसकी है। वह काँप उठे—ऊपर नजर की तो देखा, वह ईसा थे। उनकी पीठ पर सलीब थां। उन्होंने पिटर से कहा—लौट जाओ। मैं फिर यरूसलम में सलीब पर चढ़ने जा रहा हूँ, तुम रोम में फाँसी पड़ो। पिटर लौटे। राजा ने उन्हें पकड़वाया, उन्हें जेल में रखा, फिर फाँसी दी।

पिटर मर गए, किंतु ईसाई धर्म अमर हो गया।

क्या हर पिटर के जीवन में यह 'क्वा वैदिस' की आवाज नहीं आती है? किंतु कितनों के कान उसे सुन पाते हैं? राजा की फाँसी से बचने के लिए वे स्वयं अपने गले में फाँसी डाल लेते हैं।

□

: ४० :

घोंसले की ओर!

१९.६.'५२—रोम

आज ही जाना है। अब क्या देखा-सुना जाता? थकावट भी बहुत थी। खूब देर तक सोता रहा।

कल 'क्वा वैदिस' के बाद फिर रोम शहर में आया और यहाँ का पैंथियन देखा। रोमन साम्राज्य के गिने-चुने स्मृति चिह्नों में यह है। हाथर्न ने कहा था, इससे अधिक शानदार चीज इस पृथ्वी पर कुछ नहीं है। भीतर रोशनी जाने के लिए छत में खुली जगह है, जिसके बारे में उसने कहा था—मानो स्वर्ग इस ओर से उसके आंतरिक सौंदर्य को झाँक रहा हो।

पेरिस के पैंथियन की ही तरह यहाँ इटली के बड़े लोगों की समाधियाँ हैं। मैंने राफेल की समाधि देखी। उसपर लिखा था—'जब वह जिंदा था, प्रकृति उससे डरती थी कि कहीं वह मुझपर भी बाजी न मार ले जाय—और जब वह मर गया, वह उसीके साथ निश्‍चिंत सो रही है।'

पैंथियन से लौट रहा था तो बीच में इटली की राष्ट्रीय विधानसभा का भवन दिखाई पड़ा। मेरे ड्राइवर ने बड़ी नफरत से कहा—यहाँ लोग सिर्फ बकबक करते रहते हैं।

मैं चाहता था, कीट्स और शेली के स्मारकों और समाधियों को देख लूँ। किंतु काफी देर हो चुकी थी, यह अरमान दिल में ही रह गया। कौन कहे, इसके चलते फिर आना पड़े।

रात में एक 'नाइट क्लब' में गया। खुले बगीचे में नाच-गान हो रहा था। खाइए, पीजिए, देखिए, सुनिए। किंतु, पेरिस के नैश विहारों का मजा जिसने लूटा हो उसके लिए तो यह खेल ही खेल है। मैं इटालियन संगीत सुनना चाहता था। किंतु यहाँ संगीत की अपेक्षा खेल-तमाशों की ही भरमार थी।

कल शाम को होटल के बाहर घूम रहा था कि दो सज्जनों को अपनी ओर घूरते देखा। ठिठकते हुए वे निकट आए और अपना परिचय दिया। उनमें एक थे श्री फूलचंद पांडेय, जो मिलान में हिंदी पढ़ाते हैं और दूसरे सज्जन 'हिंदुस्तान टाइम्स' के संवाददाता थे।

डायरी लिख ही रहा था कि वे दोनों सज्जन आ गए। पांडेयजी से पता चला, वे भारत सरकार के वैदेशिक विभाग में हैं। मिलान विश्वविद्यालय ने हिंदी की कक्षा खोली तो उसने भारत सरकार से अध्यापक माँगा। पांडेयजी भेज दिए गए। पांडेयजी बनारस के रहनेवाले हैं। इनसे पता चला, इटली के प्राय: सभी विश्वविद्यालयों में हिंदी की पढ़ाई शुरू हो गई है। रोम विश्वविद्यालय में श्रीराम सिंह तोमर हैं। तोमरजी एक शब्दकोश तैयार कर रहे हैं, जिसमें हिंदी के शब्दों में समानार्थवाची इटालियन, फ्रांसीसी आदि सभी यूरोपीय भाषाओं के शब्द दिए जाएँगे।

फूलचंदजी ने थोड़ी ही देर में आत्मीयता स्थापित कर ली। कुछ सौदे करने थे, उन्हींके साथ बाहर गया। उन्हें दु:ख था कि हम लोगों की अधिक सेवा नहीं कर सके। आजकल विश्वविद्यालय बंद है, इसलिए रोम के भारतीय दूतावास में ही आप रह रहे हैं।

पांडेयजी से पता चला, इटली में भारतीय भाषाओं के लिए ही अनुराग नहीं है, भारतीय फैशन भी धीरे–धीरे घर कर रहा है। लड़कियाँ अपना केश–विन्यास भारतीय ढंग पर करना पसंद करती हैं। भारतीय आभूषण भी उन्हें पसंद आ रहे हैं। केवल विद्यार्थी ही हिंदी नहीं पढ़ते, बड़े–बड़े फर्मों के कर्मचारी भी हिंदी सीख रहे हैं। उन लोगों ने मान लिया है कि पंद्रह वर्ष के बाद भारत अपना सारा कारोबार हिंदी में करने लगेगा, अत: वे मुस्तैदी से हिंदी सीखने में लग पड़े हैं। पांडेयजी ऐसे ही लोगों के लिए एक 'हिंदी–इटालियन शिक्षक' नामक पुस्तक तैयार कर रहे हैं।

पांडेयजी ने बताया, इटली में साहित्य के लिए बड़ी रुचि है। साहित्य का यहाँ बड़ा सम्मान है। सुप्रसिद्ध लेखक बेनिदित्तो क्रोचे को यहाँ की राष्ट्रीय विधान परिषद् का सदस्य सरकार ने नामजद कर रखा है। जिस दिन क्रोचे उसकी बैठक में सम्मिलित होने को रोम आए, स्टेशन पर एक लाख आदमियों की भीड़ थी। उनका व्याख्यान सुनने को हर देश के प्रमुख राजदूत परिषद् की बैठक में पहुँचे थे।

साढ़े चार बजे हम हवाई जहाज के अड्डे पर आ गए। वहाँ मैंने देखा, मेरी कलम नहीं है। बेचारे पांडेयजी मेरे होटल में गए, वहाँ कलम नहीं मिली; लेकिन मैं एक कमीज और ब्रश छोड़ आया था, उन्हें लेते आए। इधर थैले में कलम भी मिल

गई थी। अपने पर बड़ी नाराजी हुई— क्या मैं हूँ कि कोई व्यवस्था कर नहीं पाता, हमेशा लटर-पटर।

एरोड्रोम आया; लगभग बीस भारतीय हैं। मर्द ही नहीं, औरतें भी। यह हैं मद्रास विश्वविद्यालय के वाइस चांसलर श्रीमुदालियर, तो उनकी बूढ़ी पत्नी भी उनके साथ हैं। हमारे साथ भी तो शीलारानी हैं। भारतीय नारियाँ अब हर जगह अपना योग्य भाग ले रही हैं।

एयर इंडिया! और हम फिर उड़े जा रहे हैं, उड़े जा रहे हैं।

एक लंबा हुदक्का और हम यूरोप की भूमि पीछे छोड़ चुके हैं। ऊपर आसमान है और नीचे अथाह सागर लहरा रहा है। बीच में यह हमारा प्लेन उड़ा जा रहा है। वे ही पुराने दृश्य— फिर उन्हें लिखकर समय क्यों बरबाद किया जाय?

किंतु दिमाग में तरह-तरह की बातें आ रही हैं, जा रही हैं।

मैं दूसरी बार यूरोप से लौट रहा हूँ। दोनों बार की यात्रा अचानक रही। दोनों बार यूरोप को निकट से देखने और समझने की कोशिश की। दिन थोड़े लगाए, किंतु हर दिन की हर घड़ी का उपयोग किया। इंग्लैंड, फ्रांस, स्विट्ज़रलैंड और इटली— इन्हें खूब देखा। यूरोप के और कई अंचल देखने को रह गए हैं— खासकर उत्तरी अंचल के देशों को। पूर्वी अंचल के बारे में अभी क्या कहा जा सकता है। वह अंचल तो फौलादी घेरे के अंदर है।

इस बार इटली को जितना देखा, बहुत प्रभावित हुआ। यह देश यूरोप की सभ्यता का अग्रदूत रहा है। अच्छे-से-अच्छे सैनिक, राजनीतिज्ञ, धर्मगुरु, पर्यटक, चित्रकार, मूर्तिकार, स्थापत्यवेत्ता, कवि, लेखक, संगीतज्ञ यह दे चुका है। सारे यूरोप पर इसकी छाप है। किंतु दो महायुद्धों ने इसे ध्वस्त-पस्त कर रखा है। एक हरी-भरी भूमि बियावान-सी बनी है। सबसे बुरी बात यह कि जनता ने अपने पर विश्वास खो दिया है। तरह-तरह की राजनीतिक विचारधाराएँ उसे चंचल और भ्रष्ट बनाती रही हैं। मुसोलिनी ने उसे कैसा नचाया। आज भी वहाँ कोई राजनीतिक दल ऐसा नहीं जो उसे सही नेतृत्व दे। हारकर वह फिर धार्मिकता की शरण में चिपकती जा रही है।

बचपन से ही इकबाल का यह पद्य सुन रहा हूँ—

> यूनानो मिस्त्र रोमा सब मिट गए जहाँ से,
> लेकिन अभी है बाकी नामोनिशाँ हमारा।

इसे पढ़कर समझ लिया था, रोम उजड़ा हुआ शहर होगा— अपने मोहनजोदड़ो या हड़प्पा की तरह, या पुराने पटना की तरह। किंतु देखा, हम भावना में कितनी

गलत बात कह जाते हैं। रोम से तो अधिक उजड़ा हुआ शहर दिल्ली है। रोम जिंदा है। वहाँ जीवन है। वहाँ अँगड़ाई है। यदि उसकी दुर्गत हुई है तो इसमें9 उसका कसूर उतना नहीं जितना संसार के उन गिद्धों का है, जो लाश पर ही जीते हैं, इसलिए चाहते हैं कि बार-बार लड़ाइयाँ होती रहें, लोग खेत आते रहें, जिसमें उनका जश्न मनता रहे।

यूरोप दो बार गया, दूसरी बार लौट रहा हूँ। इस बार की यात्रा भी बड़ी अच्छी रही। यात्रा की सफलता निर्भर करती है अच्छे सहयात्री पर। यह भाई देशपांडे हैं, यह शिवाजी हैं, यह शीलारानी हैं। हम चारों ने किस तरह एकात्मता निभाई। हम दो बुजुर्ग हैं—दोनों बच्चों ने हमें कितना आदर-सम्मान दिया! हमने भी अपना प्यार उड़ेलने में कभी कमी की? ऐसे साथी हों तो फिर जंगल में ही मंगल रच जाय। हम तो सदा सुख-सुविधा से ही यात्रा करते रहे!

जब लौट रहा हूँ, मन में उत्सुकता जगती है, क्या तीसरी बार भी आ सकूँगा? और अब तो कह सकता हूँ, जरूर आऊँगा। यूरोप ने दो बार निमंत्रण देकर बुलाया, अब हमारा धर्म हो गया है कि उसके इस भाईचारे को हम सदा हरा-भरा रखें।

यूरोप! आऊँगा, आऊँगा, आऊँगा!

उड़ते चलो, उड़ते चलो!—अब तो यह नारा हो गया है हमारा। दो-चार वर्ष और घर को दे देना है, फिर तो वानप्रस्थ का बाना धारण करना ही है—उड़ते चलो, उड़ते चलो!

□□□